鲁迅文学奖获奖者小说丛书

一个人的遭遇

陈应松 著

江苏凤凰文艺出版社
JIANGSU PHOENIX LITERATURE AND ART PUBLISHING, LTD

图书在版编目（CIP）数据

一个人的遭遇 / 陈应松著. — 南京：江苏凤凰文艺出版社，2017.3

（鲁迅文学奖获奖者小说丛书）

ISBN 978-7-5399-9663-9

Ⅰ. ①一… Ⅱ. ①陈… Ⅲ. ①中篇小说－小说集－中国－当代②短篇小说－小说集－中国－当代 Ⅳ. ①I247.7

中国版本图书馆 CIP 数据核字(2016)第 231937 号

书　　名	一个人的遭遇
著　　者	陈应松
策　　划	黄孝阳
责任编辑	汪　旭　王宏波
出版发行	凤凰出版传媒股份有限公司 江苏凤凰文艺出版社
出版社地址	南京市中央路 165 号，邮编：210009
出版社网址	http://www.jswenyi.com
经　　销	凤凰出版传媒股份有限公司
印　　刷	江苏凤凰通达印刷有限公司
开　　本	880×1230 毫米 1/32
印　　张	8.875
字　　数	198 千字
版　　次	2017 年 3 月第 1 版　2017 年 3 月第 1 次印刷
标准书号	ISBN 978-7-5399-9663-9
定　　价	38.00 元

目录

滚 钩

成骑麻把船停泊在芦苇洲头的一个小汊子里。他没想到，这五月，风乍起，浪接天。风如此寒厉，昨天还是单衣，今天要穿棉袄。江上的风本来就硬，加大到六七级了，雨也有随风而至之势，白呲呲的巨浪向滩头打来，不到人高的芦苇咔咔折断，江水陡然浑黄暴浊，浪渣密密层层漂来。这天气是不能打鱼了。拴好船，想赶快回家添衣服。走上滩头，看到几条野狗在嗷嗷乱叫撕扯什么，凭直觉是死尸。死猪死狗也就罢了，一个黑乎乎的大家伙就是个死人，他们俗称的“泡佬”。成骑麻拿着长钩就飞跑去驱赶野狗，那些疯狂的野狗也是吃红了眼，逐渐向野狼进化，尾巴呼啦啦地摇着，身架奇壮，牙齿尖突。等成骑麻将长钩向它们扫去，硬是几个回合，撵走那些野狗后，看到那个泡佬已经被啃去了半条胳膊一只脚。

是浪把这人送到滩上来的。是死人，成骑麻一个激灵，不由往四下望望，是看有没有史壳子。这是条件反射。再看那泡佬，天！不是村里的成小安吗?！小安找到了，小安浮起来了！

应当如何把这消息告诉村里呢？他必须守在这儿，不然小安的尸体会被啃得一点不剩。或者先埋人？但这不是无名野泡佬，无名是可以埋的。小安就不同了，是同族侄儿。你看成小安，揸着五个白森森的指头，似乎在召唤着他，也像是指着村里，眼睛鼓胀胀地望着天，分明是要成骑麻去喊他的亲人来。前三天，成小安的老婆腊月算是埋掉了，小安是要与老婆同坟的，他们是抱着一起跳江的；小安患了肝癌，治病欠了一屁股债，医院催款，疼得也不行，就这样两口子商量好，一起从成家村堤边的废弃趸船上跳进了江里。

打捞腊月，史壳子要了三千元，谁不说这史壳子黑心烂肝，咒他咋不得癌症的，毒瘾犯了，让车一头撞死也行。这只是背地里说说的，见了史壳子，一样点头哈腰。交三千，还说是乡里乡亲的特价。成骑麻没有参加，勾老倌、虫老倌和哑巴三水去了，非族人。刚开始成骑麻是要去的，小安的爹哭着来说让成骑麻帮忙去捞捞。这还用推脱吗？钱是不会要的，本来就与小安爹是表兄弟。再者成骑麻打捞了三十年，打鱼，捞尸。他准备好滚钩，史壳子却找上门来，甩给他一句话说："麻老倌，您郎嘎不要断我的财路。"成骑麻当时还嘴的想法也没有。这一说，也是警告，以后他要断成骑麻的财路。这一带，水牛市两岸的捞尸，不知怎么就成了史壳子的一碗菜。有想捞尸挣小钱的，不是船被凿出个洞，就是半夜被扔石头，还有的不明不白船篷失火差点把人烧死。这还能是谁干的咧？当史壳子走出戒毒所时，一个因毒瘾快疯的人连父亲都砍得下去，你还不谢他留了一手，让你不死。啥时候他打上了泡佬的主意？只有天知道。也许有一天他看到那些从水里钩出的死尸，看到呼天抢地的人，阴阳相隔，对着茫茫大江无助嘶喊时，那些歪歪倒倒的老渔民，成了他毒资的输送人。他自己，也许某一天照镜子，看到只剩下牙齿和鼻孔的一张脸，不就是具死尸吗？他咋会捞尸？最后一次戒毒出来，饿得不行就成立了一个壳子打捞有限公司。大家都知道他的诨号，一张纸壳子样的人，或者这个打捞公司，就是个空壳子。他自己，叫史克治。壳子打捞公司，什么都不捞，就捞死人。前几年，捞一个五千，史壳子垄断后，涨到一万二，一口价。这里还有二家吗？找政府，政府不管这事。政府管得多，小贩摆个地摊也要掀的，淹死人了不管，没有公益捞尸队，连在江湾竖个警示牌子也小器死了的。这水乡到处是水，伢子们咋能一天到晚读书而不会点扑泅呢？这狗日的教育！水牛市的观音湾，是观音河入江口，那儿表面平静，暗流汹涌，入江的水把江底淘空，深不可测，流沙在水下四处游弋，像一只只巨手拽着你。在这儿游玩的人不知深浅，几步往水里蹚去，以为是平滩，几步就卷进深坑漩涡了，就会惊呼救命了，两只手乱抓乱打，几个就没顶了，只好去捞尸。

有人说观音湾有冒充观音的水鬼，在水下拉人。水鬼都是屈死鬼，必须拉下两个人才能托生转世。这就造成了恶性循环，一个拉两个，两个拉四个，四个拉八个……史壳子的发财机会就来了，干不完的捞尸活，赚不完的死人钱。史壳子过去经过商，他注册了公司，就堂而皇之"正式"了。然后弄些小伢沿江发卡片、贴不干胶。上有他的手机号码；提供死人信息的，给一百元信息费。有了淹死人的信息，再电话村里的渔民放滚钩捞尸。如他们捞不到人，也有两百元的收入。因为死者家属已经给了四千元押金，捞到捞不到，这押金是不退的。刨去其他的如每个渔民两包烟、一条毛巾、一双布鞋、一瓶二十元的白云边酒，加上给信息费等，史壳子还是赚大头。捞死人又不要发票，税也偷了。捞到了，成骑麻他们每人可得六七百元。一个月平均下来不止一笔，远比打鱼的收入多。这年头，长江上已无鱼可打，三峡建坝，水小了，拦住了上游来的鱼，也没有下游来的鱼，如洄游类的鱼。加上污染，再加上前些年打鱼的多，且是电鱼，迷魂阵、矮围、地笼、陷阱网、抬网、光诱捕网，断子绝孙地炸鱼和电鱼，长江里哪还有什么活物？过去，成家村全部打鱼，成骑麻就是村长，领导两百多号船。还有村集体的机动大渔船，八十四、一百二十四马力的渔船就有好几条，在长江上下三千、五千米的滚钩，围捕春季和秋季鱼汛，围捕江上的腊子（中华鲟）和江猪子（江豚）；那时没有保护一说，江上江猪子一群群几百只，腊子从东海游来去上游金沙江嘉陵江产卵，有时候夜里整条江上都挤满了巨大的腊子鱼群，一条大的有千把斤不稀奇。有“千斤腊子万斤象”之说。三层滚钩拦截，一次捕几万斤鱼太稀松平常。冬天也用围网，有一年一网捞上来二十万斤鱼。长江上的四大家鱼青草鲢鳙是大宗，过去天天都可打上几十斤重的鲢鱼、鲶鱼和鳡鱼。但现在四大家鱼全是人工繁殖了，没有了江里产卵之说。现在，村里的人全改行干别的了，或者到各地承包鱼塘，剩下没死的老家伙们，没事可干，就只好在江里打点小鱼小虾，聊以度日。

成骑麻习惯性地用手指去敲敲小安的手。每个捞起的死尸他都敲一下，看有什么反应？当然不会再有反应，习惯而已，这是跟他的父亲学着做的。所有泡佬两手都是张开的，不会捏着。他们已经把人世的一切全部放开了。看着小安的尸体，成骑麻想，我不能就这么守着。人又离不开，风又大。往后面看，野狗在芦苇荡里伸长猩红的舌头窥伺着。他用手机给家里打电话，拨了几次，无人接听。给儿子？儿子“失踪”了，只要是他成骑麻打，儿子不会接。儿子丢下老婆孩子，与义忠村小学校长的肥老婆私奔了。儿子从小瘦，渴望一身肉，这就找到了一身老肉，校长老婆大他整整二十岁。有一次接通了电话，他对儿子说，我都要叫她妈了，你奶奶啊！有时候也无可奈何地想，你小子也算争了口气，一个半文盲竟能勾引到校长的娘子，咱家祖坟上冒青烟啊。

他只好去船上，找了半截桨片，好在是沙土，拖着小安的腿放入一个沙坑，三把两下将他临时掩埋了，再抱了些浪渣树枝堆在上面防野狗扒拉，就赶快去村里报信。

这里，成家村在长江南岸的沼泽里浸泡着，芦苇、青蒿比房子高。巨大的蚊虻繁殖得很快，发出震耳欲聋的嗡嗡声，铺天盖地。许多人家的篱园里卧着恶狗和断砖，獾鼠在村子里大摇大摆。庄稼小块地成熟着，阳光有些偷偷摸摸，无精打采。但是从远处看，是绿水人家，鸡鸣狗唱。埠头有蒲柳，屋前有垂杨。旧船半沉水中，破网飘飘荡荡。两百年前的成姓人家在这里挽了个土坑，就成了村庄，以后陆续有江苏安徽打鱼人避风在此，赖着不走，成为村民。再以后水鸟也看上了此地长出的树和生活的牛；这些奇怪的水鸟，喜欢临风筑窝，平时蹲在牛背上缩着脖子发呆，不吃不喝，精瘦无肉，像一些白色的棍子到处弹动。到了冬天，北岸凶猛的大风直扑向这里，黄鼠狼到处挣扎跑动，沼泽里的青麂开始大哭。野鸭如云排空而来，它们以水里密密麻麻的蚂蟥为食，解了成家村人的心头之恨。干枯的长江蜿蜒东去，让对岸建筑丑陋的水牛市暴露在江水的倒影中——全是灰色的屋顶，杂乱无章。加上点小雾，倒影里对岸的城市就像梦中，与他们无关。至少狗没有心理压力，并不以自己是村狗而收敛，发狠地对着城市扭曲的倒影狂吠，以主人自居。这里的一切，依然是祖先带给他们的命运。现在五月涌动，汛水携着长江上游的腥味下来，弥漫在村子里。沼泽深处有产卵的鲤鱼上蹿下跳，异常痛苦。到了深夜，听得到它们重重的扳籽摔打声。

说是叫成家村，但渔民忌讳太多，“成”与“沉”同音，只能叫浮家村，成骑麻过去大家都叫他浮村长，现在叫老浮。叫老浮的老倌子太多，就叫他麻老倌。史壳子也不能叫史壳子，“史”就是“死”，只能叫活壳子，活总。

雨下来了。点子很大，但很稀。这时候，成骑麻抬脚进村时就看见了史壳子的爹，瞎着眼睛在门口摸索，雨点击打的灰尘溅跳上他宽大的裤腿。有一条狗的眼睛是他给戳瞎的。门口一排树上牵了根船绳子，他就顺着绳子每天摸索走路。这条绳子也是捆过尸的，只是史爹不知道罢了。即便史壳子是长江两岸的捞尸大老板，一月少说有一两万收入，可他的家却依然破旧，用水泥砌的矮两层楼房，差不多有三十年历史了，是史壳子他哥没枪毙时用贩毒的钱修的。外墙是水磨石，已经长满了老年斑似的青苔，上面爬满阴险的蜥蜴和滑溜溜的蛞蝓，但在楼顶上还用蓝瓦搭了一间很高的小屋。很有几次，在有月光的晚上，成骑麻看到史家这蓝瓦屋顶上躺着许多鼓胀胀的泡佬。那些泡佬一个个按照出水的样子，有男有女地整齐排列，男的从水中浮出是脸朝水底，女的浮出是脸朝天。老辈子的人说男的脸沉故屁股朝上，女的屁股重故脸朝上。有一天半夜出来小解，成骑麻看到他家屋顶的那些泡佬有的坐起来，有的女鬼在梳头——月光下的头发湿漉漉的；有老人，有年轻人，有小伢。成骑麻以为自己看花了眼，回到床上往窗外望，还是那样，鬼还在他们家屋顶上，影影绰绰，还在梳头。这事儿他跟谁都不能说，包括老伴。他到江边的大悲寺里偷偷化了斋，捐了钱，烧了纸，磕了三十六个响头，是要菩萨念及他成骑麻祖上三代没吃过死人的饭。从他父辈算起，都是渔民，也是水牛市民间慈善组织“义善堂”的成员，专门捞尸葬尸的，不收分文酬金。一九四九年后“义善堂”解散，政府接管，还是捞尸不收钱。“文革”时投江的多，那时政府瘫痪了，但成骑麻的老爹还是一如既往地带着他和村里渔民义务捞尸。一年捞过两百多个泡佬。后来，他九十岁的爹死了，这事儿好像就没人管了。

他可以埋着头走过去，不理会这个瞎子，但另一个成骑麻却停下来。这个成骑麻在那儿踯躅了两三步，看了一眼天上的雨势便大声问：

“活爹，活总在家吗？”

他给了他一条鱼。这是惯例。即使没打到鱼也要买上别人的一条拿来给他，好让他给史壳子说麻老倌子又送鱼来了。现在，拿到鱼的瞎子一阵高兴，刚才像僵尸的脸上变得喜笑颜开，边抖边走地说：“我来给他电话，我来打电话！”

瞎子过来往他身上一闻，瞎眼一翻，有话了：“有泡佬味。”

他是怎么闻出来的？这老倌子年轻时吃喝嫖赌，也在渔船上做事，见到女人又无他人在场时就顺势按到船板上奸了。船家女人赤脚单裤腰里还是橡皮筋，非常容易得手。船板上又干净，好像到处都是婚床一样。村里渔妇意志稍有松懈的没有没被史老倌奸过的，好像还都愿意让他戳上一枪，没一个反抗报警。可见“男人不坏女人不爱”的宇宙真理有几十年了。但有一次在外村奸女人时被发现，让人戳瞎了眼睛，从此金盆洗手，改邪归正，在家教育出了两个吸毒儿子。

他帮他儿子拉生意咧。他是看不见他自家的屋顶上有那么多泡佬坐那儿了，但时常半夜会突发头疼，清喊鬼叫，说有人用绳子捆他。到了白天，没有事了。这屋里平时也就他住，史壳子四处游荡，居无定所。史老倌摸摸索索去拨电话，瞎眼狗夹着尾巴打着哈欠贴在他腿边。可怜这狗，一身在路边粘上的苍耳果没人摘，连蹲都不敢蹲。头上、瞎眼边都给粘上了，一颗挨着一颗。

“你死哪儿了？”然后把话筒给成骑麻。

那话筒又黑又脏，还散发出一股大蒜味。从桌子上拿过来时被桌下的一堆瓶子绊了一跤，成骑麻后悔莫及，从这儿走过去不就行了吗？

“……是这样的，我看到小安了，可不是我打捞上来的，他自己浮起来的，在芦苇滩那儿……风浪大，就漂到这儿了……还被狗啃了，我去给他爹说说……”

他这样说是什么意思？他要说服自己。他的意思是向史壳子解释，就是解释，解释后再去告诉小安的爹。绝不是我打捞上来的，我说的是这个意思。是解释，不是告诉。我谁都不想得罪，史壳子是得罪得起的么？

“你没给他爹说吵？……好！我马上来，在打牌……”

他在江边麻将馆，离这儿不远。再怎么想办法都来不及了。如果他在对岸水牛市，再比如说是另有人发现的，他成骑麻不就撇清了，这就不与他相干了，他害怕什么呢？不就害怕以后史壳子不再给他派工，让他赚不到分文。唉，人贱了。

心里一塌糊涂。看着狗身上的苍耳。狗浑身抖动着，因不能卧，估计它站了一个月。可你这条狗在这屋里也就这个命运了。

不给他史壳子说，会有什么样的结果，都是知道的。常言说欺老不欺少，他再怎么坏，他年轻；我再怎么好，我老了。老村长算个卵，世界是他们的，也是他的同伙们的，他们狠，你只能认。这几年你成骑麻添置的沙发、手表、手机、太阳能清华阳光热水器，又修了瓷砖厕所，还补贴那个不争气儿子孙子的钱，从哪儿来的？每个月总有千把两千块的收入是谁给的？到了夏天，一月捞八九具尸是常事，最多一个月拿到一万是谁带给你的？全是现金结算，史壳子从不拖欠，因为捞尸先付款。史壳子这里，一具一结，捞起来就有钱，捞不起来也有钱。肥皂、毛巾、烟酒，给亲戚的不少，用得完吗？亲家那边，割两块稻也是瓶装酒，白云边、关公坊，来这边提的。史壳子有规定，凡在他手下搞事，就是公司员工，不许接私活。有一个老倌子，私接了一单，捞个小伢，收了两千，好，从此史壳子这儿没你的事了。老倌子急呀，他退钱，提好烟好酒找史壳子求情，史壳子臭不理他。你干瞪眼。

可是成骑麻感到一阵阵的不舒服。等他回来，等他去给小安的爹说？小安媳妇腊月捞起来要了人家三千，还说是十年前的价，说他还要开工资交税，睡（税）你妈的个 X！还不回来，小安被野狗刨出来啃完了！可他成骑麻为啥就迈不开腿呢？

史壳子摇摇晃晃地开着一辆无牌摩托出现了。这个鬼一样的人，三块骨头顶着个脑袋，两只寒风眼叮咚叮咚地闪，屁股像被人砍掉了似的，手像鸡爪，鼻孔萎缩，气若游丝。

成骑麻爬上他的摩托上了江堤，风越来越大，老远就听见野狗争食的撕咬声，史壳子驾驭不了这摩托，几次崴在沙子里，把成骑麻摔下来。成骑麻拾起掉地上的长钩就拼命往江边跑，几乎是怀着愤怒将长钩掷去，打着了一条狗，其他的狗才惨叫着逃之夭夭。但，小安已经被扯出来，残肉与沙子混合在一起，粗看大腿又遭噬啃，手指也残了。滩头上弥漫着一股烂洋葱的臭味，酸腐，尖锐。他呼呼地喘气，年纪大了，跑这一路力不从心。加上寒冷，脖子以上出现酸麻胀疼，心脏早搏，跳两下停一下。

“先把他洗干净，就说是鱼啃了的，把这里的耥平。再是，把您郎嘎的船划过来，把滚钩拿来，我们给小安挂些钩……”

他都懂。成骑麻做了二十多年的村长还不懂吗？这事能做吗？他极不情愿地去了船上拿滚钩。他回过头看到史壳子拽着小安的尸体往江里拖。

成骑麻钻进船舱，舱里有滚钩，是上了锁的，怕人偷。此外船板上什么也没有。问题是他冷，想加件衣裳，最好是棉袄，最好是睡进被窝里。小安，你咋让我撞上了哩，这真是天大冤枉啊！

那边在喊："麻老倌快点吵！"

史壳子不耐烦了，他就是这么指使你的。就因为你老了。他去解船绳。是个死结么？老子从来没拴过死结的，一急还解不开。风又大，这能划走的？会翻船的！看到史壳子拖得很吃力。死人是很沉的，而且死人都会暗中使劲。成骑麻磨叽时间让他拖，让他搞去。然后我就说船坏了回家去。这想法很快让史壳子感觉出来了，史壳子高声在那边喊："您郎嘎是不是下不了手？那就回去嘛，把钩拿来我挂。"

成骑麻划不是，不划也不是。船从芦苇汊子里出来，风浪劈头朝他打来。船抛到苇梢，再咚咚地撞上汊岸。成骑麻哪还站得稳，五脏六腑都要簸掉，就像成小安无形中拿棍棒打他。死人是会发怒的，今晚只要船不翻，要在船头点一盏菜油灯。菜油还有，要洒点酒。他要哭起来，你他娘的只拉尸不拉船。全身湿透了，这事小安不会放过我啊。

"划不了咧，浪好大！"他说。

史壳子根本听不到，也没听。这时候，成骑麻看到几条狗与史壳子抢夺起小安的尸体来，狗看准了史壳子手无缚鸡之力，狗都瞧不上他。史壳子只好放下尸体，在沙洲上到处咤狗撵狗，可狗朝他狂扑，恫吓他。风又不顺，声音不达。成骑麻跌倒在船舱里，脑壳磕在船龙骨上，这一阵生疼！快哭起来。小安你莫使坏呀，我可没做什么咧。狗咋不咬住他，让这瘦猴精跟小安一起去了！便朝史壳子吼："划不过来咧！"他巴望史壳子手下留情算了，给小安爹一个顺水人情。

但史壳子撵走了狗跑过来，气吼吼的，给成骑麻导航。成骑麻年老体衰脚步不稳，史壳子要他甩绳子，他来拉船。拉船是可以，此时越拉越翻。

"就这儿了，就这儿了，后头下锚吵！……把滚钩拿上来！"史壳子这一说，等船碰到岸，成骑麻就跳下船，牵绳拿铁锚，把船固定。

滚钩很重，钩呀铅坠呀纲绳呀，都排好了。船上有六十米的、一百米的两种。如果打鱼，六十就够了，上有倒挂须的粘钩上千个。在很久的过去，村里在长江里打江猪子、腊子的时候，用两三千米的滚钩，有两万个以上的钩子。现在，六十米、一百米的滚钩，是专门捞尸的，长江上没有了这大的鱼，用不着。政府也不让用。若是钩人，政府就没话可说了。你自己又不去组织打捞，咱是替政府分忧解难呢。你组织个捞尸队，花点小钱就不行吗？可就是没人做，不知道他们每天上班在干什么，是在吃稀饭还是干饭。社会上的大老板现在也没谁热心此事，没谁捐款，比过去的商会差得远啊。

"动手啦！"

成骑麻听从史壳子的，两个人一个拽一只小安的脚，往江里拖。是太重。这是让小安再投一次水。丢进江里，水溅上来，就像小安庰水，两个人都湿得像落汤鸡。

“活总，你挂钩，我去村里喊人？我老汉扛不住了，快熄火！”

可史壳子滑头，说：“你不会骑摩托，我快些。”

不等成骑麻答应，史壳子就发动摩托走了，往后头甩给成骑麻半包烟。

这事怪谁呢，你就算不告诉小安他爹，埋了不也无事了吗？你这不是自讨苦吃？

点了支烟，看到小安张开的大嘴，把烟栽在了他嘴里。

“你可忍着点，小安。”他对小安说。

烟在小安的嘴上燃烧，就像他满不在乎地说：“麻叔你挂，我不怕疼的。”

这就好。成骑麻把钩去挂小安的死肉。反正是死了，橡皮一块。这样想就挂了。人肉跟猪肉一样，好挂，皮还薄些，再多挂些在衣裳上。头上不挂。狗吃掉的地方多挂几个。小安呀小安，你咋走这条路呢？别怪麻叔不好，死了还要挂几十颗钩。你麻叔老了，无用了咧……眼泪就出来了。冷出的泪。怎么想怎么伤心。心脏要出问题。

就少挂几个吧。把他往水里拖，摁进水里。就这样了。

由远而近的哭声一窝窝卷来。小安家的亲人和村里来了一大群。喊号着小安的名字，咿咿呀呀好悲惨。小安爹眼泪眼屎糊了满脸，拉着成骑麻就敬烟，连连说：“麻哥麻哥，感谢感谢呀！”

小安妈一过来见到挂满滚钩的小安尸体就哭昏过去了。各种人，各种哭。有人就给成骑麻递烟、酒、毛巾、肥皂。小安的两个小孩拉过来就在沙滩上给成骑麻磕头。这一下，成骑麻也哇哇地哭了，给两个小孩擦眼泪，却说不出话来。他赶快取钩。这钩大，不好取，拉出肉来。只是呜呜呃呃地哭。后来小安就放在板车上被拉走了。

成骑麻浑身一点热量都没有，僵硬的手接过一千元，听史壳子说是“对半掰”。这不就是要了小安家两千吗？小安家哪还有钱？人已经被狗啃得七零八落，够凄惨了。就是因为没钱又疼得不行投江自尽的，肚子鼓胀，肝癌。天地良心，史壳子是要遭报应的。我只是想撇脱关系，不是想赚小安你的钱，你家谁不知道，我这不是黑了心敲骨吸髓？我就算缺这一千块钱，你史壳子缺这区区一千吗？……

村里到处是鞭炮，是乡亲们去小安家为小安放的，大家是同情这家人。成骑麻回到家里盖了三床被子还是冷，还是筛糠似的抖。让老伴煮姜汤。吃药。床都抖动。打牙磕。几颗仅剩的牙齿叮叮当当地响，就像发地震。在烧得迷糊中老是梦见儿子跟一个肥胖的女人抱着投江。

“你个婊子养的究竟要不要老婆儿子的？”

他在发烧中迷迷糊糊对着无人接听的电话大喊。儿子电话是通的，就是不说话。他在水牛市的哪个角落待着，与那个大他二十岁的校长娘子天天共度良宵？那一堆泡佬肉，有个什么嘣头？日你鬼娘的！

他把藏在枕头下的那一千块钱拿出一半，要老伴赶紧送到打丧鼓的小安家，交给他爹。老伴说：“你哪来的钱？上这么多？浮涛结婚时他们才上了一百呢。”

“拿去莫啰唆！”烧得满脸通红的他大吼。

两天的风息了。太阳一出，人也好了。晨雾蒙蒙的沼泽上，一群野鹜好似乌云卷来，落到随风起伏的新苇丛中，留下凄清的叫声。菖蒲绿得发亮，好像涂了一层蜡。天气突然热了，天空也更开朗，云彩慢悠悠地招摇。

村里走了一下，碰上了小安两个成孤儿的孩子，各塞了二十元，要他们不要给爷爷说。到了傍晚，成骑麻说是去看船和水的，买了些纸钱香火去了芦苇洲子。水是大了，水腥味更加浓重。江上的水拥挤成一片。暮色苍苍，沙洲上空旷无物。他在那个现场烧了纸点了香。又上船在船舷四周洒了酒，在船头点了盏菜油灯。他抽着烟坐在船头，望着漫漫江水。天黑后，他离开。船头的灯，燃了一夜。

送鱼的来了，让他不出船都不行了。

送鱼的送的是十来斤的鲶鱼，有大有小，充江鲶的。卖就说是野生江鲶。鲶鱼不会立马死去，加点水放前舱里，去水牛市卖。这事也已经惯了，多加不了多少钱，一斤加个一两块钱的价。如果鱼死了还赔本。但一般，不会全卖家养的鱼，杂着卖，总可以从江里打些鱼上来，一半对一半。

“麻老倌，昨天你又哼了一夜。”老伴说。老伴先将鱼要下来了。

“没有吧？”成骑麻穿着衣服说。

“不行就算了。”老伴说。

“你把鱼要了，不是赶我出门？！”他不耐烦。

打开鸡笼的事都是成骑麻做的。等他起来，刺耳的摩托声把送鱼人带走了。阳光把整个村庄照得通红，好像过去的悲痛是不存在的，一扫而空。蜿蜒的江堤和田野都铺展在早晨的白雾中，黑色的叼鱼郎鸟，在沼泽上空无声地逡巡。他用长钩子系上装了鲶鱼的塑料桶，斜背到后背上出了门。

水涨得很快，前几日小安躺着的地方都快淹没了。淹了最好。沙洲子上，凡是低洼处，全是浑浊的泡沫。一道道殷红的流霞在天空漫溢，江水像胀大了肚腹的巨蟒，鼓鼓囊囊地争挤着两岸江堤向远方爬去，发出低低的吼声。

洲子上早就等候着过江去的本村和邻村的妇女，她们是来搭乘免费船的。这些叽叽喳喳的农妇，从三十岁到五十岁不等，大都打扮得花枝招展，有的还穿着吊带内衣，衣上的亮片满身闪光，宽大的乳房在内衣里摇晃，手和脸都很粗糙。这些去城里卖菜的农妇，奇怪的是没有连提带挑，大担小包。每个竹篮里也没多少果蔬，几把白菜，几串要死不活的辣椒，一些歪歪扭扭、奇形怪状的黄瓜……她们不像是从菜地里择菜出来的，身上散发着廉价的化妆品的香味，没有劳动的肮脏和倦容，眼角里没有风霜凛冽和担忧生活的痕迹。

其实大家心照不宣。这些女人都不是正儿八经去卖菜的，卖菜不过是个幌子，都是早出晚归到对岸的解放公园里做皮肉生意去的。那里有很深的树林和冈坡，一些垂死挣扎的老倌子们花个二十三十的，可摸可操，只要你操得动，价格低廉，便捷迅速，临死解解馋虫。这些年村里就一带二、二带三，姑姐带弟媳，嫂子带小姨，钻进了树林子。一张报纸，一个套子，一天少说可以赚个一两百元。再说，男人们也不在家，由她们去了；有的是默认了。挣钱总比闲着好，广开财路嘛。

“上我的床哟！上我的床！”

勾老倌喝了早酒，声音像擦了锈的钢精锅，亮堂堂金灿灿的。他故意把“船”说成“床”。勾老倌七十多了，满面红光，精神抖擞，像从“五四”青年节出来的。他的船穿着百衲装，补过无数次了，丢在江边连拾柴人也不会要。他蹲在舱里用葫芦瓢舀着船舱的渗水，叩打着船帮向那些妇女吆喝。

可是那些妇女不上他的船，这老倌子太呆气，喜欢摸妇女的奶，一路划过去要打情骂俏，吓你，让你抱着他。这老倌子死了来世变鱼，没得鸡巴。

“好啊，你们都到麻老倌村长的床上去了，不把他搞瘫的！”

可是，无论勾老倌怎样喊，妇女们还是要上成骑麻的船。船好，人正，你看他收拾得清清爽爽，多少年了，还是个干部做派。头发不乱，牙齿不黄，胡子干净，皮鞋闪光。上了船的妇女们就开始把带来的米往船舷四周撒，口里还念念有词。这些渔船，捞鱼捞尸，船头船尾堆的绳子都捆过死人的；船舷边上都系过死人的，这船阴气太重。捞上了死尸，又不能沾船板，只能拖在船舷边，否则船不吉利的。这也是祖上传下的规矩。

初夏的头河水早就过去了，那是桃花汛。现在是第二河第三河水了，水越来越大。船往江中心划去，就看到上游漂下来大量的漂木浮渣、死猪死狗。

“呀，泡佬啊！……”脑袋伸出舱外的妇女有人惊叫起来，同时手指着江中远远的地方。

“……该死的，该死的，猪啊！”

但见那江中心簸箕大一个个的漩涡里，旋转着一只只死猪，乱流像疯狂的水底巨兽拽着那些死猪浮上沉下，仿佛江里有无数电扇的大叶片在飞速转动。

“上游遭了猪瘟……可也不能这样往江里扔呀，真是的！”

“也许是发洪水把养猪场淹了……”

成骑麻也惊骇，一辈子在江上，从没看到过这么多死猪。他避开这些死猪，哪知死猪专往船边靠，就好像船舷有磁石一样。这种情况很奇怪，现在那些死猪向他直奔靠拢过来，以船为中心。勾老倌也在那儿咋咋呼呼，他也陷入了死猪的包围圈。碰到泡佬也是这样，有一次一个泡佬紧靠着成骑麻的船舷，用桨怎么也推不走。推开了又会流过来，甚至转几个旋还是到了他船边。这事不好解释，最好是捞起来埋到沙洲才完事，泡佬心里也是这么想的。

船从死猪阵里劈开一条缝往前划。一股恶臭弥漫在江面，苍蝇像蝗虫歇在死猪身上。桨杀过去，苍蝇轰地飞散，又向渔船和船上的人身上落下来。两片桨上都歇满了苍蝇。浪也越来越大，船一忽儿上了浪巅，一忽儿又跌进深渊。深渊是地狱的入口，是坟墓。那些妇女们此时不吭声了，脸色惨白，张着嘴闭着眼，好像被男人强奸一样。船体被浪和死猪撕扯得吱呀乱响，要散架一般。嘎嘎的声音不知从哪里发出的。妇女们不时一阵尖叫，像船翻了一样。妇女的叫声，苍蝇的叫声，勾老倌喝多了几近绝望的叫声，他还听见了自己手机的叫声。他来不及看。他的两支桨就是一船人的性命，弄不好就变成一船泡佬……

他本想叫妇女们帮忙扒死猪开路，但又没工具，还怕她们出舱一晃掉进江里。这种水呛一口就没命了。与这么多死猪争路，莫非是谁暗中害我？有一股沉郁悲凉之气从脑门透出。手机响莫非是史壳子的电话？又有死人？算了算了，不再有死人最好，不再有淹死的人，特别是今天。如果要淹死，就在这几条破旧的小渔船上……他不由往勾老倌的船那边看去，勾老倌在用桨猛劈着死猪，几个农妇伸出手来死死拽着勾老倌的腿，怕他晃进江里去。

成骑麻自己也感觉到力量渐渐没了，划了一辈子船的手臂，此刻蔫酸得像是断了，像是人说的中风，两只手麻杵杵的，抓不住这两支桨。真若是手臂一麻，脑溢血，半边瘫，一切不都没有了吗？这些搭便船为省钱的妇女，不晓得我们是些风烛残年的老人？她们一点儿也不怜惜，哪儿知道，咱也有渐渐划不动的一天……

冲出了死猪阵，一身的汗水还是江水？绕过离岸不远的、还没被上涨的江水淹没的几个龟背沙渚，终于，船靠岸了。观音河入江的河口观音湾，芳草萋萋，沙滩洁白，许多游玩的、锻炼的人，根本没注意到一只小渔船从风浪里垂死挣扎一个多小时才到这儿。但买鱼的爹爹婆婆们早候在那里了，他们相信这江上的鱼。

吓掉三魂六魄的农妇们也终于缓过神来，争先恐后地往岸上跳，挽着篮子作鸟兽散。买鱼的人爬上船，揭开前舱板抢鱼，然后让成骑麻称。就扒堆了，此刻他到哪儿找秤去，不想找。先看手机，是儿媳打的，三个未接电话。好么，他要喘口气儿。他要歇歇。他瘫坐在船上，像从噩梦中刚醒过来一样，大汗淋漓，张着嘴怔怔地发呆。

他先把船划到河口上面去，那儿有些汊湾，水势平稳一些。他还想下一次钩，因为挂过小安的滚钩，有一些晦气，要靠鱼和江水来冲一下。

接儿媳的电话是要有忍耐心的，他有时接，有时不接。这个女人是成骑麻见过的最恶躁的女人，整天没完没了地骂人，当地叫噘人。儿媳是这一带的噘人王。当然喽，如果你老公跟另一个女人私奔了，你就算是千古淑女也坐不住，也会粗言秽语捅妈捣娘大闹一场。

长江在沉沉的汛水中奔腾翻滚。天气阴了，江水的轰隆声愈发响亮，加上这里寂静，整个长江都在耳朵里轰轰喧嚣。江水像是山里窜出来的野种，用浊重的土语骂闹着，向岸边的苇丛和荒蓼卷去，就像是动荡的怪兽要踏平这些在浅水里挣扎的柔弱生命。那里有挂滚钩先就打好的桩子。他稳好船，看准流向，慢慢让船向东北方向荡去，将六十米的滚钩放入激流。当然可以不全放，留一些。这里因是河口，洄游的鱼群会向上游逆行，越急的水越有鱼前冲，鱼都是些拗脾气，大部分的鱼都是这种德性。

老伴本来是他的搭档。过去集体时不说，船是大船，人多。自己打鱼了，老伴划船，他下钩。有时也换个手。但老伴严重的类风湿关节炎，双手变形，抓不住桨了。在长江上与水搏斗是要身体的，成骑麻也强烈感到自己快结束这江里的营生了。但是，他不能放弃，为了生计。他想他得在风浪里生活，直到倒在船上，或者失足掉进江里，被江水吞噬，成为泡佬。常言说得对，会玩水的水上死，会玩刀的刀上亡嘛。这没有什么稀奇，这都是应该的。你一辈子在长江上耙耙捞捞的，都捞空了，你总得把自己填进去吧。

手上的滚钩顺着船舷一串串往水里溜下去。这不算什么。过去的滚钩那可是大征候了。几千米的干线都不算什么呀，村里的大渔船可以放到四五十米深的水域，一次放钩逮二三十头江猪子。想想那时夏秋捕捞江猪子的阵势，往往在风急浪高之时，它们会群体斗浪，排成一排，边斗浪边向空中喷出高高的水花。这就叫江猪子拜风。多么壮观的景象啊！这些黑漆漆的水下尤物，总是出现在大客轮和货轮的前面，它们斗浪拜风，玩水嬉戏，其实懂这个的才知道，这是江猪子在围猎鱼阵。它们什么鱼都吃。到了秋季，腊子开始向上游洄游时，江猪子一群几十头可以与上千斤的腊子对阵，并逮住它们。但是，这时候，真如老话说的，螳螂捕蝉，黄雀在后，鹬蚌相争，渔翁得利。捕捞队早就候在这儿了。只要江猪子开始围猎鱼阵，几条大马力的船顷刻出动，利剑出鞘，旌旗猎猎，立即分三层排开，下钩，下钩，下钩，三层的滚钩啊，一声令下，长城般的滚钩往江里滑去，铅坠、铁钩，沉闷地、激动人心地敲打着甲板……

“报告村长，前锋下钩完毕！”

“报告村长，中锋下钩完毕！”

“报告村长，尾锋下钩完毕！”

话音一落，整个江上就沸腾骚动起来，水里有大征候！几十头江猪子被围在了层层滚钩的歼灭中。悲惨的叫声从水里传来，江底下翻出鲜红的血水。滚钩被挣扎的水底怪兽扭成一团……鲜血泼红了江面……鱼群也被撞上了滚钩阵，鱼啊，猪啊……可怜的江猪子，肉特别嫩，就像豆腐一样的，挂上了容易挣脱，但挣扎时其他的钩就会像蚂蟥一样轰来，又挂上更多的钩；再挣脱，再挂上更密的钩……直至昏厥、疼死。一条江猪子拉上来，会有一百颗钩挂在它身上，千疮百孔，体无完肤。整个江面一片赤红，犹如点燃了满江夕阳大火。而水底下的肉屑会引来更多的鱼。再有几条船来下钩，在红水里捕捞，又会是大鱼满舱……这样的好日子啊，没有啦，结束啦……

说起来，腊子是长江里味最鲜的，但也是最腥的，兼有海鱼和江鱼的双腥，必须放很多辣椒，还要煮火锅趁热吃，否则冷后的腥味惨不忍闻让人反胃。但是，刚捕到的腊子在船上立马宰杀，立马煮上一锅，那个鲜呀！打开酒瓶痛饮，船上清风袅袅，水上风平浪静。享受这搏斗后的大啖与宁静，难道不是渔民最幸福的时刻？……

就着保温杯里面的茶，吃了带上船来的两块米粑粑和一块腊鱼，加上一个咸蛋。没见儿媳再打电话来。而远处观音湾那儿，在正午又钻出的阳光下，已经出现了许多玩水的人。那儿总是很热闹，不管死多少人。而他和船这里，是一眼望不到边的滩洲，没有房舍，只有无边无际的芦苇和蒲草。整个长江被荒野包围着，仿佛你生活在很远的世界里，随波逐流。风扫过来的时候，呜呜的叫声是十分野蛮和放肆的。现在，虽然下了锚，船上因空无一物而颠簸得厉害。其他的几条船也都在这周围，没有走远。其实在这里，在这一带游弋，这些老渔民不是为鱼，而是等待史壳子的召唤。说白了，打鱼是副业，捞尸才是主业。但今天，他感到肝一阵阵地疼，也许是与死猪搏斗后虚脱了，太阳也大，晒得人恹恹的。他治过三次血吸虫病。长江里有血吸虫，是一般人没想到的，以为只有湖区会有。殊不知，江滩的芦苇丛里，一样有血吸虫的宿主钉螺，有钉螺就有血吸虫的尾蚴。因为三峡建坝，下游水流相对平缓，长江多个故道成为大放牧区，血吸虫正在蔓延为一种常见病。年轻时，吃副作用太大的吡喹酮，对肝脏伤害很大，后来呋喃丙胺与敌百虫双吃。几次诊治，加上抽烟喝酒，他有了肝硬化的病，使得看上去脸色灰暗，脖子精瘦，眼珠发黄。好在，他收拾得整整齐齐，不像个病入膏肓的老人。

但是收这几十米的滚钩是个力气活。纲绳被水中的枯枝败叶缠成一团乱麻。他坐在船舱里，身子伏在船沿上，一边拉纲绳一边调整好船的平衡。好在这观音河口的回湾中，这天放下去，取了几条鱼。一条草鱼，一条很少见到的白鳝（江鳗），两条黄鲴；取下的黄鲴发出锯木头般的咯咕声。

手机的短信通知声响了。他赶快看，是儿媳发来的：

“你还要不要你的孙子？他读不成书了！”

这是什么意思？读不成书？他突然想去看看孙子小虎。小虎读一年级。究竟出了什么事？儿子有没有消息？是不是儿媳不想管孙子了？

他将船泊在观音滩边上，在那里扎好锚，就往不远的郊区义忠村赶去。通往郊区的公汽是这个城市的淘汰车，仿佛农民只配坐这种车。整个车体都是破旧的，无数次刮过涂料的，车里的座位更是糟糕，门快掉下来了，司机都是些上了年纪的瘦子。路当然不是行公汽的路，乡村的路窄，还破损严重。给颠得五昏六醒后，车到了，还得把麻木的双脚提起神来，去儿子承包的鱼塘那儿。

说起儿子成涛，算得是个倒霉货、灾麦子。他也曾是捕捞江猪子的好手，也曾经跟人贩过渔船，也曾去洪湖承包过养殖场，但不是被政府抓进去（如逃税）就是鱼塘翻塘。后来在义忠村教人养青鱼并在此找到现在的老婆。把别人的鱼塘转包过来，过上了几天安定的日子。他了解青鱼的习性，青鱼适合在沼泽地带生活，杂食性鱼类，以水底的螺蛳蚌壳为食。儿子与老婆盘下的塘是别人不愿承包且会亏本的水面。水草太多，塘底不平。但自从儿子包下水面后，就投放青鱼苗。别人是生长快速的喜头、鳙、鲶鱼、鳝鱼，他的青鱼三年才长一斤，三年基本饿肚子无收入，全靠成骑麻补贴。过了三年，成涛的青鱼一年长三斤，而且鱼脊青罡罡的，煞是好看。已经卖出几千斤了。八斤、十斤的青鱼卖到二十多元一斤，全是超市去腌制腊鱼的。眼看儿子的好日子来了，可是儿子拿着两万块应该买鱼苗的钱，与一个中老年妇女私奔了……

成骑麻在一个小卖部给孙子买了些果冻提着，走过一些修整较好的鱼塘与鱼棚，过一个荒凉的冈坡，就可以看到儿子承包的鱼塘。

儿媳不在，只有七岁的孙子小虎在鱼塘埂上奔跑，用一根响棍扑打那些吃鱼的鹭鸟，大喊大叫。鸟们拍打着翅膀飞进青蒿和苇丛。小家伙忙得热汗涔涔，书包放在门前地上，果真没去学校。

小家伙没有喊他。这个可爱的孙子与他不亲，是他故意这样的。自从孙子出生，他就没抱过他。一定不让孙子靠近自己。因为他捞了太多的死尸，双手不干净，不能把脏东西带给下辈。他无数次阻止过孙子的亲近，这样祖孙俩慢慢也就习惯了。但是，他的心里，会有孙子，而且只有他。

孙子接过果冻，他问，你妈干什么去了？孙子说拿着菜刀和砧板去学校了。

成骑麻二话没说拔腿就往学校跑。

学校就在观音河边。这里离观音河口并不远，几里地。这里曾经是“义善堂”购买的义冢之地，大大小小的义冢有五百多个。几乎全是成骑麻父亲他们在江河里捞上来在此埋的。这块义冢地在“文革”时改为义忠大队，后来叫义忠村。学大寨那会儿所有坟冢推平了，建了学校和良田。

不让上学这肯定是校长的报复？一定的。报复儿子拐去了他的老婆。可儿子是个好孩子，只是娇惯了一些，可能是老伴的责任。儿子当然是他所爱。当儿媳在电话里骂这人与一个半老徐娘私奔时，他也会附和骂儿子混蛋、嫖客、脏货、败家子。儿媳骂儿子是“牛鸡巴日的”时，他也会附和说是的是的是牛鸡巴日的。

在儿子上头还有两个姐姐一个哥哥。一个姐姐在船上玩耍时掉进长江淹死了，一个哥哥长得白白净净，一天半夜突然喊头疼，早上背到医院就断了气；前一天夜里听到有鬼魂喊这儿子的名字，不应还好，但这儿子应了，魂就被鬼撸走了。这个仅剩的儿子成涛，原是想，浮涛么，现在看来也真沉涛了。这么没出息让人指戳脊梁骨，跟沉在涛里有什么两样？

观音河边的学校虽然小，但红旗飘飘，写着“再穷不能穷教育再苦不能苦孩子”什么的。操场里晒着菜籽，围一群人，老远就听见噘人王的儿媳在骂人。挤进去，看到坐在地上的儿媳，赤着光脚，挥舞菜刀，猛剁砧板琅琅骂着校长：

“……你个牛鸡巴日的砍脑壳的囚儿苞子化生子半大坟茔满头长疮流脓滴水的老子不是好欺负的老子公安局有人中央党校有亲戚你个小学校长算个鸡巴卵子球杂毛算个什么官尿罐还是个矮趴尿罐狗日的婊子养的母猪下的捅你先人的捅你老娘捅你祖宗八代的……”

儿媳快气绝了，那一长溜的话是不换气不打哽飞流直下三千尺的。看着她脸色煞白，校长却一脸被羞辱的潮红，搓着手说：“你捅，你捅，看你用、用什么东西捅？”

“老子拿棒槌捅拿船桨捅拿牛鸡巴捅拿拖拉机的摇把捅拿你校门口的红旗杆子捅拿夜壶捅拿我老公的大鸡巴捅！你老婆就是看我老公的鸡巴大你鸡巴小不能满足不止瘾不清汪鬼喊才去勾引他吵！你的老婆咋就这么贱咧？让我老公捅死她的肥屄捅出大出血捅出尖锐湿疣淋病梅毒子宫脱垂宫颈糜烂子宫癌宫颈癌艾滋病成为臭屄骚屄烂屄豆腐屄泡佬屄大粪屄蛆虫屄……”

一边骂一边剁刀，剁刀的速度飞快，那刀上的寒光简直成了一条白线，根本看不到刀，就是江湖上说的一种神器。这矮校长哪还有还口之力，知识分子，只能相信君子动口不动手好男不跟女斗的古训，在那儿抓耳挠腮，不知如何是好。

“……老娘要嘛到你这个鸡巴校长投河喝剧毒农药敌敌畏对硫磷倍硫磷敌百威虫杀净内吸磷乐果白砒敌百虫杀虫脒杀螟松百草枯甲拌磷，要嘛到老娘我的儿子上小学中学中专大学专科本科博士留学美国英国法国意大利俄罗斯澳大利亚新西兰罗马尼亚菲律宾……”

“我、我还是那、那句话，你老公不把我老婆还来我就不让你小孩上学。我、我就是、是处分枪毙开除党籍也就、就是这个态度。”

“大家看哪，大家小心些哪！牛鸡巴日的校长好坏哪，全国的校长都不是好东西哪！跟小学生开房哪！”刀在砧板上急雨一样的响，木屑横飞。

“我干过什么坏、坏事你、你说说看，自己的老婆都跟别人跑了，人善被人欺，马、马善被人骑呀……”

“校长没一个鸡巴好的都是流氓坏蛋汉奸嫖客杂种打枪佬强奸犯！”

“你放心，你儿、儿子就是神童也放心好了，鄙人我不是同、同性恋，也没、没有娈童癖……”

“卵筒屁？你校长有几筒屁你的屁臊臭像糊狗屁公猪屁瘟糟屁红苕屁豌豆屁冷嗝饿屁稀屎屁黄豆屁苞谷屁大蒜屁……”

“什么？屁？嘿！我说的是、是娈童癖，是鸡奸！日、日屁眼的！”矮校长头上青筋暴暴地喊起来，“呃嘿嘿呀……”

校长突然捂着脸大哭起来，肩膀一抽一搐的好可怜。在场看热闹的乡亲先是在笑嘻嘻地看热闹，后被校长的哭声镇住了。听见他跺着脚仰天狂呼：“斯文扫地！斯文扫地呀！”

校长往他河边的教室跑去，嘭的一声，关上了那个摇摇欲坠的门。

唉，大家抱怨地看着这个还在剁砧板骂人的女人，低声嘀咕指责，又跑去想看看校长是不是想不开一绳子在梁上挂了？

还好，大家接着听到老婆被拐还被人破口大骂的校长，又化悲痛为力量，擦干眼泪领着学生朗读课本去了。

“……山青青，水青青，鸟儿鸣叫一声声。树青青，草青青，山茶朵朵笑盈盈。苗青青，田青青，春风春雨绿蒙蒙……”

“狗日的，你回不回来？把校长老婆送回来！”

他在往城里回去的路上，碣礴大怒地对着接通了电话却不说话的儿子大吼道。

“你让不让你儿子读书的？让他跟你一样游手好闲当二流子？”

到哪儿去找他呢？就在这个城市。这儿子好傻呀，怎么被一个大他二十岁的老妇给迷上了咧？这世界出了啥鬼？人会傻到这步田地？我成骑麻不会是这样的苕货让他遗传的吧？

他在水牛市的大街小巷瞎窜。他随便往那些破旧得不可再旧的巷子里走，在各个小店铺走。听说他拿卖青鱼的钱在这个城市里开了个小副食店。

“你有脸老子拿滚钩在江里等你！投水去吵！丢老子浮家祖宗八代的脸！”虽然巷子里人来车往嘈杂无比，他还是在电话里大骂。

“给你送钱来。”

是儿子短信。

“老子在解放公园。”

不管，先回了再说。

因为他已不知不觉走到了这个公园里。

这是一个没有管理的公园。有垃圾和杂草,还有野狗和蛙声。是老人们聚集玩耍的地方,特别是些心术不正的老头们聚集的地方。因为有了包括成家村的妇女,这里也会有中年男人来寻腥,当然啰,都是些引车卖浆者流,要不就是民工。看她们的年龄,穿着,也就在草丛里、荒墙下干上一梭子的水平。都那个年纪了还来一条半露屁股的皮短裤,洒些酒精味太浓的香水,嘴里是臭的。至少在她们的前十年是不操这种皮肉生意的,是在太阳下田垄中摆弄农具和庄稼的安静规矩的农妇。但后来,哪一天,她们竟干上了这种活计。谁知道是怎么让她们某一天就拉下了脸皮,开了心窍,种上了那"一勺子地"呢?——村里还赖在土地上不走的老倌们就是这么说的:老子们每天汗湿水流一年上头种几亩地,没有她们种一勺子地赚钱。嗯哪,裆里的那一勺子地,到这个年纪了还能赚钱,这是谁发现的呢?

那些女的游荡在各个老头们下象棋、吹南风、扯闲白的地方。当然,她们中有认识成骑麻的会赶快藏避,不过也不要紧,都是公开的秘密,大家笑笑不说穿就是了。

他在门口等这个儿子,等得口干舌焦时,一个长得像个乞丐的半大小子在他面前晃动,来来去去。这孩子宽大的裤子上全是焊洞,手臂烫得鲜红,头发奓开像鸡毛掸子。

"你看我做什么?"他很奇怪。不是那些妇女派来揽生意的吧?又不像,是个劳动的小伙子,五金门窗店的学徒。

"您郎嘎是不是姓浮的麻爹?"那孩子就问了。

"啊?是啊,你是干什么的?"他很警觉,看着这个脏兮兮的小伙。

那孩子从兜里摸出几张一百元的钞票，就递了过来。“有个人要我将这钱给您郎嘎。”

“谁？”

“我不认识。”

“不认识会给钱你让你给我？”

“是呀。”

“这就蹊跷了，不认识你你不会拿钱跑了？”

“我哪敢哪，我的焊枪和手机还在他手里。”这孩子急得快哭起来。

“要他来！给钱的那个！”他听见自己的声音在自己的胸腔内嗡嗡直响。

“他欠您郎嘎的钱呀？”

“他欠我一百万！”

“那……”

“这个我收了……”成骑麻夺过那几张钞票就从中一撕两半，钞票还真难撕，加上激动，手有些发抖，但还是撕了。他没撕成碎片，他还是怜惜这钱，但他撕了。撕了就撕了，再塞回那孩子手里，“给他去，就说我与他两清了！”

他头也没回，走了，这时正好手机在腰里惊天动地地响起来，一定是狗日的儿子的电话，他才不会接。他准备永远不接这杂种的电话。他有一种决裂的畅快。他要同过去这些瘷瘷疖疖的东西一刀两断，要把生活中的一切像一团乱麻似的滚钩一样，扔进他娘的江里。心里谁不是一团麻瓤呀，谁不是缠得死死的？理不清的时候，你就切了丢了！他很轻松，大不了老子是个孤老，江里打鱼波上行，独往独来，风浪里了却一生，奔不动了，往江里一滚，成个泡佬，流哪埋哪，狗啃了也是自己的命。

可是，手机还是拼命地响起。二次、三次、四次。气呼呼地涨红了眼看一眼，不是儿子的，是史壳子的。接。

“麻老倌您郎嘎蛮大的味咧，来不来的？捞货。”

不说捞尸，说捞货。而且是——三个。

成骑麻条件反射地就往江边跑。

一切都别想了，气也没什么生的了，现在赶紧去捞尸。

观音湾江滩上一片恸哭之声。这种情况是经常遇到的。但从来没见过这么大片的哭声和那么多雨前蚂蚁般的人。怎么啦，当然是三个人。电话里史壳子简短地说了，三个大学生。也没想那多，正在气头上。大学生小学生都是死了，都要捞，而且中小学生居多，不会水。他也是在路上立马反应到脑中的，三个人，捞起来至少有近两千元进账。这事情很简单了。

爬上江堤，江滩上涌过来的痛哭声是那么年轻阔大，全是学生样的男男女女的哭，一层赶一层地从江里拍上来，那么大片的混乱和悲叫，就是绝望。许多人走到水边，许多人踩几脚水又会转来。恨不得扎进江底把人捞上来，可长江是不说话的，它太阴毒，把人吞了就吞了，可以吐出来，但那得等一会儿，等渔民来，等一万两千元到了史壳子手上。现在——至少现在的程序就是这样。人死了，就是这样见尸的。见了尸再哭上一会儿，拖走，成为火葬场的客户，再哭上一场，就是一撮灰了。不过成骑麻他们看不见了，他们还是在江上，干他们的活儿，冷冷清清的，没有哭声。但江上的风浪就像是永世的哭声，一波撵一波地囤积着人类的眼泪和悲伤。你如果长久待在船上，长久注视江面，你也会眼里含满悲伤。特别是当你老了，像成骑麻这样老了，像勾老倌虫老倌这样老了，酒精中毒，眼泡松弛，骨头锈蚀，生命的火挣扎着快完了。

唉，就像搓板路上颠来的哭，肝都要让你颠掉似的惨，不是亲人，是一群来这儿游玩野炊的大学生，是同学。三个活蹦乱跳的生命说没就没啦。你不能去迎着听那些哭，要屏住气，把自己的心先弄麻木，让哭声把心捶麻。就当这儿是整天哭哭啼啼的火葬场，也差不离了，死的人太多，这儿。可火葬场大多是顺路的老人，绝症的病人，拖久了，有心理准备。这儿，刚才分分钟生龙活虎谈笑风生的一个人，马上就不见了，拖上来，一具死尸。这无论怎样都让人接受不了。玩水嘛，就是找个乐子，身强力壮的，天不怕地不怕，身上的腱子肉像石头，不像老年人，黯淡无光，那些玩水的肉全是光芒，比太阳还亮。女伢子细皮嫩肉，引得小伙子们口水直流的，可要是死了，就是一堆臭肉。男的也是。

这儿，等死的人无法制止，趋之若鹜，就像梦游。这究竟是什么原因呢？成骑麻没想清楚，三天两头就是在这儿捞呀，捞呀，仿佛这儿是个传说中的聚尸盆。

只有成骑麻他们知道，这个河口，太凶险了，那河里冲来的暗流把沙滩前的水域淘空了，看似平静，白晃晃的细沙滩，芦苇摇曳，水鸟飞翔，阳光耀眼，风花雪月似的，流行歌曲似的。往浅水里几步，就是陡坎，水中悬崖，而且是大漩涡，一下子就把你拖住了，磁铁石一样的，你挣不脱，来不及喊叫就遭了灭顶之灾。水性好点的，加上运气，可以留条命，以后不去这儿了。水性不好或没水性的，就认命吧。有关部门在这儿好歹竖了块“观音湾，鬼门关。在此玩水，等于玩命”的牌子，可惜早已生锈且不明显，牌子还在坡上，远离水边，有谁顾及这些，见水就亲，人之常情，你又没救生员在此巡查，管得住谁呢？加上这儿风景绝佳。这个江滩有假象！

全是些大学生，全是。成骑麻往里面走，他要到他的渔船上去。那些狂呼乱喊的人把他都转晕了。他好歹看到了自己的船。在一个角落，但船上被人踏得脏乱了，翻得一塌糊涂，晾晒在篙子上的滚钩弄成一团乱麻。舱板竟被撬开，但里面他没放东西。他的长钩，这可是重要的工具，不见了。他要找到。他还要找到史壳子。史壳子正向他跑来，还有旁边的船，两条。勾老倌向他打招呼。还有一些村里的人，虫老倌他们，都是老渔民。

人沉水了，他们咋没动静呢？船是没动，在等我？有几个每天玩水的冬泳队老倌子在水下捞着，好像时间不长，他们还有激情扎进水里。但成骑麻知道，这是徒劳的。没有人能捞上来且救活的。这江底下深坑漩涡，他们几个冬泳泡澡的老家伙能捞上来年轻人？不要把自己小命搭进去了。有的已经失去了信心，光着上身坐在水边，一脸无奈的表情。史壳子的身边，围着一群学生，在说话，求情。甚至可以看到是学校老师，领导。那可是大学的老师，都撵着史壳子。他们神色凝重，束手无策。被拦住了，扯住了，交钱。钱不够，就是这么。史壳子这样一个瘦骨伶仃的人现在却这么重要，他代表生命救星。已经找了渔船，已经求了冬泳队的老倌子，最后到史壳子这里来了。

曾有几次冲动，成骑麻听到呼救就会驾船到达落水地点，赶快搭上一竿子，赶快下钩，捞上来兴许能来一口人工呼吸。过去有的救溺水者，一两个小时的也可以救活。这只是听说。

面对那么多急切的求情史壳子脸上的骨头毫无表情，两只眼睛空洞深陷，仿佛是个从水中爬出的饿死鬼。

老师模样的人正在把钱往史壳子手上递。史壳子收了却没动，因为钱没全部到位，他不发指令，成骑麻就不能发船。教授模样的人腰弯得很低，在说着，申诉着。要赶快捞人，已经有十多分钟了——从解放公园出来的时间也就这么多，也许更长一点。看来是生还无望了，再急也急不出个什么来。一个人在水里顶多就是五分钟，脑子进了水，再怎么高级的医疗设备也没用了。

"不会少一分钱，我们是国家的大学，我以一个大学教授的名义向你保证，我把身份证押你这儿行不行？"果然是教授，快哭起来。

凑的钱不到四千块，肯定是这个数，捞一个的押金四千块没凑齐史壳子都不开工，何况是三个。三个三万六，至少先交一万二，一个的钱。这学校里的事史壳子好像要求先交全款，不少一分。这大的学校，收学生的学费那么狠，万人恨的，出这大的事，他们一定不会吝惜钱。这里他史壳子独家经营，他是有执照的，他不怕什么，说话硬。他毒瘾发了揍他爹的人，他还讲感情？他就是个畜生你把他咋样？那么多鬼在他家的屋顶上坐着，他还要个什么人味咧？

唉，哭号的人呀。江滩还有野火。这样欢天喜地的野炊是怎么变成悲剧的？一大堆女孩，女大学生，你搀我，我扶你，都哭晕了。原来是一个女同学在江边涉水玩耍掉下去了，那些学生手牵手去拉，拉起来女的，互牵着的手一松，全掉下去了，大伙帮救，三个男伢没救上来……江水荒芜无边，怎样喊也没人应了。

"……我们的会计在取钱的路上，史老板你要知道，是单位，取钱要审批要有很多程序，我们不会少你一分钱的。请赶快出船，多一分钟多一分希望……"

"活总有多少？"成骑麻过去低声问史壳子。

“……反正不够，那我不敢开工，捞起来你们跑了找哪个？大学的门我都不能进。”

史壳子已经被人拉扯昏了，说话时没看成骑麻，也许他根本不是在跟成骑麻说话。他在那儿虽然昏了头，袖子都快扯破，但就是不让步。那些人，学生老师们、市民们，其实忍着，恨不得铲这瘦猴几巴掌，把他扔进江里去。但是，还是得让着他。

“我们公司没有多叫。全国都是这个价……”史壳子叼着烟摊着手说。很多人给他上烟。他手上的烟快拿不下了，不拿了。他被人挤得歪歪倒倒，站稳后还是被人暗中下了手脚，不是推他，也是推他。这么多活着的学生伢，生龙活虎的，不能捏死你么？

“老板坚持说钱不到位不捞，大家再凑凑钱啊！各位在场的朋友们，各位大哥大姐叔叔伯伯阿姨们！谢谢你们的大恩大德！……”一个学生模样的小伙子在那里哭喊。

又一轮凑钱在人堆里展开。人们把身上的钱递到几个学生手里，十块五块的，也有百块的。钢镚子也拿出来了。

那些捐来的钱堆在沙滩上，几个学生清点，然后迅速交到了史壳子手上。那有几个钱呀，估计不到一千块钱。都没有啦，学生手上有几个钱，想拿出来的也都拿出来了，不想拿出来的就走开了。离史壳子的要求差得很远。大家都在看着史壳子这个人，可史壳子依然摇着头，很难办的样子。

“求求大哥啦，赶快呀！先救人行不行呀！”“都有二十分钟啦！……”各种求情的话此起彼伏，嘈嘈切切。

“不是我不捞，我是不赊账的，公司的规矩。”史壳子依然这样讲。

这时那个收钱的大学生突然大声吼叫道：“喂，你这老板铁石心肠啊！究竟有没有一点同情心？钱全给你了，不能见死不救呀！”

这学生伢头上青筋暴起，就像一头发了疯的斗牛，满脸愤恨，牙齿外露，眼睛里喷着血海深仇的大火，要跟史壳子拼命似的。气啊，不是他一个人，是在场的所有人。

这下，火点燃了，一个人领头，大伙就不怕了，刚才的求情一下子变成了谴责和痛斥。人群开始骚动并起哄，詈骂，情况急转直下，史壳子招架不住，即将被在场人们的唾沫淹没掉。

“你们没一点良心？你们是农民吗？”

“你们咋这么无情，你们的良心被狗啃了？”

“……你们成家村出婊子，这下要敲诈死人，你们咋这么坏呀！”

史壳子反正是临危不乱，死猪不怕开水烫，成骑麻、勾老倌全他们都来了，静候消息和指令。在场的人也知道了他们大约就是这些船上准备捞尸的渔民，用眼睛向他们求救。但成骑麻能说什么？勾老倌能说什么？几个老倌你看我，我望你，还是要等史壳子发话。

史壳子嘶声哑气地争辩，解释，一副天大委屈模样，不退让。剑拔弩张，乱云飞渡。那个小伙子几乎是抡着拳头想要揍人，眼前有石头他也会擂上一拳。

这时候，就见几个女大学生挤上前来，显然是商量好了的，推开那个小伙子，一起向史壳子跪下了。

领头是一个浑身湿漉漉的女孩，是掉进江里的那个，为救她丢了三条性命的那个。这女孩已经浑身瘫软，被人扶着的，身上发抖如筛糠，脸色像扑了漂白粉一样，嘴唇青紫，一个从冰棺里拖出来的女鬼，她的魂才从江里回来了一半。扶她的人都扶不住了，应该送医院去呀。

可这一跪，太突然，把现场的人全弄愣了。看到这群大学生们的造孽相，看热闹的市民也出于同情，跟着跪下了。一忽儿，几十个人就像被风割倒似的，齐刷刷地全跪下了。

好吓人的场面。哪会一下子沉到江里这么多学生伢呢？也有，很多年前，一辆去武汉的大客车，在轮渡码头因为刹车失灵，滑进江里，死了五十多个。但那时候，一声令下，都去救人，也没有想过什么报酬。

现在这阵势真的太突然，让成骑麻的心一下子揪起来，心扯得疼了。这是些什么人哪，给他史壳子下跪的，全是光鲜亮堂的大学生伢子。你史壳子就接受人家的求情，让我们去下钩捞吧。再者，捞人的又不是你，你又不会捞。

他不点头，那么多的头就在地上叩着，一片咚咚声。

史壳子先是被这阵势吓傻了，没有反应，后来回过神还是没反应。大家不起来，看他如何结局。他在等钱来。问题是大家都心存一线希望，死马当活马医，说不定水下的三个伢们能躲过一劫有活过来的。这三个水下的学生伢，跟眼前这些可怜兮兮的学生伢一样吧，年轻，红润，牛仔裤，打得死老虎的身体。想想一个大学生多不容易啊，虽然这水牛市的大学不是名牌大学，但一个农村家庭能出一个大学生该多难，总是荣耀的事。儿子成涛当年死不读书，高考时才打了二百分不到，什么学校也没有读的，一些邪乎的野鸡学校倒发来了入学通知书，那全是骗钱的。再者现在家里大多一个伢儿，独生子女，这一下，三个伢儿家里还不知道伢早已人不在了，沉到江里没起来，如果知道，天不会塌掉呀。唉，再怎么，就凭这也要去捞上一把，都是有儿有女的人，都是做父母的。过去听父亲常说起“义善堂”，只要听到江边有人落水——有呼喊或者铜锣为号，他和乡亲是要立马划船过来下钩捞人的，分秒必争的事，虽说父亲一生钩上来活着的只会有一两个，但如是游泳的、投江的或者冬季不慎落水的，会救起活人。渔民跳下水去救人天经地义，没什么大不了的。都是江边生长的“水鸭子”，水性好，不过是搭一手的事，伸一根竹篙，或一个猛子扎下去，摸上来。早些年，救起过的人还提了礼盒去看他成骑麻。有一个当年是小学生，现在成水牛市大学的教授了，也不知道这些伢们是不是他学生。当时是“文革”，学生乡下支农，回来在江边洗澡，沉水了。不用滚钩，跳进江里直接从江底拎上来，先抽几个嘴巴，倒提起，打屁股，肚子里的水就哗哗吐出来了，然后再打脸，几巴掌下去，就会哇哇醒来。这事既不评劳模，也不奖现金，跟没有发生一样。

他的父亲在“义善堂”，捞过的泡佬少说有几百，也全是他亲手埋的。义忠村的义冢，水牛市的商人买了捐给堂里，抗战时，一个商人就捐了五百口棺材，江上泡佬太多，全是鬼子炸三峡洋船死的人，还全是缺胳膊断腿的，都流到这里就不走了。想是这儿有个大回水湾吧，也可能知道这儿有个“义善堂”，这里的人会让他们入土为安的……

成骑麻突然想到这些，也很难过。就在这时，那个被救起的女大学生忽然爬起来，大声哭着喊：“我不想活了！不想活了！”只见她扒开人群就向水边飞跑而去，鞋子都没啦。她是想投江自尽！反应过来的学生们慌忙跟着跑去，死死拉拽住了她。这一下，现场大乱了。人肯定是拉得住的，人倒在了沙滩，人休克了。

“这样吧活总，发船了我们捞，捞上来不付完可以不交人嘛。”

成骑麻只能这样说，想了这样一个点子给史壳子。他是想为自己也为史壳子解套。这个办法肯定行，你得先脱身呀。再是，应该捞了，说不过去了，钱大家凑了，钱多钱少救人要紧，人家已经表态不会差你一分钱。成骑麻心里急得疼，他看史壳子还在犹豫，勾老倌也说这行，这行的，他跟勾老倌使了个眼色，马上拉着史壳子就走，并且向大家说："去救！去救！"捞就是救。赶紧开船！

史壳子是被成骑麻扯上船的，成骑麻还有这把力气。甚至在扯他时手上暗使了一把劲，拧他一手，让他痛痛，恨这人哩！哑巴三水也上了他的船，哑巴三水是个老单身汉。上船就成了。成骑麻在船上待惯了，一上船心就放下了，岸上他最忐忑。

船上到处是沙子，是人践踏的，但缆绳是解不开的，他上了锁。

与哑巴三水一起解开缆绳。哑巴三水上了船就哇啦哇啦地示意，指着江里，又指着成骑麻好不容易找回的长钩。指着岸上那些黑压压的大喊大哭的大学生，又竖起大拇指。又双手往外摊，好像是催督。按老规矩哑巴三水划船，去了船尾。史壳子在舱里点钱打电话。船一离岸，真的就安静了。现在，岸上的那些人，眼巴巴地望着他们，恨不得一钩子下去钩出个人来。这时，勾老倌和虫老倌他们的船划过来并在了一起，勾老倌过来代表史壳子提着黑塑料袋给大家分烟，先是一人两包，黄鹤楼的，不便宜。只在有尸捞的时候才能抽上好烟。然后每人一条毛巾，还有一双布鞋，不是很好。这也是必须有的仪式。成家村死了人，你当八大锤——抬尸的八大金刚，一人一条毛巾一双布鞋掖在腰里，是提阳气驱邪的，习俗如此。当然，也有家境好的，发旅游鞋。

勾老倌发这些的时候还提着酒瓶抿着酒，一有死尸捞他就兴奋。他的船上也两个人，与虫老倌。另外一条船是从邻村调的。那老倌唠叨着说，一个的钱都没凑齐，活总你该不会扣我们的工钱吧？史壳子对他说："放心。钱都在这里，他们给我多少，我给你们的不会少。"得到承诺的老倌子高兴得呲出没牙的牙床笑了，同时用桨梆梆地敲了几下船舷。

现在，成骑麻要指挥船划向哪里，捞尸他是指挥。一个老村长指挥过百条船，经验在这里。他闻了闻江上的气味，也大致知道那三个学生伢沉在哪个位置。这是一种本能，也是两代人的经验练就的。成骑麻叫哑巴三水往东南方划，也就八九不离十。那里一个大龟背似的沙渚，在不远的江中，朝北约五米，朝西约十多米，江底就是一个越淘越深的深坑大漩涡，观音河口的暗流就是在这一块汇聚的，但江面上风平浪静。遇上退水，许多人还可以涉水爬上那个沙渚小岛，很多人死在这儿。没有人死的时候，这里鱼也很多，成骑麻谙熟这里的一切。

他坐在船头先理滚钩，舱里史壳子在捋平一张白纸。那分明是一张欠条。

"他们打了欠条的？"他这么问。

"嗯。"

反正到手了是一大沓钱，拿渔民的话说，这次史壳子"起了篓子"。你看嘛，船与网和滚钩和人都不是他的，他就是几句话的谈判，揽活儿。死人是急事，急事最能赚钱，说多少人家也给。可是也有的死了，出不起这个钱。有个来水牛市打工的夫妻，儿子玩水淹死了，找史壳子，只愿出一千元，史壳子没干。人家夫妻两个硬是在江边坐了三天，等他们的儿子浮起来。这种事有几次了。还有一次，最神奇的，也是没钱捞的一家，晚上在江边烧纸点蜡烛，死者的几个朋友边烧边喊死者的名字，就听江面嗵的一下，死者从江中钻出来了，出现在他们脚下。这事儿传出后，有些没钱的溺水者家属就这么烧纸喊尸回。

成骑麻先把一根长长的竹篙插进江中，有个铁尖，可以承受一定的拉力，滚钩的主纲系在上面，本来若打大鱼还应在旁边插一根消息棍，捞人就不要了——这相当于钓鱼线上的浮子，一根竹篙只要装上响铃就可以了。然后下滚钩。他是第一层。勾老倌他们在另外的水域下。

叮叮啷啷的滚钩随铅坠子和石头坠子溜入江水里，这一排帘子似的大钩，一旦有东西挂上，所有的钩就往一堆跑，最后是，死尸上来，跟鱼一样，满身是钩。如果这人没有死，只是昏迷的话，这一身钩子只会让他越缠越紧，疼死为止。好在，这种情况不可能，人死了就死了，不可能把他钩活。但，江底下的事情，谁能说得清楚呢？人啊，认命吧。

天气有些不对劲，但凡死人的时候江上总是阴沉沉的，风也惨呜呜地刮。老天有感应。不知道哪儿发出断裂的吱吱声。整个江面在咔咔作响，仿佛江水是一块要破裂的大玻璃。哪儿还在呜咽不停。不是在岸上。灰黄的江面上汛水急遽往东注泻而去。他让哑巴三水稳住，哑巴三水的手脚太笨，使得船两边摇晃，被浪打横，好像船快翻一样。只要下滚钩，船边就会出现大群的江鸥，凄厉地喊叫飞舞。今天有点特别，它们发疯一样地翻卷，贴着波浪，好像被烫伤一样。尖叫着俯冲，又尖叫着离开，扁身飞上铅灰色的天空。

成骑麻是匍匐在船头下钩的，他不能长久地坐着，再者他年纪大了，也不能蹲，更不能站，渔船太小，也就四五米长，不到一米五宽。边放钩边退。这很容易，哑巴三水基本把桨别在水里，划几下，坐在后头，毫无表情地张着哑嘴看成骑麻下钩、指挥。成骑麻做事时要含支烟，不抽，湿了，但要含着。舱里的史壳子依然自个数钱、掏荷包，反反复复，并没管成骑麻干什么。有时候他会伸出脑袋来掸下烟灰。

随着滚钩下去，岸离船就远了。趴在船头往岸边看，所有的人影和建筑，都在波涛上起伏，世界都像在一张颠簸的木筏子上面。他也不能趴太久，终于快速地把滚钩下完了，感到胸口堵得慌。肘子撑起来慢慢坐下，史壳子给他丢来了一支烟，没接住，滚进了江里。

他这里是第一道钩帘，勾老倌的是第二道，邻村的船是第三道。其实，甭看江水湍急，在哪儿沉的，基本不会流很远，都在这几个“窝子”里，只有渔民知道。只要在这一带淹死的人，是跑不了的。也偶有无缘无故捞不上的，一下子就流走了，这就要退还至少一半的钱。

他手上的纲绳缠在臂上，过去在手掌攥着就行了，现在，臂上缠两圈还是沉。他在自己兜里掏出一支烟点燃，抽了一口，喘口气。

“有没有啊麻老倌？”史壳子这样问。

手上的纲绳一抖一抖的。船尾的哑巴三水也哇哇地叫，手指着他和水。哑巴三水瞎咋呼，每次都这样，每次捞尸都见了很多鬼一样的，东指西戳让人心生寒意，下次干脆找虫老倌。

他懒得回答。水下钩到了什么只有他清楚。看起来很沉，铃铛还响一两下，那是水的流速拖曳的。那么多的绳子，坠砣，都是挡水的阻力。拉滚钩要一把力气，因为靠着水的抖动要能感知水下的动静，还有就是要靠这股力在水下找目标，手臂要时常运动，就像钓鱼，要不时拖一下钩线。这也是凭感觉。

坐在船上，天地昏暗无边，如丧考妣。水天的交界处有一道浅蓝的罅缝，好像老天开了一道门，闪着些断断续续的光。乌云低垂凝滞，是什么时候没有太阳的？如果早上没了太阳，这群大学生伢就不会跑出来找死了。真是找死啊！多少地方可以玩，为何偏爱这个鬼门关呢？……那个女大学生是不是鬼来引生的？把这三个同学引走了……他死死拽着纲绳。这绳子过去是用麻自己搓的，也有买的，白棕绳，船民叫马尼拉绳，要每年用猪血浸泡再晒六月的红火大太阳。后来就是这尼龙绳了，结实，但粗暴，勒得人手臂生疼，水急时会勒出血痕来。如果你是拉凶狠暴怒的大鱼，腊子和江猪子，或者赶上鱼汛，几个人合手也拉得你气喘吁吁，手膀上如刀划一样。

这么抽了一支烟，歇息了片刻，江中的竹篙响了。是水面上传来的响铃，声音很沉闷，细小，有一下没一下的，且有规律。这就是挂上死人了！若是大鱼或者江猪子或者腊子，响铃是天翻地覆地闹，嘈杂急促，混乱狂躁。一个人死了，他就静下来了。在水底呛水的挣扎是往死里走的，定是最痛苦最狂乱的。那是与人的世界诀别，是外力让你必须死去，不管你多年轻多漂亮多有才，你不会水你就得死，你水性差你也是死。水是欺负人的。但他问过那个被救的教授，沉到水里是什么感受，教授说，乱抓乱挠冲出来两次，想喊救命，但水马上呛住了，再没冲出来，喝了多少水失去知觉不记得了，就这么，醒来发现又活了，没什么痛苦呀，死得很糊涂的。也许他说得有道理，死不是一件难事，几分钟，稀里糊涂，魂就走了。

“来了。”他说。只有自己听见。他马上迅速地收绳。雨点开始砸船。江面上也有雨雾笼罩。这是哭，老天在哭。是有了。人上钩了。水下的人只能如此。雨打在脸上，他以为是浪的飞沫，抬头一看，是雨。他船头跪着，挥手要哑巴三水稳住船，向上游划。他要收钩了。史壳子也看到成骑麻人跪下，这稳当些，不是向泡佬磕头。但成骑麻总是这样，拉死尸时总是跪下的。脚桩子稳当是一回事，也许有对死者尊重的成分吧。反正，他这样才顺手地收好滚钩按顺序放在一边，人不至于晃下水去，匍匐着是使不上劲的。史壳子来拉，他不让，示意他回舱里去，碍手碍脚的让他还拉不好了。再者你史壳子好逸恶劳，什么时候在船上干过，你晓得滚钩是怎么收的？

滚钩不能乱放，收一点圈一点。手上的重量越来越沉，就像挂住了水底的石头。这有戏了。但可以拉动。死者喝了一肚子的水，会比平时沉。但因为是在水中，你一拉动，就会顺水往上漂。你得顺势拉，不比鱼。鱼你得对着干，鱼也有时跟渔民比智慧。在水里怎么拉活物死物，是有很多技巧的，全凭手感。稳住船。拉出来的滚钩大多缠在一起，回去得慢慢理，到对岸芦苇滩安静地理。但今天缠得格外乱，是不是这孩子被挂住时清醒了，拼命挣扎了？唉，不可能不可能。只是有点怪。也许是水大了吧。还收上了两条鱼。他娘的，为什么这鱼也来凑热闹呢？不是挂你们的。烦，还是把鱼扔舱里了。是一条鲴鱼一条小青鱼。看见青鱼想到不争气的儿子和不让上学的孙子。不该想的，此时。

拉到了一具尸体。是个小伙子。拉出水面时尸体会像鱼一样往前蹿，像要游走一样。拉过来，他先用那个竹长钩钩住他的衣裳，再慢慢拉。是条壮汉，成人了，手脚粗大，头发漆黑。但此时的脸，不叫脸了，已经比他自己的白T恤更白，简直像硫磺熏过、甲醛水泡过的笋子和藕带，也比往常大了一圈。他身上挂着一大堆滚钩，可怜的死鬼都是这样，你看身上全是，滚钩把他包裹住了，全是钩，后脑勺子上也是，手上腿上。先用手指朝死者的手上敲一下。手哪是手，就是水里发泡了的馒头。难怪叫泡佬。好漂亮的一个儿子伢，五官端正，他有没有女朋友？他大学是不是快毕业了？家在哪里？父母看见了不要哭昏死吗？……

死尸是不能弄到船上来的，只能在水里摘钩。岸上看到了人。岸上有骚动，有喊。但成骑麻得慢慢来，一只只摘钩。这摘钩的活计是很难的，要小心翼翼。因为，再怎么不是鱼，是人。是人，就有一种天然的敬畏。好歹是条生命，而且还是热的，仿佛吧。冷了，也感觉还是热的。是介乎于死和生之间的一种东西。如果拖到医院，拖到火葬场，那就是真正的死了。在成骑麻这里，还得有个过渡，让家人、亲人、朋友去哭，去抚，最后认定是死了。

成骑麻摘钩时听到史壳子在接电话说“是个穿白T恤的”。一万二到手了，史壳子的声音晴朗正确了。声音里有稳当当的底气。

要用绳子先绑住死者的臂膀，先拴在船舷边的立柱上，再绑死者的腿，一只膀一只腿，这样绑好了系在船桩上，以免钩没了被江水冲走。这是先后顺序。水很急，拽住死者捆绑，他一个人做，不要谁掺和。今天格外吃力，四肢酸软，走了太多的路，还对不见面的儿子发了一通虚火，耗去了全部体力。人老了，也就这么点气力，用一点少一点。

唉，缠成这样，莫非真的在水底还活过来了？年轻人生命力旺盛也说不定呢。他细心地摘，不要让肉拉出来，这伢子身体上的肉劲鼓鼓的。可咋就是不会水呢？未必是山里人？

史壳子在看他。也在看岸上。电话里又在吵架。还给勾老倌打电话:“勾老倌你那边有没有?”

钩取完了,哑巴三水把船往岸边划,是史壳子要他划的,但又要他停了下来。史壳子对成骑麻说:“钱不交完我们不交人。”

他回答了“嗯”。这是他们的事,我成骑麻是将人打捞上来了,我要告诉岸上的人,他就站起来想呼口气,手上拽着绳子,当然牵着的是三个大学生中的一个。腰好半天直不起来,汗水滚滚地从额头上冒出,人太虚了。

大概船划到离岸不过十多米远的地方就停住了。岸上的人群往水边挤,还可以看到有救护车,有穿白大褂的人,有担架,还似乎有武警,还有摄像机。有人狂喊乱叫“快！快!”有人涉进水里,招着手,是准备抬人的,不是尸。现在这个溺水者,岸上的他们希望是可以复活的人。

成骑麻就这样了,船停了,也就跟岸上的造成了对峙。其实来那么些救护车和医生啥用啊,谁能在水里半个多小时还活着,除非他是神仙。摘钩时他总是要试试溺水者的皮肤,嘴,摸摸胸口,是不是还能在身上感受一丝热气,有没有人工呼吸的必要。这个他都懂。有的是可以的,有的就不行了,譬如这个绑在船边的学生。有到火葬时突然醒的,乡下有停尸两天后醒的;还有听到过棺材里传来的呼救声,刨开坟打开棺有死人乱抓乱挠的痕迹。但对于这些岸上的人,笃信争分夺秒是能抢救生命的。岸上还有学校的教授领导,出了这大的安全事故他们不好向死者父母交差,坐牢也有可能。所以也在拼命跳脚声嘶力竭地喊快给人他们去医院。救护车的笛声都拉起来了,车发动了,捞尸的船却不交人。这是哪门子事啊！

成骑麻不能淡定了，因为岸上在沸腾，看见人了，却不靠岸，等钱哩。他忙问史壳子，怎么样？史壳子摇头摇手还是示意不行。

雨很小，就像无一样。等得焦急的人变成了愤怒的潮水。他们挥舞拳头，已经有人跳进水里了，要来抢尸的样子。史壳子让哑巴三水把船稳住甚至后退。这一下，更加激怒了岸边的人们。有学生抠出沙坨掷向渔船，有一坨差点砸到成骑麻了。是他拉着死人绑手的绳子，史壳子拉着绑脚的绳子站在他身后。他当然首先中“枪”。这让他有点恼火。我不过是个捞尸的，又不干我什么事，砸我啊？你要砸砸我后头的那个瘦猴子。他伸出手挡着砸向他的沙子，示意不要这样，他的意思也有“一手钱，一手货”的硬理由吧。我不维护他我的工钱就没有。

“把人给我们！给我们送医院！……”

“要钱去死的呀！你们这些农民！……”

“你们没有伢子的呀！心好狠呀！……”

无法阻挡岸上的人向这条船、这条可恶的大江挥拳，向这些渔民叫骂。斥责、呼喊，乱成一锅粥。而没捞上人的两条船在成骑麻他们船后远远地躲着，让成骑麻成为了人们发泄的对象，众矢之的。似乎不能靠岸了，否则会被愤怒的人群撕碎。他拉着绳子蹲下来，他不知道究竟应该怎么办？那只拖拽尸体的手在颤动，是水的流动扯着尸体往后头挣，好像这死伢要活过来了要挣脱他的绳子，他听见了岸上的同学们的喊唤声。

突然，他有些害怕。老啦，手上全是弯曲的关节。老年斑。肝疼。寿眉太长，让眼前总像有草渣阻挡。这事儿本来嘛，捞尸就是“义行”，三百六十行之外的一行。人淹死了，他捞上来，面对的却是恨他的人。难道不是他捞上来的吗？捞尸容易吗？茫茫大江里你在水底捞个东西看看？七十岁的老人，在这急流凶险的大江里，驾着一条摇摇晃晃的小船，到处下钩，图个什么呢？钱，我又能得多少钱？得个零头。不是我们你永远也捞不到的。你打“110”，你报警，警察来了有啥办法？不一样通知我们来捞？

风吹得人一阵冷似一阵，他不能回舱里。史壳子把绳子交给他一个人拽着，回舱中用电话与人谈判。那个被波浪颠簸在水里的大学生露出个后脑勺，手臂绑着，手垂着，小腿绑着，脚翘着，在水里漂荡。身子也是，衣服、脚、裤子、鞋子，就像浮渣了。就这样即使是活的也憋死了，他的脸伏在水里，男人在水里死时就是这样的，翻过来他还会覆过去。周围不知怎么有这么多水葫芦，是上游流来的。绑着的伢子藏在水葫芦里。

成骑麻像棵芦苇又站起来，他好想抽一支烟。但他的船，他们一起的几条船，就这样信马由缰地漂荡在江里，像没人管似的，失了方向，被人唾弃。史壳子呀史壳子，你太那个了。哑巴三水也着急，隔着船篷给成骑麻手舞足蹈地无声“说话”，意思是把死人交了算了。他的蓬乱的白发也在手舞足蹈。

就这几个白发渔人，白发在江里讨生活的老倌子，就像他们的船一样老朽破旧了。手腕都拽不住一具水里的死尸——死尸的力气比这些活人还大。就是这么，他们还要捞着。这究竟是为啥呢？

总算看到史壳子枯瘦的手有了手势，是往岸边去的。哑巴三水一下子来了劲，两下就冲向岸边，下了狠劲。一个浪涌反向打过来，船就冲上了沙滩。一眨眼工夫，手上的绳子被抢走，水里的人也被七手八脚弄上了岸。一呼啦过去，人抬上了救护车，不见了，沙滩上留下一条湿漉漉的印迹。而史壳子下了船，有个女的把带来的所有的钱给了他。成骑麻看见史壳子没有作声，是一大扎新钱，刚从银行取出来的。那个女的(大约是会计)脸上的汗直往下滚。但好像钱数不对，史壳子还是在与他们说什么，双方争得很激烈。

有学生爬上他的船，钻进舱里去船尾看，说是不是有另外捞起来偷偷吊在船尾要价的？

“没有的，没有的。”他说。

“还有两个，快去救呀！……”学生说。

史壳子把钱装进了包里回来，却闷闷不乐，挥手让成骑麻他们去捞。

天色晚了。云彩在震动。江水浑黄得令人头皮发炸。他们饥肠辘辘。还没有吃中饭呢。谁都把吃饭这事给忘了。史壳子不知到哪儿去了，或者在勾老倌他们船上？成骑麻懒得想。第二次下钩，要远一些，他知道第二次应该在哪儿下钩。

江上起了小小的雾。他在想在解放公园那被他撕去的几百元钱。他是为了钱吗？是，也不是。他是个有脾性的人，可现在一切变了。他这样辛苦的老人倒成为了那么多人的对立面。这事让人恨是因为他成骑麻吗？我一天水米不沾。

硬撑着，下了钩，守着，晚来风浪急。江鸥也因为饥饿一群群在天空发出愤怒的唳叫，并且俯冲向渔船，啄食他们的船篷。总不能把我吃了吧？我已是前胸贴到后背脊了。岸边上点起了星星点点的烛光。人依然黑压压的一片。声音从水面上传来，异常古怪妖娆，好像有一群水鬼在水里讲话。再怎么捞起来也没用了，你们等什么呢？都没有吃饭，今天这观音湾可聚集着几百上千的饿肚人。

木棍没一点响动。他想睡一觉，眼皮沉重，支持不住了。果然，他躺在船板上就睡着了，好像是入了雪窟。有人和兽走动。儿子变成了被铁链锁着的老虎。死去的三个大学生从水里爬起来，向空中投篮。孙子是一只嗷嗷待哺的小狼。他们都一律的有獠牙。大学生也有。江面上出现了巨大的腊子鱼群和江猪子群……他站在村里的一条大渔船上，指挥大伙展开血腥的捕杀……突然他因为摇晃掉入了冰凉的江中……

听见很嘈杂的声音，把他从寒冷的梦中吵醒了。哑巴三水在嚷嚷。原来，勾老倌他们的船靠岸了。史壳子还在谈尾款付清的事——又有一个学生捞上来了。另外一个，没付清钱又不捞了。

这样成骑麻在江中等待。等滚钩上的消息，等勾老倌他们再下钩。

成骑麻身心全疲，他坐在船头。岸上是史壳子与学校的人交锋的声音，但听不清楚说的是啥，声音很大，通过水面会传得很远。不知过了多大一会，勾老倌他们的船又划出来了。往下第三钩的地方去。

成骑麻抽完了半包烟，得到史壳子的电话：另一条船，捞到了第三具。岸上又是一阵骚动。可以收工了！

交了尸，收了钱，一切都结束了。那就赶快收了滚钩回家。史壳子不是最重要的，回家吃饭，睡觉最重要。当然回去还得给老伴说说孙子、儿子的事。

江水哗哗地拍打着船舷，发出空荡荡的噼啪声。他说干就干，收纲收钩。钩上挂了些浪渣和水葫芦，什么也没有。钩还很顺。钩是自己的，要好好收回，放好，在舱里锁好。特别是，要买纸来烧，又挂了死人的。

可是他感觉哪里不对，他收了史壳子的钱后。史壳子坐别人的船溜了。观音湾沙滩上的人不仅没散去，却越来越多。他揣着工钱，还有一瓶酒。还有两包香烟。听说是史壳子找校方索要的两条黄鹤楼，他分到了两包。为什么江滩上的人越聚越多呢？气氛不大对。看水面上，又流来了一批死猪和杂物。这夜晚的江面好诡异。江滩上，点起的蜡烛好多，像是野地里的鬼火。怪呀。敢情全市都知道这事儿了？

他把船泊在江中那个龟背样的沙渚旁让人看不见。苍白的月亮很低地划过江面，鬼鬼祟祟。这些年的月亮都是这个样子。风在江上疾走，听得见簌簌的摩擦声。岸一直在晃动，没有停息。一些萤火虫贴着水面飞行，明明灭灭，就像江上众多的游魂。在江边一处旷寂地，听见了那里传来的低沉的乐器声。他年轻时玩过笛子和箫，搞过宣传队，知道这是萨克斯。一个人影黑魆魆的，像个大烟斗蹲在水边，吹的是《化蝶》，那萨克斯管声像雾一样在江面上流淌。听着听着想起了成小安夫妇。又吹《回家》。成骑麻听着，不知不觉流出了眼泪。他忘了饥寒，忘了时间，陶醉在这美妙伤心的乐曲中。他又一次打起盹来，直到晾在竹篙上的滚钩被风叮叮当当吹出噪响。他也要回家了。有几个年轻学生伢却永远不能回家了。

划船回到家老伴热着的饭菜在锅里，进门就问："老倌子，你今天好难看，魂掉了一样的。"

他告诉她捞了三个人，全是大学生。老伴愣了，说都捞上来了？听村里的人说了，怪不得。

手机的短信提示音一直在响。一看，儿子的，烦了，看内容却是：

"你看电视。你可出名了。"

我出名了?

打开电视,全是江边救人的事情。还看到了自己和史壳子两个拖着水里的死尸,站在船上的画面,这可出了丑啊!

……结成生命之链,谱写长江壮歌。水牛市大学生结成人梯救同学,三人英勇献身。今日下午三时许,在本市观音河与长江汇流处的观音湾,有一在此游玩的女大学生落水,发现险情后,其余的十多名大学生迅速冲了过去,因大多不会游泳,大家决定手拉手组成人链,伸向江水中救人。终于抓住了落水的女生,正在慢慢向岸边靠近时,其中人链中的一位女生因过于紧张和体力不支而松手,其他人加上脚下的流沙塌陷,人链瞬间断开,处在人链前端的有六七个同学纷纷落入水中。闻讯赶来的冬泳队和会水的同学下水救人。但最后赵一钱二孙三三名同学沉入湍急的江底而英勇牺牲。

事发后,水牛大学领导迅速赶到现场,当地消防、海事和医疗等部门也相继赶到组织搜救。由于该事发地处江水回流区域,水深流急,坡陡沙陷。浅处有四五米,最深处二十多米。经过成家村渔民和壳子打捞公司的打捞,截止到晚上六点四十分,三名英雄学生的遗体终于打捞出水,虽经医护人员现场进行全力抢救,终因沉水时间过长,未能生还。水牛市委书记李四和市长王五获悉此事后,对大学生舍己救人的事迹表示敬意,并指示有关部门妥善做好后续工作。记者获知,校方已成立专班处理善后事宜。

据现场有人反映,壳子打捞公司和捞尸渔民有挟尸要价和定价过高等问题，虽遗体打捞价格不在物价部门定价范围之列，但打捞公司明知溺水学生系见义勇为遇难而不及时打捞，特别是因打捞资金未筹集到位时，数次中断打捞，明显有违社会公德，遭到现场民众谴责。此问题正在调查之中……

那是自己吗？那个站在船头叉腰挥手的人，那个用绳子牵着水下死者的人，那个在自己船上替史壳子挡沙子的老倌子，多丑啊。吃不下饭，他要睡了。他彻底地病了。他浑身哆嗦，奇寒奇冷。老伴也看得傻了，对着电视发呆。他赶紧上床。

可不一会堂屋里有声音，是勾老倌、虫老倌和哑巴三水都来了。勾老倌对着成骑麻的房里喊他，要他出来。

事情不好。他穿好衣服出来。勾老倌手上拿着一些钱，对他说："麻老倌，钱要交回来。市里要收的。活总抓进去了，我们在收钱。"

"收我们的钱？"

"是呀。你劝劝三水，他又不识字，你让他看电视看不明白。"

"全部交出来？为什么？我们今天不白辛苦了？"

"还不是活总害我们啊！电视上播了，这下我们的鱼都没人买了，船不消开了。"

哑巴三水不明就里，嚷嚷得厉害。勾老倌就抓住他，把双手闭拢，意思是不交钱要戴手铐，又蹲下，意思是要坐牢。这就难怪了，史壳子撞在马蜂窝上了。想也不对呀，明明是重大溺水死亡事故么？咋就变成了英雄事迹，学校的领导可高兴了，由事故责任人变成了英雄的领导，还得感谢他们教育出了这么好的大学生。他们这几个打捞的渔民却成为了见死不救侮辱英雄的坏人。又听说死者中一个的亲人晚上来抢尸，有百号人，但警察也出动了上百人，把那些抢尸的队伍堵在了高速公路出口，进不来城里。死去学生的母亲要投江与儿子一起去。火葬场也全守起来了……

水鸟划过成家村的上空，声音像一种从未见过的乐器，像是男人临空的尖叫，飞向史壳子家的屋顶。那些刚死的泡佬都来了。

儿子短信说，明天把那女人送回去。

这还不错。是不是老子怄气出丑，你同情呢？好吧。他一夜难眠。早晨他就动身去对岸义忠村。管他的，钱不要就行了。我一个老馆子我第一个捞起了英雄我还犯了法吗？

他把船停在观音河里，再上岸步行。

这是初夏时节，鹧鸪在天空歌唱，氽鸡在草丛闷叫。麦子熟了，油菜割了。田野上到处是烧油菜秆的烟雾，砍过后粗壮的油菜蔸触目惊心，像大地狰狞的牙齿。顺着河堤走。堤坡上到处是疯长的魁蓟，针刺张牙舞爪，花序直立恐怖，像蛛丝网一样披在紫红色的花筒上。一些荒蒿，一些狼把草，一些泥糊菜，一些荆芥子，一些虱麻头，一些鬼针草。牛们吃的草太少了，被挤在一些牛屎成堆的地方哞叫。河下，有一条双体小渔船，有渔民在船上下罾子，这种船叫鹭鸶船，但船上没有鹭鸶。他们打鱼好悠闲啊，在这条清悠悠的小河里。如果儿子争气，我搬他这里来，不就可以在这里打鱼了吗？不与风浪搏斗，不再捞人捞尸，江湖偏远，清风明月，有鱼打鱼，有虾捉虾，没有鱼虾就船上睡觉，船上醉酒……

下了堤坡，径直往学校去。他在离学校不远的一个路边小卖部买了包烟，抽着，看着电视。还是这些画面，有许多人的采访，有赞美，有回忆，有谴责，有表功。谴责的是他们，挟尸要价的渔民——但小卖部的人不认识成骑麻，也不知道眼前在门口坐的人正是那个牵着尸的渔民。他只好低着头抽烟，生怕别人认出他来；表功的是学校领导。这本来是一场大事故，却在侃侃而谈是怎么把学校办成培养英雄的学校的。你就不能惭愧地向这些学生的家长诚挚地鞠躬道歉？你们罪责难逃！这真是太怪了，也不怕了。你们没脸还要我们要脸么？不让学生学点起码的求生技能如扑泅，你们都教育些啥哩？书有啥用哩？掉进水里了书能救你吗？这样的英雄越少越好！你把他们整成了英雄，你就撇脱了干系，而英雄的母亲后半辈子可就孤苦伶仃了咧。她们是不想要震惊世界的英雄的，她们只想要一个默默无闻无灾无病的儿子，活着的儿子。而你们的宣传只要英雄，这不，播音员还在说“这是一个英雄辈出的时代”。难怪，观音湾永远是一个英雄辈出的地方！唉……

这么七想八想的时候，一阵哄闹声。他往来路一看，一群人过来了。啊，阳光像金色的羽毛扑棱棱地飞翔，天气晴朗，层云尽开，雾气消散。在灰尘扑扑的村路上，儿子用板车拖着校长的娘子像拖一头肥猪回来了。这真是浪子归来啊！校长的胖老婆五花大绑丢在板车上，哼哧着，显然有过拼命的挣扎，衣裳都散乱了，披头散发，嘴边白沫干结，狂叫过，呼救过，但现在的声音近乎临死前的微弱呻吟。她已经不能动弹，蜷在拖过垃圾和大粪的板车里，脸因为挣扎叫喊而肿得发白，肌肉松弛，喘气，就像是拳击台上抬下来的残兵败将。

这是一个多么清新的早晨，乡村水灵灵的。狗因为空气碧绿而昂头大叫，并且紧跟在板车后面。葳蕤的庄稼和旁边水渠里亮如油漆的芦苇与蒲草，起风过后飘荡在空中的小蜘蛛。池鹭像被风吹起的纸片，遍野都是，有的吹到了牛背上，站着，神情飘逸。鱼塘里，增氧机在鼓动着大批的氧气，搅起绿色的水花。篱旁的牵牛花蓝莹莹的，塘埂上喂鱼的黑麦草，像铺着一层厚厚的毡子。他的儿子成涛，弓着腰，双臂小巧的肌肉紧结着，腮帮子咬成三瓣，敞着印有黄龙的T恤，板寸头上挂着一颗颗亮晶晶的汗珠。

一群村民和学生伢子跟着板车奔跑着，呼前拥后，整个村子像过节似的。成骑麻看到校长满含热泪，开始点燃手中的一挂鞭炮。噼里啪啦的鞭炮声炸得多喜庆啊。

有人给板车上的校长老婆松绑。她因为反抗，让成涛给多上了几圈绳子。这也是捆死尸的绳子，是自己船上的，成涛拿来的。校长老婆的脖子上、背上、腰上全是绳子，肥硕的屁股紧勒了好几圈。儿媳牵着背书包的孙子也赶来了。一家三口人团聚，紧紧抱在一起。热泪滚滚的校长也扶起他的老婆，用削瘦的双手揽住了老婆越来越强悍的双肩，两个人抱头痛哭，喊着对方的名字。

“成涛走对了一步，女人嘛，哪有自己的儿子重要……”

“这下好了，救了两家……”

“和气生财……”

校长破涕为笑，对着他的学生命令道：“欢迎成小虎同学归队，现在，升国旗——”

孙子小虎走进了向国旗致敬的学生队伍里。

多少人眼里泪光闪闪。

傍晚，成骑麻回到观音湾江边，刚一停泊，就有几个人冲上他的渔船，劈头盖脸给了他几巴掌。成骑麻被打得金星直冒，人站立不稳，差一点晃进江里。

“就是你，我们等你一天了！你这个老狗日的混蛋，看你还坏不？我们代表广大市民教训教训你，你他妈挟尸要价，还没抓进去呀，史克治不是抓进去了吗？个老狗日的，叫你侮辱英雄的！……”

几个中年妇女也认出了他，爬上船来要抓成骑麻的头发、抓他的裤裆，抓他的脸。

“你没有孩子的？你这大年纪了要钱去买棺材的？”

“你是棺材里伸手——死要钱哪！”

他只好往岸上逃。他跑，他捂着被抓得血淋淋的脸，捂着鼻子，鼻子里也鲜血喷涌。他两眼昏花，双脚瘫软，跌跌撞撞，爬上沙滩。他顾不了他的那条破渔船。那些人把他的渔网往岸上扔，把他的滚钩——一百米的、六十米的全搜出抱上了岸。竹篙丢进江里，船板撬了，桨桩抽了，扔到岸上堆成一堆。桨和锚也丢进江里。他看见几个人在拆他的船篷。所有物品被扔下船，有人找来了浪渣，点燃了。这些他船上的物品，被付之一炬。火烧起来了，很干枯的东西，加上风，火一点燃，风一呼啸，火就大了。他无力阻挡。那些人在那儿吼着骂着笑着起哄着。

“老不死的，看你还要钱不……”

“断子绝孙的老狗！……”

有人举着燃起的木棒，扔向他的船舱。

他要跑过去，他不顾一切地求饶似的喊：“不要烧我的船！不要烧呀！这是我老两口过生活的船呀！”

他冲上船去，用手抓那些燃烧的木柴浪渣，不管手烫没烫。手不要了，船要。这比老命还重要，几十年的船，养活了一家人的船……

手上没有了疼痛的感觉，他没有水桶，就用双手去戽水，拼命厍。岸上的那些人，都在哈哈大笑。

他总算把火弄熄了。那些人看他在水里跳来跳去，没有一个人帮他，全是看冷的、要笑的、袖手旁观的。

一个烧黑了的空船，渔具、捞尸的工具，全没啦，化为灰烬啦。他坐在水边，湿淋淋的，双手焦痛，从灰烬里扒出烧得发黑的滚钩，锋利的滚钩，挂过许多死人也挂过无数腊子、江猪子、大鱼的滚钩，捧着它们——这些已经渐渐冷却的滚钩骨头，坐在夕阳里。

人陆续走了。夕阳慢慢沉落。那个吹萨克斯管的人又出现了。他依然吹着《回家》。他是在唤魂，唤那些落水者的魂。忧伤安静的旋律在江面上雾一样蔓延。

一个女孩子，双手抱膝，坐在水边，无声地流着泪，朝江上久久望着。最后一线夕阳里，那女孩子眼边的泪晶莹闪亮如宝石。涨水了，水流低吼急遽。一片旋转的漩涡，一江向东流去的鼓荡浑水。

捧着那些钩，望着对岸，他想，我该怎样回家呀？

松鸦为什么鸣叫

忽然下起了大雪。伯纬已经踏上了雪线之上的公路。传说过去翻过皇天垭，再翻过韭菜垭，便有一条通往房县的古盐道，伯纬没有走过。那得走上几天，要经过杀人冈、打劫岭、百步梯、九条命——这是实实在在的地名；九条命是九个背盐工的命，而韭菜垭上世纪六十年代发生的杀死七个人事件却是并不遥远；两个房县挑夫杀了来神农架踏勘的林业部和省林业厅的技术员们（有的才大学毕业，刚刚结婚），那两个挑夫就是沿着那条藏在原始森林的路，挑着抢劫来的钱财往房县逃窜的。现在，那条路已经湮埋在荒无人迹的深山老林中，眼前的这条大道取代了它。深厚的冰，还有路边石崖上的冰瀑，这一线，那一堆。雪花大且夹杂着生硬的雪霰。从这里四下望去，整个皇天垭露出森严的气象，遥不可及的山头和山坳间蒸腾着深蓝色的雾气，连枫杨树也因恐怖而竖起了干瘦的枝条。只有落叶松在舞蹈着，展开玉色的裙子。看久了，它们会成为一群树精。伯纬发现，公路上有影影绰绰的人正在冒雪砌护路的水泥墩子。

这是好事情。伯纬甩了一记羊鞭，怕羊群在人群和沙石堆里走散了。还有一些临时工棚。他很高兴。他看了看那些已经砌好的护墩，先用石头，再周边用一个框子灌水泥砂浆。因为那些木框子就摆在路边，很大很大的一个，简直像些棺材。不过伯纬掂量这样的墩子是否能阻挡得了出事的汽车。小车马马虎虎，大车一样会把它们撞飞了坠下山谷。

山上没有草，雪线之上的山头，雪把草都覆盖了，羊没啥可吃的。他赶着羊下了山，他要把这儿的情况告诉家人。

“山上全在砌护路的水泥墩子。”他对他的老婆三妹说，对女儿、女婿和孙子说。

“羊还在叫嘛。”他的老婆三妹从厨房里出来，吃力地睁着被冬天的火塘熏得红肿糜烂的眼睛。

没有谁理他，没有谁在乎他说的这件事：砌护路墩。

他坐在火塘边，开始抽烟。从野外拉屎回来的狗顶开门进来了，伯纬还以为是一只因为饥饿窜进来的羊呢。狗的身上沾满了浮雪，爪子是湿的。伯纬呆呆地吃了几口烟，闻到一股焦煳味。是狗，把自己的毛给烫了。

“如果护路墩这么修下去……”可是他的心情并不那么美观，尽管那些影影绰绰的人和零乱的工地给了他整个冬天的惊喜。雪会越壅越厚，羊的叫声会更难听。砌墩子的工人们会龟缩在工棚里然后将那些石头和砂料遗留给翻浆的春天，成为一桩有头无尾的工程……然而事情总在变化。但他已经老了。他吧嗒着烟，吧着吧着，一颗牙齿吐了出来。

早先的伯纬还是十分完好的，光溜的面孔像刚刚换了皮的红桦，两只手十个指头一个也不少，牙齿整齐、耐看，单眼皮，没有多少心思，劲很大。这大概是二三十年前的概况了；有一天，他研究着皇天垭通往村里的那个挂榜岩。油光泛亮的挂榜岩上面传说是一部天书，说谁研究出来了谁就可能招为皇帝的驸马。这儿的人总爱谈论皇帝，但是他们不知道离皇帝有多远。千百年来，这个傻笑话还真让一些人上当。清朝同治年间，举人坪的三个红、白、黑举人，硬是在这里坐死了。伯纬这天终于看出了点门道。他看清楚了至少有两个字，一个是草写的“路”字，一个是草写的“缘”字。于是，伯纬跑回村里对人说：

“那上面我认出了两个字！”

村头的皇榜庙已经改成队部了，上头有许多毛主席语录和“大办民兵师”之类的标语。门口总是坐着一些老人和面相疲软而实质凶恶的狗，还摊晒着一些腌制的猪头皮，一些药材如升麻、扣子七、淫羊藿、头顶一颗珠等。狗和大胆的山猫、松鼠在那个小石潭边饮水。这时候，几个老人就笑他，并唆使狗朝他狂吠，他们看不顺眼他，以及他身上不知从哪儿弄来的绿军装。他们说：“伯纬，你认得几个字？”他们手头拿着手抄的歌本如《七姐思凡》《黑暗传》，嗤笑这么一个敢胡说的不知天高地厚的年轻人。“草写的？草字不合格，神仙不认得。是怀素的草书呢还是张旭的草书？嘀嘀，哈哈……”“如果你也把字都认出来了，皇天垭不知要出多少个状元。”

第二天出坡之前，背着大挖锄的伯纬又偷偷地去了挂榜岩，那两个字——“路”、“缘”清晰地向他迎来。的确是这两个字。满壁都飞动着这两个字：路路路路……缘缘缘缘……

二十多岁的后生娃子伯纬背着挖锄并不在乎村里那些人的嘲讪，这没有什么。他若是没认出来，他也不会相信这种鬼话。

皇天垭村从山下牵来的路像一条汪亮的绳子，看着那条小心翼翼、大弯大拐的路，人们的眼睛有时会无缘无故地湿润起来。小路爬上了坡上的人家，可它不声不响。溪水跌跌撞撞地把路冲断了，而溪水却依然发出那种不卑不亢的、干干净净的声音。紧接着，路又蹿上了悬崖。一个在路边耕地的农民和他的牛一起摔下了悬崖。那一天晚上，伯纬哭了一整夜。他问自己："莫非我失恋了？"其实伯纬没有女人，没有接触过。

过几天，伯纬就要到红旗岩修路了。

这完全是一种巧合。

公社要人去房（县）兴（山）公路建设指挥部修路，每村至少要出两个壮劳力。队部的庙台上，正在议论伯纬和另一个地主子弟王皋去修路放炮炸石头的事，几个老先生恶狠狠地说，让伯纬去修路，让石头砸死他。

早先，神农架可没有这样恶毒的人，现在这种人出现了，他们就像伐木队的恶狠狠的斧头，见什么都想砍一刀，其实他们并无什么恶意。他们看见伯纬和王皋背着行李卷儿离开村子时，打着招呼说："去京城啦？你娃子真有福气，果然要当驸马了。"

伯纬和王皋懒懒地沿着山脊的小路走，这是一次寂寞的旅程。要过很多山，要过很多河。要不停地脱鞋，卷裤腿。要认方向，还要砍树砍藤子才能找到路。

天黑的时候他们只找到了一个岩屋（就是浅岩洞），只好在岩屋里铺了被子过夜。中午的糁子已经吃完了，再没有吃的了，汗在身上作祟，山里全是野兽的嗥叫。伯纬燃起了火，王皋掏出一瓶辣酱来拧开盖子，递到伯纬面前，对他说："你吃这个吗？"伯纬知道王皋一天都没有拿出来肯定是珍贵的，他就在黑暗中把辣酱倒了一点在口里，真香，辣，辣得香。又趁黑暗往口里倒了一些，呱唧呱唧地嚼着。伯纬说你妈做的？王皋说三妹做的。三妹是他新婚的妻子，田三妹。伯纬说嫂子的辣酱做得这么好！看着看着就要辣出汗了，就要浑身通透了，王皋却突然哭起来：

“咳咳，这回我死定了。”

“你如何能说这种话，怎么死定了？”

“他们不是说要砸死伯纬吗？”

“砸死伯纬又不是砸死你。”

“反正我死定了……”

山里的风像一把雕骨的刀子，卡在石头缝里的松树和冷杉，发出了野狼般的荒吼。伯纬发脾气了，他记得他那一天怒火中烧，狠狠臭骂了一通王皋，击退了鬼怪，以后才捡了条命。而鬼怪附了王皋的身。

“……你是在说屁话伙计！你饿昏了头么？你趁早闭住你的臭嘴，好好睡觉！”

王皋说：“我总觉得我这次是去死的，我真的有这种感觉。可我不能反对，谁叫我是子弟呢。”又说，“兄弟，如果我死了，就剩下一把骨头，你能够用双手把我捧回去吗？”

“好，好。这行，这没有问题。”

“如果你跌了一跤，把我的骨头弄散了呢？”

“够了！散了我捡起来不就得啦！”伯纬冷汗直冒。

“假如都掉下了悬崖呢？”

“我实在忍无可忍了，伙计！”伯纬说，“我把你背回去不就完啦，我死了卵朝天，我不找你。睡一会儿不行吗？你看月亮到哪儿了！”

“那我们起个誓吧。”

"睡一会儿不行吗?!"

第二天继续赶路。走到第三天,到了工地。

报到后,两人就分到工程四队去炸岩了。

炸岩就是炸岩。男人炸岩,女人刷边坡、挖水沟、铺路面。炸岩早晨背了炸药、雷管、钢钎、八磅锤出去,晚上带一身硝烟味回来。全在悬崖上吊着过日子。

王皋怕,他是个胆小鬼,怕炸药又怕悬崖,他曾经说过,我吓也要吓死。上了工地,系安全带、领雷管的时候,先是两条腿发颤,然后全身哆嗦。"我能不能唱一个歌呢?"他唱了许多的歌。王皋有一副好嗓子,可他唱歌就像打摆子。王皋本来想凭他的嗓子去宣传队的,但因为他是子弟,去不了,没人要。刚开始的几天王皋连唱都不敢唱,后来,他的胆子大了,开始唱歌了,先唱《好不过毛泽东时代》,又唱《做人要做这样的人》,再唱:"妹妹住在对河坡,喂条黄狗恶不过,别人来了动口咬,哥哥来了顺毛摸,狗儿也爱有情哥……"这是偷偷地唱的,只与伯纬在一起时;神农架的情歌也像丧歌,是如此的哀伤悲切,味儿深厚,但不悠长,好像随唱随忘那歌中情感似的,好像不让人知晓,一个人偷偷唱给自己听似的。

伯纬找后勤组弄了个炸药箱装东西,上把锁就是很好的衣物箱了。王皋不要,王皋宁愿趁休息时去山上砍树,找木工组做了个箱子。他的那一瓶酱,自上工地就不给伯纬吃了,放在自己的木箱里,躲着伯纬偷偷地戳几筷子。

四队是专在崖上打点炮的,就是在崖上打了落脚点,炸宽了,让二队来放坑炮,也就是打竖井。四队干的是下地狱的活。四队差不多全是子弟,还有不少从宜昌来的劳改犯。因此工地上就流行一个歌子:"洋二队,土四队,不土不洋是三队,久经沙场数一队。”

王皋学会了这首歌，就天天拉长喉咙唱这首歌。他一定是在感叹自己的命运。有一天晚上，睡在另一头的王皋蹬醒伯纬说：“我梦见了死人，全是死人。”

伯纬说：“你是醒着的呐。”

“我梦见河里伸出好多手来，拉我们崖上放炮的人。要死人了。”

“你分明睁着眼睛说梦话。”

“我一眯着就全是那些手，肯定要死人了。”

“我看你要发疯了。”

“我估计也差不离……”

第二天，在竖井里放炮的二队，炸飞了六个人。对面的崖壁上到处贴着炸飞的肉，树上挂着炸飞的膀子和腿。

四队跟二队隔着一点距离，听到地动山摇的爆炸声王皋就吓软了。两人在悬崖上一个掌钎，一个甩锤。掌钎的王皋把钎都吓掉了，掉进了万丈深渊。那些炸飞的人伯纬他们都见了，看见一些人的肢体飞到对面崖上去，有一个脑袋——就一个光秃秃的脑袋，往崖上飞去，好像要啃那儿的一棵倒挂香柏。伯纬定眼看，那脑袋果真啃住了香柏，没有身子，切切实实的一个脑袋。接着，松鸦就铺天盖地来了。这些松鸦，它们先前藏在哪儿呢？说来就来了。

松鸦的叫声又嘈又乱，还有那些嗡嗡作响的爆炸回声。王皋的钢钎又掉下了崖，两人只好荡绳回到半山的一个凹处。

“伯纬我们还活着吗？”伯纬就听见王皋用几乎是被石头埋齐脖子的声音沙哑低细地说。王皋的手抠在一个石缝里，另一只手抓着伯纬背上的绳子。

“你唱，你现在正是号丧的好时候。”

“我不想唱了，活着比死了还可怜。”

峡谷里黄烟不散，一股股浓郁呛人的火药味让人忍不住咳嗽，风好像也突然没有了，风也炸懵了，松鸦们的翅膀在烟雾中扑腾，看得到它们灵巧的头，黑色的羽。渐渐地，硝烟散去，更多的松鸦正在石壁上寻找那些血腥和碎肉，它们四处乱撞，哇哇哇哇，你可以听出是一种慌慌张张的狞笑，一种不能自持的幸灾乐祸，“哇——，哇——”

他们静静地、无望地听着。看着那棵香柏上的头掉下去了，一群松鸦利箭一样地跟着，笔直地插入峡谷深处。

伯纬那天听见王皋自编了一首用《哭嫁歌》唱出的歌子：

神农架山高坡又陡，
羊肠小道难行走，
一年到头修公路，
修到何时才出头……

伯纬说：“你还不如唱《狗子也爱有情哥》。”这时候，伯纬看见王皋的腿不颤了，正拼命地伸出一只手往悬崖边挤！

王皋想干什么？王皋前面有一块花布，挂在悬崖边的一蓬匍地蜈蚣上。在这样的时刻出现一块花布，在这么荒僻之处，在上不沾天，下不沾地的地方。伯纬想阻止王皋去得到那块来历不明的花布，可是王皋的手上已经攥到了那块花布。是从哪儿飘来的呢？王皋兴奋地说一定是头上砌护坡的女工掉下的，而伯纬想，说不定是咬着香柏的那颗人头上飘下的呢？

没有血迹，所以他高兴，也不发抖了，大嚷道："给三妹做件小褂子还有多的。做娃娃服最好。"娃娃服就是女人们当时穿的一种胸衣。

王皋把花布揣进了怀里，这天回到工棚，王皋就把花布悄悄放进了箱子。

追悼会和誓师大会是经常开的，不过像这一次这么多棺材还没有过，还出动了直升飞机，听说是从武汉飞来的，停在山顶把一些伤员运走了。王皋见死了这么多人，就不敢晚上出去尿尿了，找后勤班弄了根废板车内胎，剪断，从床边的棚壁上挖个洞，通到外面。这一下屙尿方便了，可是没两天，那日晚上屙着屙着，尿漫上了床铺，王皋在半夜时分大喊："是哪个坏蛋搞了破坏呀！"原来，有人开了个玩笑，在外头把他的废内胎打了个结。又过了两天，王皋打开箱子时，那块花布不见了，成了块桦树皮。王皋当时愣在那儿半天，脸白了，气急了，对伯纬说：

"我碰上了岩包精。"

那一天王皋就恍恍惚惚的了，丢三落四，去上工的时候竟然没穿鞋子，队长要他领五个雷管他领了八个。那天他的任务是挑竿炸石。就是竹竿上挑一包炸药，在隐蔽处贴悬崖炸，炸出石窝子能踏脚后，再去打眼。王皋用竹竿挑了炸药，荡下绳子就下去了。他点上了火后炸药不响，他以为自己未把引线点燃，从岩边伸出头去看竹尖上的炸药，头一伸出去，炸药响了，他的半个头也没了。

伯纬那天在崖顶作业，他伤了风，又腹泻，与一些姑娘运石渣。死人的事是经常发生的。工地大了，死个把人不稀奇。但死的是王皋，这就不同了。晚上他对木工班两个专门做棺材的师傅说："王皋的棺材就不做了，我背他回去的。"

他把事情的原委一说，指挥部就准了他几天假，要他把王皋背回去。

因伯纬与王皋打伙同睡，他留下了王皋的棉絮，拆了包单子，将王皋一裹，用麻绳捆得严严实实。这之前，木工班的师傅给王皋雕了半个木头脑袋安在他头上的缺损处，再用一条劳保毛巾一缠，也看不出缺损了什么。就这样，伯纬背着王皋的尸体就上路了。

太阳牛卵子热，农历九月的太阳为何还如此浓烈呢？不过你只有爬山，背个百把斤的东西才会觉得太阳还存在并且有夏季的企图。其实太阳是不动声色的，是你冒犯了太阳。只要你坐下，山风一吹，又凉了，背脊上、胯子里的汗变成了恶作剧的凉水，就是这样。

烘热的秋天是因为山要成熟，山要把东西蒸熟，只剩下最后一把火了，或者火烧完了，要焖一焖，要等它跌气，东西就能端上桌了。所以伯纬有时歇下来摘“猫儿屎”吃时还是发涩，五味子又酸，苦李苦、唐梨像木渣。能摘到一串好五味子，他就连籽带皮都吞进去。

进了河谷的时候，他数了数，至少有七八只松鸦跟着他，在他的前后左右怪叫。它们闻到了死尸的腥气。伯纬不敢肯定，这些松鸦是不是从他启程时就跟上了，盯上了，还是在半路上招惹了它们？伯纬望着它们，比它们的叫声更响亮更悠闲地说着话：“别开洋荤啰！我会把王皋给你们吃？”

九月，连老林子都是明亮的，空气里流溢着干燥的、带点酒味的气息，像谁的酒坛打泼了。山楂和红枝子、蔷薇都成熟了，一串串地打着他的脸，它们喧宾夺主的气势把空气都映红了，并且让人精神抖擞。第一天走得还算轻松，说轻松，是因为王皋已不能说话了，这使伯纬觉得他背的并不是一个人，而是一捆山货，药材啦，苞谷啦，门方啦。想怎么背着怎么背，横着，顶着，扛着，夹着，都可以。过去背门方时，一根至少有一百八十斤，可小小的王皋满打满算不过一百一十斤甚至更少。第一天下坝店，过响水河谷，再走庙垭，邱家坪，到了赵家屋场——不知不觉已经近晚了。他才想到，他得喝水，他得吃东西，烧两个苞谷也可以，最主要的是，抹汗了睡觉。

这怎么睡呢？他在赵家屋场的山脊上看着那山坡上的两三户人家。没有炊烟，狗正在远远地朝他吠叫。我总不能背个死尸进门讨歇吧。我把他藏在人家菜园边，放在老林里？半夜被野兽啃了那我不白背了，我怎么好跟王皋家人交差呐！

正在犯难的当儿，他看见了不远的石崖下有一汪水，在暮色中泛着美妙的白，他先不想那些，就走下石崖去水坑里喝水。他埋头喝了一气，直喝得打出嗝来，再洗脸，洗身上的汗，人就轻松多了，恰好水坑边有人点种的矮苞谷，掰了几个，半生不熟，汁儿也是麻涩的。吃到后来，吃出点味来了，竟把个肚子撑饱了。再下面，有一个牛棚，他把王皋背起来，钻进去，找了些干草塞在自己的背下，一躺就睡着了。

年轻的伯纬一觉睡到大天亮，醒来时霜色镀银。他迷迷糊糊的不知自己在哪儿，回头看到那捆被被单裹着的东西，想了半天，才想起是被炸死的王皋。

“王皋！王皋！”

他赶快看王皋被野物啃吃了没有，翻来覆去后，总算松了一口气，心想，今晚一定放到人家里去，保险些。

早晨，依然照晚上的办法，吃苞谷，喝水，然后准备翻猴子垭。

再想背起王皋，背不动了。

我昨天背得动，而我今天就背不动了？伯纬十分诧异。我还是我，为什么我今天就背不动了呢？这样的问肯定会把他问得挺起腰杆来。背了几步，又背得动了。

天是晴的，而且是大晴天，晚上好像下了一场小雨。

“王皋，你不要吓我呀，我是把你背回去的，你不要耍鬼板眼，我晓得你喜欢开玩笑的。你再一用劲，老子就把你丢下崖去，让你喂老熊了。我把你丢下去，哪个晓得，给你妈讲，给三妹讲，说是把你埋在半道上了，死无对证，你把我有什么法！”

这样一说，王皋就不在背上作怪了，服帖了。趁着晨风背了三里地，就闻见了臭味。

昨天的七八只松鸦还紧紧跟着他，而且老飞在他的前面，好像知道他该怎么走。伯纬说：“叫吧，叫吧，让你们饿死吧！”他放下王皋休息，发现被单里的王皋发胀了。“怪不得这么死沉的。”他说。

上猴子垭的路有时候陡，有时候平，有时候还有那么点儿下坡。喘口气的下坡，迂回的下坡，死尸在背上就很轻松，还有弹性，伯纬就会感谢他。再上坡，又沉了，伯纬就吼了：“不要作法，啊！”伯纬想到兜里有王皋的一个酱瓶子，瓶子里还装着由花布变成的桦树皮，他是把它紧紧盖着的，现在他想把它打开——当然是在看到对面坡上有两个人干活的时候，他把树皮取出来，为了压邪，在皮上吐了口涎水，插在捆王皋的绳子里。

“王皋，我晓得你哪个都不怕，就怕岩包精。”

这么说着，浑身的皮肤有点发紧。他把桦树皮又抽出来，放在地上，狠了心，咬破了一块指甲皮，挤出两滴血，滴在桦树皮上。

没有什么变化，没有现原形。他对桦树皮说：“我是不怕鬼的，你只管管好王皋这王八日的，他怕你。”

他这下狠狠地把桦树皮插进了绳子，拍拍王皋，扛起他来，分量的确轻了许多。

路时阴时阳，时阴的地方一色的高山栎和刺叶栎，青枝绿叶，长得比春天还好。时阳的地方混杂着灌木和小乔木，落叶的，不落叶的，浆果、核果、坚果，什么都有，都在加紧与太阳勾结，圆满自己的野心。

只有令人头晕的死寂留给了山路。伯纬就对王皋说：“伙计，你唱点什么好？”

尸体没有任何动静。莫非他要激将？于是戳着包单子，说：“几只鸦雀也比你唱得好，至少，它不会像你总是吓得屁滚尿流的。”

想到了什么，伯纬哈哈大笑起来。伯纬换了个肩继续说：“我不喜欢你唱鸡娃子的洋二队土四队，洋二队又怎么样？死的人比咱们多。我还是喜欢你唱‘狗儿也爱有情哥’……狗子也爱有情哥？那是想舔他的卵子……你个哑糊苕，唱出这样的歌来，我唱一首，包比你的有味。”

伯纬突然扯起喉咙就向山冈上喊了起来：

十八姐儿二十岁的郎，
一夜摇断九张床。
打一张铁床摇断榫，
开一个地铺蹬倒墙。

伯纬喊得青筋暴起，声音是直的。伯纬发现泪水沿着他的面颊往下淌，伯纬腾出一只手来揩泪。伯纬稳稳地踩着石头。伯纬下陡坡了，伯纬说：

“王皋，你一句话，就让我今天要背你。昨天我也在背你，明天也要背你。明天背得到家吗？王皋，我答应的事我做了，我不骂你，算我倒霉了，臭得稀烂也要把你背回去的……”

伯纬越想越伤心，把王皋往地上一扔，指着他说：“我臭了你会背我回去见我的爹娘？为什么我硬把你丢不下？听听吧，听听天上是什么在叫吧，已经两天了，我又没有枪。我用石头吓唬不了它们。你死了，我疯了。我前世欠了你八斗，还是欠你五吊？……你还是个饱死鬼咧，你鸡娃子跟标致的三妹睡了，你还是个子弟都跟她睡了，我贫下中农没摸到女人一根毛。你鸡娃子今天给我老实交代，你跟三妹摇断了几张床？……”

苍蝇出现了。他看见了苍蝇，在松鸦混乱持久的叫声中。那些个顶个的苍蝇，跟吸花蜜的蓝喉太阳鸟差不多大。

他重新背起了王皋。

从东南隘口吹来的风简直像一千头怪兽，横扫千军，把身体的热量一下子掏空了，人歪歪欲倒。怪模怪样的巴山冷杉吐出了怪模怪样的嚣叫声：“呜——呜——”头上的那些松鸦也在怪叫着斗风前行。它们因为无处下口被激怒了，加上这阴森的风，让它们突然变成一些可怜的小飞虫，没有吃食，疲惫，绝望，不耐烦了。

伯纬前倾着身子，他都扛不住了，背上还压了个死尸。他想今晚在这个鬼地方非得借宿了，不然他会冻死。前两个月那么炎热的天几个四川来的采药人，就在凉风垭遇冰雹冻死在山洞里。神农架的夏天冻死人并不稀奇，何况现在已经到了深秋。

只有绕一里路到杨爹的家里去。杨爹一个人住在东坡，捐木为火，挖芋为食。听说他有个儿子，但谁都没见过。

一颗亮星出来了，猛一抬头，又看见了一轮满月。天空呈捱黑前的蛋青色，单调寥廓。天的确要黑了，还没有见着杨爹的屋影，就听见“嘣”的一声，麻耳草鞋的耳子断了，鞋散了。他把王皋放在一个坡上，四处去寻葛藤，用藤子把草鞋绑在脚上。走了几步，不对劲，硌人，比石子硌得还疼。只好停下来。一只有鞋，一只赤脚，伯纬欲哭无泪，走不了。此时冷月隐藏在冷杉林间，像一只鬼鬼祟祟的豹猫。伯纬对搁在树干边的死尸说：“王皋，碰上老虎，我只好把你扔下了。”嘿，这时他瞅见了王皋脚上的一双鞋，是解放鞋，指挥部给死者发的寿衣寿鞋，不管三七二十一，就去扯他的鞋，“嘿嘿嘿，伙计，借我用一下，我背你，又不是背我自己，费鞋。”扒了王皋的鞋，两人互换了，让王皋穿上那双破草鞋，自己套上新解放鞋。耶，夹脚，蜷起趾头凑合，踏在地上舒坦，摸夜路也不怕鹅卵石子了。

一匹疯狂嗐叫的狗也无法阻挡他去拍杨爹的门。杨爹的门没有关，他一头闯了进去，并麻利地把王皋塞进了门旮旯里，神不知鬼不觉。

杨爹在吃什么或者已经吃完了，他放下筷子打量着进去的伯纬。他是一个五十岁，也许六七十岁的荒废了的老头儿，头发荒了，眼神荒了，动作也十分荒凉，牙齿外露，微笑，不停地咀嚼。

“喔。”他说。

“我从红坪来。”伯纬对他说。

于是伯纬坐下了，看着他的碗。碗是破的，筷子一支红，一支白。他的衣裳是破的，手也是破的，结着血痂，还有许多泥渍。他站起来，有点步态不稳，用巴掌的下部揩着鼻涕，同时唤狗。狗来舔他的碗，舔干净了，他收了碗放到窗台上，摇摇晃晃地钻进床铺睡下了。

没有灯。伯纬只好把火塘的火加大，吹火，又从墙角的一个畚箕里抓了几个洋芋埋进火里。

"你就这样睡了吗？"伯纬朝他说。

那个人没有说话，好像在整理床铺和衣裳，发出木板压榨的痛苦响声。

"我莫非今晚要坐一夜？我也要睡觉！"

他赶紧翻洋芋吃，生的熟的半生半熟的就那么吞。然后找盆子洗脸，也不管主人的毛巾有多腻多脏了。他舒舒服服地洗汗，发觉狗盯着王皋！

"嘁！嘁！"他用毛巾小声而严厉地赶狗。

门没有闩，他索性把门大打开了，用手示意狗出去。

狗并不出去，哑哑糊糊地望着他，又朝那被单里捆着的东西淌涎汁。伯纬想着怎么把狗赶开，他跨出门槛，在台阶上故意褪下了裤子蹲下。这一招很灵，狗以为伯纬要拉屎了，赶快跟出去候在伯纬身边。伯纬瞅准时机，冲进屋里，把门关上，狗被关在门外了。

他摸索着上了杨爹的床，试试探探地挤出了半边被窝。他睡着了。突然，在洪荒烟云的梦中舒服解乏的伯纬感到身上的某一个部位焦辣火疼，醒了，抽着冷气想想哪儿不对劲，是卵子，喔，是卵子。可恶的杨爹把他蹬醒了。他听见那老头结结巴巴地说："你你你好臭……好、好臭……"

我好臭吗？伯纬完全清醒了。他妈的，我好臭？黑暗中，他也闻到了一股从哪儿飘来的臭味。伯纬只好坐起来，因为横蛮的杨爹将他快要蹬下床去。

这样的哑糊苕还能闻出臭味来，证明他过去是打猎的，鼻子跟狗一样灵敏。他抱着双膝，狗不停地在外面啃门，并发出求救的呜呜声。杨爹的耳朵是聋了，要不然，狗一进来，什么都完蛋了。

他听着狗啃门的声音，缩在床头的一角，再试着重返被窝。睾丸疼，迷糊了一会，天发白了。他只好下床，喝了一瓢凉水，揣了一大兜洋芋，背上王皋，开门就走。

晨鸟的啁啾不一会被远远近近的松鸦声代替了。松鸦又与他汇合了。这一口气走了几里地，穿过了阴魂岭、八人刨、锅厂河，又上了狼牙尖。嫣红的晨光全贴在狼牙尖上，灿烂夺目。因此群山向阳的一面该白的白了，该红的红了，该黄的黄了，该绿的绿了，袒露出它们坚硬的气派来。而在背阴的一面，一切似尚在沉睡中，被梦魇陷得很深很深。

“嗬嗬，”他对王皋笑着说，“我为你鸡娃子背了黑锅，害得老子差一点没得后代了。喂，听见没有，你说怎么补偿我吧，我没有别的要求，我不要你整十盘八碗，也不要你提烟提酒，借你的三妹陪我焐一夜脚……不同意？不表态？……嘿嘿，小气鬼，一瓶酱都舍不得的，还舍得把老婆别个睡……”

天又变了，下了一场呼呼啦啦的雨。天又晴了。但是雾气上来了，两米开外不知是人间还是地府。他在寻脚下的路，扑通一跤，跌了个嘴啃泥。在雾中摸那个长长的包裹，不见了。

雾越来越浓，一时半会摸不到那个人了。他喊：“喂，王皋，你躲在哪儿了？你还有心思给老子躲猫猫！”

伯纬的膝盖不听使唤，破了，流血。雾慢慢消散了，他顺手就扯到了几根地锦草，又捋了几片南星叶，放在嘴里嚼烂，敷在膝盖上。血止住了。他又用一片南星叶盖住伤口，找了根藤子系住，再去找王皋。

王皋掉到悬崖下去了。

不过不是直陡的，又有树可以攀爬。就往下蹚去，从一蓬华钩藤刺蓬里扯出了王皋，扛起，往上爬。这一趟损失了伯纬的许多气力，上了崖人就虚脱一般冒黄豆大的汗珠。而松鸦的叫声现在变得更凄厉了。在这没人的老林中莫非它们要作法了唤什么东西来加害我？

伯纬一定要甩开它们，伯纬发了狠，要走得比松鸦还快，要甩开它们，甩开它们！

老林的阴影只会越来越淡天空会豁然开朗。他的腿有劲，像风钻一样要钻透恐怖的老林。

他跑，他拼了命。有时候把命赌上了，风就呼呼地向后面倒去，再沉的东西都没了分量。看不见任何东西：鬼、怪、老林子、野物、陡坡和河水。

松鸦在前面等着他。松鸦在出一个隘口的树林上叫得正欢，还有杜鹃的叫声，斑背噪鹛的叫声，长着红尾巴的林鸲的叫声。可是，它们的叫声为何如此狂乱？

他的眼睛在换肩时被王皋那破烂的身子挡住了，前面好像有个影子，一过性的揪心感觉让他抬头就直击到一头红鼻子的老熊！

“我的命苦哇！”他轻轻地叫了出来。

老熊站着。他也站着。他跑不能跑，动不能动。他背着那么沉的一个死人，可他不能动。他知道，他爹就是个老猎手。他爹反复告诉过他，见了熊你千万不要动弹。熊是不吃死人的，它不会吃王皋，它想吃的是背王皋的人，活赳赳的伯纬。可你不动，你只管盯着它也是有用的，野兽都怕人，没有不怕人的野兽，包括老虎。只要你不去先伤害它，它是不会主动攻击你的。爹曾经碰到过一群野猪，硬是一双眼睛把它们盯跑了，但老熊服这个吗？你盯着它，它是个熊瞎子，屁用！

伯纬还是要盯，不动，像一根树桩。熊也盯着他，熊站着就像个人，像个绅士，老林中的绅士。现在，绅士要走了吗？绅士没走，小眼睛眨巴地望着伯纬，温和，淳朴，憨厚，暗藏杀机。

伯纬快疯了，他的腿正在被什么东西掏虚了，肩上的那个死人像一堆石头压着他。他要成为那个死者的垫背人，与那人一起到地府同游。

阳光从老熊的背后射过来，毛茸茸的影子就落在伯纬的脚前。它在移动吗？慢慢地，那个影子与他拉开了距离。红尾的林鸲正在啄一只松鸦，也许它也太紧张了，而松鸦的叫声让它讨厌。老熊在一棵被人伐倒后已经腐烂的大铁桦上斜斜地站着，歪过头朝伯纬最后看了一眼，就窜进了一片冷杉林中。

伯纬依然一动不动，脚下像生根了一样。后来，腿一软，王皋把他压趴在地上。

伯纬送回了王皋的尸体，路就打通了最险的红旗岩，看着看着将要翻过皇天垭了。伯纬高兴了，春节也不回家，就在工地上值班。

晚上大家吃肉喝酒，喝多了酒，到了十二点，远近的村子里都响起了“出行”的鞭炮声，工地上没鞭炮，伯纬高兴，就摸出两个雷管出去甩。开了门出去，那天晚上下起了大雪，冻了凌，他一脚没踏稳就摔倒了，两个雷管在手上炸了。

伯纬在黑暗中绝望地喊："完了！"他爬起来围着工棚跑，双手疼痛，跑了一圈又一圈，手上的疼甩不掉，十个指头都炸得筋筋吊吊了。值班的人跑出来寻他，拉他，拉不住，他疼，他说："娘耶，给我拿点毒药来喝吧！"

一辆指挥部的汽车到三点多钟才把他运走。这辆苏联嘎斯车的师傅大家都叫他阎王爷，专门收尸的。工地上死了人，都是他的车拖，且只有他敢走夜路，凌多厚雪多深他都敢走。伯纬一上了他的车就被他吼了一顿："我说你别号丧了，我跟你说，哭也要三个小时走，不哭也要三个小时走。那还得看车况和路况。"

伯纬不能不哭，这样的时刻一双手都没有了会不哭？傻子哑糊也要哭。哭到医院，四肢就冰凉了。伯纬醒过来是因为医生撬他的牙齿。他听见医生说没有血输，都在过春节。撬他的牙齿是让他吞一种强力养血丸，一颗又一颗，吞了一大把。那时他已经在手术台上了。一个医生说："这下麻烦了，这毬人醒过来了，又得费麻药。"于是要他坚持住，便往他鼻子里灌麻药。边灌医生边问："还疼不疼？"伯纬说疼。另外的医生就用一个铁夹子夹他的脖子，不让他摆头。灌麻药的医生又问："你的手是怎么搞的？"伯纬回答说是雷管炸的，医生问："你结婚了没有？"伯纬说没有。医生又让他数数字，一、二、三、四、五、六、七……三十三、三十四……大概数了不到五十下，伯纬就被麻翻了。

伯纬再醒来他看到的世界很有点异样了。这源于他的手，他的两个手五花大绑，伸出四只角来，那就是手指，其他的手指没有了。这四个手指还是嫁接的；嫁接了五个，有三个没活。谢天谢地，活了的是右手的两个，一个能动，一个上部分能动，实际上是一个半，这是后来的情形。他看到了他的哥、嫂、爹。伯纬血流尽了，血管细得像头发丝，全瘪了。给他吊点滴，只好在脚踝那儿切开一条口子进针。

伯纬不让进针，蹬那个针头，喊道："让我死，死了好些！"他的哥和爹把他按不住，叫来两个年轻力壮的医生，把他捆在病床上。医生说："不进针你感染了烂死。""那也比活着好！"他在绳子里哀鸣。捆了他五天，把他捆服了，脸上渐渐有了一点人的颜色。针允许打了，也咽粥。

田三妹提了十二个鸡蛋来看他。六个没煮，六个煮了。没煮的要他早晨喝生的，说是补血的。田三妹说："是我妈让我来看看伯纬兄弟的。"伯纬躺在床上嘀咕说："只怕是你妈让你上街来换盐的吧。"田三妹说："绝没有这回事。"说到后来，她就哭了，她站在伯纬的床前，拿着他包得像一株包菜的手，只是哭，又不说话，这让伯纬难受，伯纬也就拍着床沿号啕大哭，谁劝都劝不住。他说："谁说王皋不是享福去了，我这哪还叫人哪！不就是一只鸟了吗？只能用嘴啄食了，我又没有鸟嘴那么硬那么尖，鸟吃那么一点点就饱了，我若再每天吃那么几大碗，谁给我吃啊！"

家里人说："我们养你。"那是宽他的心。

伯纬能端碗了。在手术台上医生就给他的左手残掌设计了一块平掌，然后用两个残指一卡，还行。

伯纬用勺子吃饭。伯纬穿橡筋裤。伯纬拿勺子拿一次掉一次，苞谷粥溅得他满脸都是。他后来笑了，他说："我像猫子舔食。"

伯纬出院回到了村里，村里人一见他那一双手，白净的脸上也没有了阳气，都说，伯纬要到宜昌讨米去了。

"伯纬怎么还没有走呢？"

他们后来看到伯纬上了山。他不是去修路的，他在砍竹子。

他砍了竹子，他研究砍刀。他最先研究的是砍刀，怎么抓住它，怎么用力。好歹砍了一捆，放在爹的屋山头。

砍刀的柄细些，能抓住它了，跑不掉了，还没让血痂掉壳，又去抓斧头，用斧头砍树。

伯纬在清晨的山上嘿嘿地砍树，砍得木屑四散飞溅。有人看见了，那些下地的人，看到的是伯纬在砍树，而不是别人，伯纬用什么攥斧头呢？他们左看右看横直看不懂，雾气和树枝挡住了他们，可的确是伯纬在砍树。一棵树倒下了，期期艾艾地让葛藤左牵右绊，倒了很久，总算倒下了。

伯纬扛着犁上了山。伯纬还能拿犁？莫非还能甩响牛鞭？牛鞭是在夕阳下山的时候响的，牛铃也响了，那是伯纬赶着牛回来了，犁尖上缠着新鲜泥土的气味，这表示，他耕过了。

他像一个什么也没发生的人，一个出坡、吃烟、喝瓦罐茶，然后回家弄点小酒喝喝，吃饱了，在门槛上抽袋烟睡觉的地道农人。他能干，残指、残掌、腕儿、肘、膀、腋窝，都帮他重新认识农具，一桩桩，一件件，漫长的认识，用血，用茧，用咬牙切齿。

他每次出坡都背一捆竹子下来，还背一捆茅草下来。

有一天他突然说："爹，我们分家吧。"

他爹他哥吓了一跳："分家？你自己吃？"

"我当然自己吃。"

他要在屋后的坡上搭一间茅屋。家里只好给他搭了，全是他自己从山上弄来的料。然后，爹和哥给他一床被子，一张床，五个碗，一口锅，还有一个吹火筒。后来爹把自己烫酒的小铜壶也给他提来了，说是他变天时手疼，喝点酒活血止疼。

他开始刨洋芋自己打火做饭。可他抓不住洋芋。他练了很多天，还是抓不住。上山又把裤裆挂破了，不想给嫂子去补，自己补，可他抓不住针。他把很大的工具都征服了，但征服不了洋芋和针。

洋芋是生命中的生命噢，可是我奈何它不得；没有针，我的体面就没有了，我不能强作镇静，出坡，到人家里吃酒，揣着手在裤兜里晃来晃去，我还是个叫花子。伯纬捧着针线，泪水簌簌地往下落。

三妹的公爹用儿子王皋的死亡补助款烧了一窑木炭卖给已经到了皇天垭的修路指挥部。第一窑没事，第二窑刚点火时，支书派人来给他的窑里丢了三枚雷管，然后说他家开地下工厂，没收了他家的房子，把他全家赶到村里一间四壁透风的锯木场里。

已经到了四月，可山上的雪还没有化，从垭口那儿吹来的风依然是雪风，不仅仅是半夜凶猛，有时白天也狂暴，锯木场里陈年的锯末被吹得满天都是，背阴的地方依然滴水成冰。三妹和公爹公婆及弟妹们一大帮子，还有王皋的一个哑巴叔叔，都挤在锯木场里，盖着单薄的被子甚至是稻草。

伯纬见了三妹，看着她已经出怀了，鼻子和眼睛冻得通红，偎在稻草里，就对三妹说："到我窝棚里避避寒行吗？"

他于是扶着手脚麻木浮肿的三妹到了自己的茅屋里。

开春了，挨了几次批斗又要不回房子的三妹公爹一家，要搬到巴东去了。巴东来的亲戚有十几个人，十几个脚篓来搬锯木场的东西，桌椅板凳，犁耙锅灶，还有两张矮床，一口三妹与王皋结婚时嵌玻璃的红漆柜子。十几个人要背着那么大的东西翻山越岭，要从鸦子口进去，要走大龙潭、小龙潭，过巴东垭、三十六把刀，再过长江。

三妹的哑巴叔叔来喊她，咿咿呀呀地比画说："东西都走了，你也要走了。"

四月莫非是搬家的季节？映山红在山岭上一下子全绽开了，推开腐叶枯枝，推开藤蔓浓雾，翻出了春的衣物，要晒一晒两百天漫长的冬季了。

三妹跟着王皋的哑巴叔叔走了，一步一回头，身上背着小巧的花篓，花篓里装了些伯纬给的洋芋。那是他自己种的。

可是到了晚上，三妹又出现在伯纬小屋的门口了。

"你怎么又转来了呢？"伯纬从火塘边拿着一把正砍柴火的斧子站起来迎接她说。

"我给你把洋芋都剐了，我给你煮洋芋吃吧伯纬。"三妹的袖子上别着一根针。针到了女人的手上，熠熠闪光，楚楚动人。

三妹留下来了。

那天晚上没有被子，两人只好滚在一床垫絮里。伯纬说："没一床被子，我过意不去。"

"这好。"三妹说。

"我也不会花言巧语，"伯纬说，"有一颗米，我掰半颗米给你和娃儿吃。我会凭良心的。"

"那就把你受累了。"三妹抹着泪说。

伯纬上了山，他要刨地种苞谷。他背着盛种的袋子，背着挖锄出门。三妹拉着他的手说："这一双手怎么挖得出土？"

伯纬说："我总要让你和娃儿有饭吃。"

那一天，伯纬烧了一块火田。他把看中的坡地四周砍出了一道防火墙，然后点火烧山地上的灌木、下木和葛藤腐叶。三妹跟着伯纬去了，她的镰刀下面也割倒了一些能引火的葛藤和枯枝。那一天把天都烧穿了，那一天的火真大。那一天三妹露出的歌喉让伯纬都惊住了：

口衔种子手扒窝，

上山种下苞谷坨……

伯纬说："三妹，你唱得好哇。不过我还是喜欢听王皋唱，王皋总是发抖，可他发抖唱的歌最好听。那叫什么……那叫颤音。"

三妹说："王皋的歌是我教的。"

"我早就知道了，"伯纬说，"不过还有一个歌你教不了：洋二队，土四队，不土不洋是三队，久经沙场是一队……还有一个：神农架山高坡又陡，羊肠小道难行走，一年到头修公路，修到何时才出头……"

"公路已经到挂榜岩了。"

公路的确修到挂榜岩了。炸石的声音轰——轰——，从山隘口腾起的黄烟和碎石，一直溅到了他们的坡地边。伯纬边挖树蔸边说："那都是我们修过来的。"他往手掌上吐了几星唾沫，三妹看到，伯纬的掌心全是血，他压根儿就没有掌心。

"你还能不能唱一点什么呢？"等炮声止息了，伛着腰挖地的伯纬对三妹说。

在地的另一头的三妹大声说："生个儿子长大了以后让他来养你，给你还债。"

伯纬抬起头，他听清了。"难道不是我的儿子？难道不跟我传宗接代么？"

"你是个好心人，伯纬。"三妹说着说着就哭了。

晚上挂榜岩那儿的锤声叮叮当当，三妹就在锤声里生了，生了个妮子。

妮子瘦得像根筋，除了眼睛像人，其他都不像人。

秋上，伯纬从山上背回了七八百斤苞谷，卖了给妮子去治病。在镇上治了五天回来，一家三口没了吃的。伯纬又背着背篓给道班去背碎石子。伯纬用在风雪中背上坡的石子换回了苞谷，磨了粉，做成了糁子糊糊，给差一点拉痢疾死掉的妮子吃。伯纬的手指已经扣不好扳机了，就挖了几个陷阱逮野物。他在山上的窝棚里守了三天三夜，总算逮住了一只青麂子。那一年的冬天青麂子是怎样掉进他的陷阱里去的，简直是个神话。冬天里，麂子加糁子，还有什么话可说呢。

第二年春天，又烧了一块田。一场雨下来，火田里生出了一大片油亮亮的油菜。哪儿来的油菜呢？又没下种。这就怪了。嫩油菜掐了菜薹，再长成菜籽，收割了换油，三妹的肚子还是瘪的。

运木材的大汽车轰轰隆隆地开进了山了，又开出山了，一车一车带着树脂死亡芬香的大木头碾压着新开的碎石公路，好像要从山上栽下来一般往香溪河开去。一天，伯纬家的一条母狗也跑上公路，去看热闹，一下子压伤了屁股，两条后腿就没劲了，拖着爬了回来。

狗快死了，后来又活了，支着两条前腿。母狗有两只小狗，因母狗的后腿萎缩，哺乳的奶也干瘪了，两只小狗还是去吮，伯纬见了就踢小狗，说："就往裆里钻！"还踢那条母狗，"生这么一窝，好像就你能耐。自己都快死了。"狗被踢得嗷嗷叫，大的，小的。

那时三妹抱着妮子正在择野葱，看母狗被伯纬踢得拖着后腿去了屋后的蜂箱处。三妹哀哀地说："伯纬，我对不起你，给你生不来娃子，我们娘俩走吧。”

三妹说风是雨，就去堂屋的石磨柄上收衣服，从猪草堆里拿背篓把哇哇大哭的妮子往背篓里塞。伯纬冲进去一把抢过来妮子，说：“三妹，你多心了。我从来没有嫌弃过你们。你走，走到哪里去？你若走了，我还有什么滋味？”

妮子要上学了，伯纬决定把她送到离家五里之外的学校去住读。学校在狼牙岩下，有一栋紧靠岩壁的房子，有一溜通铺，睡着二十几个住读的孩子，有大有小。学校门口有一条河，孩子们在河里舀水喝，洗脸，寒冬腊月也是。到了星期六，伯纬就赶着一头山羊去接妮子。那山羊是三妹从她娘家牵来的。原因是一次伯纬挖洋芋，残破的双手攥锄柄使不上劲，薅到了自己的脚，烂掉了一个趾头，三妹就不再要伯纬出坡了，她自己出坡干男人的活，让男人放几只羊，就这么，从娘家牵来了一头种羊。

伯纬放羊，腰里用背叉子插一把开山刀，还拿了一把手锄子，砍柴加挖药材，细辛啦，柴胡啦，蛇菰啦，独活啦。伯纬的羊越放越多。最多时达二十只，吃了，卖了，死了，总在十多只。他总是喜欢把羊赶到山顶上去，在皇天垭的口子上，看公路和公路上的汽车。有时候，往山下走的时候，车轮子就悬在他头顶。车是这山里唯一的活物，假如没有云彩，没有野兽，这静静的山冈上，公路就像趴在那儿喘气的蛇，没有一点生机，被人抽了筋。如果喇叭响来了，车来了，车满满当当地瞎响，嘀嘀，嘀嘀，路就活了，山也活了。羊开始惊慌地叫，嘴里含着青草。伯纬喜欢公路。他常常掰着自己那几只不能动弹的手指，摩挲着，想着它们与眼前这条公路的关系。在下雨的时候，雾气蒙蒙，他在想，王皋会不会从那隘口走下来，浑身湿漉漉的，说："要点炮了。"

公路已经安静了，不再有炮声。可是，有一天，下雪的一天，轰的一阵声音，过去炸石松动的石头大块大块地垮了下来，砸到了一辆安徽来这里拖木材的汽车。车跑得太凶，太沉，把路也压坏了。进山的是空车，出山的是重载，一车一车的松、杉、桦、栎，都是做枕木，做榨木的料，还有香果木、麦吊杉、青檀。有一个团的军人在这里砍树，团政委转业回家时，不仅带了好香柏家具，还带走了五斤麝香。一只大公香獐子只产一两麝香，小的产十克，也就是说，他要射杀近百只香獐。运木材的车源源不断，山上的石头总会砸到车的。山的身子炸松散了，神也散了，挎不住，只好往下狠狠掉。

伯纬看见在风雪中清理路基的工人，只清理了一些小石头，腾出一条路来，让其他的汽车可以勉强行走，更大的巨石和压在石头下的车，就那么撂在公路上了，雪往上落，撕扯下来的树和树根也哀哀伤伤地横竖在那里，雪一个劲落着，神农架的雪就是那样，没有一点声响，却很严厉，但是到了晚上，你听吧，那树林里冰凌炸裂的声音简直像鬼魅，对这个世界是不留情面的。那是因为树枝和树干不堪紧缚，穿透冰雪而拼命呻唤。

但是现在没有声音。快过年了，伯纬想到快过年了，他一个人站在那里，手握着羊鞭，去看那还未全被雪掩埋的石头和石头下瘪了的解放牌汽车。是解放牌。一车上好的山毛榉，根根水桶粗。喔，他看不见那个人，驾驶室的那个人，（只有一个吗？）可他看见了一只可怜的手！那手是在呼救吗？那手从车窗里伸出来，从一块深褐色的巨石缝里伸出来，是手，还是树枝？人的手，上面全是比石头更深的紫黑色血！他看见了那人断断续续的身子，或者说是衣裳。现在雪越下越紧，好像雪知道了，不想让伯纬看清这一切。

这不好，看这样的惨事毕竟不好，快过年了，不吉利。

可那只手！

他也曾经有一双鲜血淋漓的手！也是在年关里，在一个雪如飘絮的时辰。

伯纬赶着羊群回家了，他魂不守舍，进门就对三妹说："给我烫一壶酒。"

当伯纬在半个小时后提着空酒壶回来，他的老婆三妹才问他到哪儿去了。他告诉了她公路上的一切。

"那你说了什么呢？"

"我说，我说师傅，你冷吗，你是安徽的车，安徽定没有我们神农架冷的，你喝点酒暖暖身子……我还说，我说了些什么，让我想想……噢，我说了我们这儿有酒规的，我敬你一个（杯），我就先喝一个，再给你一杯，然后你再回杯，回一个……回你就免了，我自己来，我斟满，神农架的人喝酒从不耍赖。我一杯，他一杯，看着看着酒壶就空了。"

"你是疯了吧？"三妹看着冻得鼻子发红的伯纬，他成了雪人。

"你说什么，你竟敢说我疯了?！你这个狗杂种，你敢说我疯了！"伯纬喷着酒气。他骂人了，他指着三妹的鼻子，他从来没有骂过她的。后来三妹看见伯纬在那儿愤怒地流泪。

过年的那些天，伯纬都要提着一壶酒去公路上，洒在伸手可及的驾驶室内外。刚开始几天，他都能看见一只松鸦在岩石垮塌的山崖上叫着，在一棵落光了叶子的火漆树上，孤零零地叫。叫得人心里全是些阴暗、黏稠的东西，不知哪一天，他再抬头看时，树上什么也没有了。他对那个人说：

"山上越来越寒。快开春的这段时辰，总是最冷的。你喝几口去去寒气。”

有一天他说：“不是供销社卖的火酒，我不喝那个，自家酿的，地封子酒，度数低，不打头……冬天来的客少，酒还是有的，喝不完。这么寒冷的季节，哪个到咱们神农架来呀……”

又有一天他说：“想你的亲人快来了吧，我反正会供你的酒喝，一直等他们来。要说错，修这路我也有错，我这双手还不是修这条路炸坏的！那时候天寒地冻，咱们也赤膊下河，筑路基呀，取河道下铁笼呀，靠啥，靠几口酒，所以，有酒了你也别怕了，阴间阳间我看差不多，一杯酒，什么都能对付过去……”

春节在那种持久的高寒中悄悄地过去了，太阳出来过几天，但山上的积雪不为所动，仍然占据着显眼的地方，掩盖了山区的真相。

吊车开上山了，死者的弟弟也来了。他们把死者挖出来后，发现驾驶室那儿一股浓郁醇厚的酒气，还有碗、菜饭。后来他们问明白了，这是一个叫伯纬的残疾人干的。他们把伯纬从看热闹的人里拉出来，大家看到，死者的弟弟一膝向伯纬跪下，在泥水中向伯纬磕了几个响头，说：

“我哥总算没冻着，他天天有酒暖身子。”

那些人看见死者的弟弟从手上捋下一块表来，硬要给伯纬戴上，说是一点谢意。在推推搡搡中那块表硬是戴在了伯纬的手腕上了。伯纬说：

“这块表对我们乡下人也没有啥益，你们搞工作的人才用得上，又金贵，我是受之有愧。”

死者的弟弟在运走他哥哥的遗体时对伯纬说：“我是不会忘记你这个好心人的。”

神农山区的山好像渐渐地矮了。那不是矮了，是因为参天大树都砍光了。没有砍光的是一些不成材的歪脖子树和小树秧子，路袒露出来，看得清清楚楚，在山壁上，在河沿上，先是拖木材的车，后是拖门方的车，再是拖棍棒子的车，拖木炭的车，再就是拖树枝的车了，再呢，没有了。大车少了，小车却多了起来。那些小车呢，先是吉普，后是切诺基，还有拉达，再是桑塔纳，后来，沙漠王子也出现了，奔驰也出现了……名堂越来越多，还夹杂有许多小“轻卡”，拖点人、货的，还有个体户不知从哪儿弄来的破客车，摇摇晃晃，叮叮哐哐的。在夏天，山还是绿，绿得想再长成一个森林的样子，暴雨还是下，泥石流，也有把什么都晒枯的干旱。冬天的雪却小了，也推迟了。但是，在雪线之上，在皇天垭，风雪年年依旧。雨雪霏霏的日子车一样地横冲直撞，在厚厚的油光凌上，各式各样的车轮依然有人驱动，开过去，开过来，你追我赶，去房县，去兴山，甚至去更远的宜昌和汉口。吱吱的刹车声令人心惊肉跳。赶着一群羊的伯纬看着那些刹声中的车轮擦着悬崖，心想，现在的司机咋就胆子越来越大了，吃了豹子胆吗？其实并不是的，那是因为钱。但当官的呢？坐桑塔纳和红旗、奥迪车的呢？也是因为钱吗？坐在山石上的伯纬想不明白：他们为何这么匆匆忙忙？他们是在赶杀场？——这当然是在公路上有人翻车，又听说死了几个之后。

有一天伯纬赶了头羊去镇上卖，在十八拐路边上，一个司机停了车在烧黄表纸。一问，是这儿翻车死了一对年轻男女，在此合埋了一个长坟，司机说，车开到这里不烧纸，你的车上坡就熄火。司机告诉他，所有跑这条路的司机，经过这里总要带点纸烧的，你不烧，那小两口就作法，把你的车熄火，这叫留下买路钱。有的师傅不晓得，一到下雨夜，往这一带走，总会见一男一女拦车，你让他们搭车，他们就嘻嘻哈哈爬上去了，搭一段就喊停车停车，说到了。荒郊野地，两边都是老林，到哪儿啦！你若不让他们搭车，你的车不是抛锚就是滚下山去。

这个故事越传越完整，细节越多，谁谁见到过，谁谁不让其搭车，赔了小命。可是，伯纬经常在这一带转悠，有时也到夜里，却从未见到过那一男一女。坟上的草长得老高了，上面的打破碗花花开过花了结絮，结絮了开花，坟上遗了松鸦、夹鼻乌鸦的粪便，藏着蓝喉太阳鸟小小的暖巢。就是在阴雨霏霏的扰人季节里，看走神了也没见到过那两个冤死鬼的魂影。

但是车祸却实实在在地多了起来。司机们烧多少堆纸也不管用。

有小翻的，有大翻的；有滚下几百米悬崖，有被树挡住了的；有死了，有没死的；有伤了，有没伤的。

有一天下雨的黄昏，一个农妇乘搭一辆解放军的军车，上面装有一具棺材。农妇披了雨布站在车厢里，车行至十八拐，天已经全黑了，农妇听说过这儿鬼魂的事，心情异常紧张，紧盯着车上那口水淋淋的棺材，突然，那棺材盖子移动了，从里面伸出一只手来，搭便车的农妇当即吓得掉下车来摔死了。其实棺材里是个活人，运棺材的那老头，下起雨来，没处躲雨，就钻进棺材里，后来，他伸出一只手来，想试试雨是否停了，他哪知道又上来了一个搭便车的人，结果把人吓死了。

可是，据司机们说，你要翻过皇天垭，不管你紧不紧张，耳朵里就会突然像打鼓一样，下坡时更厉害，头就大，像一团气化开了，眼睛看哪儿呀，脑壳就一团气儿，虽然一过性的，可方向盘一闪失，车轮就离了路，往下一栽，你还能知道是死是活？一切都靠天安排了。

海拔三千米的垭子，有人说是高山反应，大脑膨胀，也有人说，这儿的磁场可能扰乱了你的整个生物电波，也有人说，皇天垭是鬼垭子。

“轰——咚——咚……咚——轰——喀——轰……”

这不绝如缕的翻车声是在妮子满十六岁定亲的夜里。伯纬喝了些地封子酒，一觉醒来，清清楚楚听见了山上传来的恐怖声。第一下，滚下去了，第二下、三下、四下，是撞在石头上，再打翻滚，再被树或什么撕开了（或者劈开了树），再滚，再没声息了，躺进了山谷。从前后发生的响声判断，车大约滚下了两百到三百米。

那时候三妹并没有睡觉，在收拾着亲戚们吃过的酒席后的残局。伯纬坐了起来，虽然是一个严冬，窗子紧闭，但跳闪的油灯似乎带来了汽车坠岩时卷过来的风。

他在黑暗中坐着，他比较熟悉了汽车翻滚下的声音。如果你听到闷雷似的“轰隆，轰隆”声，持续不断，忽大忽小，那就是装运木材的车，一车的木筒子散落后滚动的声音，宛似一列在老铁路上行走的闷罐火车；而尖锐的响声来自小车：“哧——哗——叭——轰喳——哐当——”个体户的旧客车摔下去的声音是最不中听的：“轰——哐——哐咙——哐啷——”间或夹杂着一种哧儿哧儿的奇怪器声。伯纬通过声音，知道车是在哪一个地段上出事的，哪儿的石头与树抗拒车子毁灭性的冲撞会发出什么样的怒吼。他知道，任何石头和树木，你若招惹了它，它是会发出声音的，它们都有自己的个性，伯纬对山上的东西都摸透啦。车子和山石、树木的对抗时常会发出不共戴天的声音——人的喉咙在这个时候是微不足道的。面对灾难的沉默，是人的最软弱之处。也许是因为太远，他听不到。反正，只有当你走近现场，你搜寻，找到那些一息尚存的人之后，才能听清楚他们在微微地呻吟，命若游丝。

伯纬因为听这样的声音，脖子伸长得像桉树。他下了床，他穿好衣服。他从房里出来，对厨房里的三妹说："我去看看。"

"我怎么没有听见？"三妹知道他要去干什么，这么说。

伯纬已经往坎下去了，他在猪圈里拿了一把竹子，又上来，在火塘里点燃。竹子烧着的声音，噼噼啪啪地响。

过去，车出事的不多，垭子口还有个小小的养路站，现在搬走了。所以，如果他不去看，也就不再有其他人看了。

他听见了松鸦的叫声。那是从呓语到清啼的过程，含糊的、直觉的叫声和十分清醒的、充满了暗示的叫声、应和声是不同的。在黑夜中昏睡的松鸦们除非闻到新鲜的、浓烈的血腥，不然它们是不会在这样的时刻惊起的。

天空真是出奇的好，星星出奇的多，月亮出奇的亮，山也是出奇的静。在这荒僻而神秘的高山上，月亮的光似乎刹住了整个世界向更深的寒冷坠去的脚步。冷是冷点，如果没有松鸦的叫声，人心决不会打战，至少对于从出生起就在这儿生活的伯纬来说是如此。

在去现场的途中，他会突然蹦出一个感觉：什么事都没有发生，是一个惊梦罢了。当汽车完成了它的死亡之旅后，总会有一个沉寂的间隙，那时候，受伤的人连呻吟都还没有学会，疼痛还没有开始出现，也许膀子断了，肝脾裂了。

他从几块陡峭的苞谷地抄小路上了垭子口，他很容易就找到了汽车摔下去的地方。他用残损的手高举火把，大喊道：

"喂，有人吗？有人没有？回答我一下！"

确切地说，是松鸦的叫声把他引向这样的悲恸之地。在这里，至少有一群松鸦，因为无数的夜晚从嗜血的梦中醒来，练就了一双夜鸮般的眼睛。

因为举着火把，所以他的视野极其有限，在一路往岩坡蹚下去时，寻找那岩缝里、灌木丛、葛藤刺棵中的人影是一桩难事，他只好走一步喊一声：

“有人吗？人呢，你们在哪里？”

在看到谷底下的汽车之前，他找到了一个男的。喝多了酒的伯纬现在知道他在干什么了。在这之前，他还在给客人敬酒，他面前的酒杯加上自己的门杯一共有十几个，一个杯子要喝两杯才能还回去。所有的人认为他入赘的女婿以后一定会孝顺的。“就跟自己的儿子一样。”他们这样说。这是恭维他。他的乱糟糟的脑子在听到翻车时早就平静了下来，对于没有亲生孩子的遗憾一上床便忘了。现在，他忽然想起这个事来，想到自己的家伙不行。他看到了那男的家伙——那人没有裤子，私处缩得像棵枯蘑菇，头上、大腿上血糊汤流。

“还有没有人？”伯纬问那个男的。

“还有。一个女的。”那个还活着的男人说。

“噢。那我先下去找女的好吗？”

“你能不能给我找条裤子，我的裤子？想办法把我包包吧。”那个男的用很沙哑的烟喉咙在他后头求情说。

包包当然指的是下身而不是伤口，看来，羞耻心在这种时候也是很重要的。伯纬只好又转过身来，放下火把，思考着怎么把他包起来，天很冷，他的伤口的血已凝固了，赤身露体的确不妥。于是他与那个人商议，能否先把那人的工作服脱下来包包。那人答应了。可是当他去脱那人的衣服时，那人说：“膀子断了。”

有一件毛衣，但伯纬隔衣已摸到了刺棱棱的骨头，的确膀子断了。伯纬只好脱下自己的棉袄，包住了那人的下身，并要他不要动弹，免得疼痛。伯纬说：“我找到下面的那个了我再来背你，要得吧？”

伯纬探到坡底并不是一件轻松的事，虽然摔下去的汽车把好些树都压断了，但冬季那些坚韧的刺藤把下脚的空间几乎全堵住了，手上的火把弄得不好会引燃那枯黄的茅草、落叶，引发一场山火。为什么偏偏是在夜晚呢？他想，莫非真有岩包精和树精？还有那作法的阴魂？

一辆汽车庞大的躯体卡在岩缝里，它的前端耷拉在一个险隘上。菩萨保佑，一个朝天的车门口仰面躺着一个女子，好家伙，爬上石头又爬上车子去看时，女子也光溜着下身。

“喂！”他喊。

火星落在那个女人身上，他欠下身去看时，女的好像已经死了，脸煞白煞白。

他俯身去抱那个女的，还年轻，长头发，模样儿也不错，就是死了，软的，脸上有血，屁股、下身都有血。而且那女的浑身的骨头都似乎断了，像小时候他爹给他做过的翻筋斗的小木人。死了，就好说，他用手腕去夹那个女的，然后移到腋下，把她拖下石崖。他正在喘口气时，上面的那个男人却喊了起来：

“我的裤子，还有被子！”

喔，还有一床被子，在驾驶室里。湿漉漉的，有血腥味，全是血。那个女的爬出车门时一定没死，后来死了。他在那女的腋窝里触到了一丝热气，但那已经属于死亡了。

真是麻烦，他拖出被子，又要背那个女的，又去翻寻男的裤子，的确没有。没有就是没有。他抱上被子，扛上女的，又拿着所剩无几的火把，爬上去。看到那男的已经靠着一棵树站了起来，吓了他一大跳。

“没有裤子？”那男的气呼呼地问。

“没找到。”伯纬说。伯纬心里说，你就不问问这女的死了没有。他背着那个女的，把被子给了那个男的，让他顶着，伯纬问：“你可以走？”

“走吧走吧。”那男的说。

这人是人是鬼？他为什么这么不耐烦？他们是那一对……

伯纬感觉到了那女人的重量。他又背着死人了，那个男的顶着一床被子在向上移动，看上去像一个怪物，这使伯纬心里一阵阵发寒，虽然汗珠子从头发深处往外冒。

“车子是怎么了咧？”他问，他拼命问。

那个顶被子的男子却不再说话。刺和树枝总是挂他的裤腿。究竟是刺条还是鬼的手扯他？

好在，他们终于爬上了公路，那个男的没要他扶一下。在他拼命问话时他听见肩上的那个女人这里响一下，那里响一下，全是骨头断裂摩擦的噪音。他坐在公路的中央，他说：“我这就去捡树枝。”

他在公路边捡树枝了，那个男的用被子紧紧捂住自己。后来火升起来了，照亮了，照亮了一切，路，树，被子，死人和他自己。还有天上哪儿的鸦鸣，都照亮了。寒风劲吹。他说：“会有车的，会有车的。”他坐在那儿，口舌干燥，现在，他开始回味那些血腥味，他所见到的男人和女人的血腥味。他想喝水，或者吃花椒。

他拼命地想吃花椒时，车来了。是一辆手扶拖拉机慢慢吞吞而且声音洪大地开过来了。多好的声音啊，越大越好。对，最好是手扶拖拉机。他张开双臂，站在路中央，大喊："出事了！出事了！"

手扶拖拉机像是从天而降，活生生的师傅开着它。他终于看见手扶拖拉机停下来了，只是机器还在隆隆地响，师傅问道：

"又出了什么事？"

"翻车了。"

伯纬先把那个女的搬上车厢。车厢里只有几根门方，然后和司机一起把那个男的抄抬上车。那男的从被子里扔出伯纬的上衣，说："能不能把你的裤子借我用一下？"

反正是一条破裤子，里面还有件绒裤，伯纬就把外面那件沾了泥巴和血水的裤子脱下来给了那男的，并对他说："车我给你照看着。"

伯纬把火堆移到靠山崖的避风处，又找了些树枝来烧。不知不觉，天就亮了。

他正靠着石头打盹，就听见了羊叫。那是自己的羊，他的老婆三妹赶着羊上了山，手上挥舞着鞭子。

早晨没有一点雾，天空很干净，现在透过山下的林隙可以清楚地看见那辆摔下去的汽车。

"你的裤子呢？"三妹问他。

"我给了那个男的。"伯纬说。

"他未必没有裤子？"

"没有裤子，那男的还活着，女的死了，两个都没有裤子。他们的裤子可能还在车里。"

一转眼，家里多了两个人，女婿和外孙。因是招婿，外孙成了孙子，跟伯纬姓。伯纬很高兴，有了把谱系传下去的人了。伯纬赶羊上山，也要把孙子牵着，“憨娃，跟爷爷捉叽溜子（蝉）去。”“憨娃，跟爷爷打老虎去。”伯纬没有手，就两只不能动弹的怪头怪脑的指头，牵着孙子，赶着羊群上了山。孙子哭，不愿跟他，要跟着出坡的爸爸妈妈和婆婆，伯纬不干，伯纬就爬上树去捉叽溜子，但是女儿和女婿早把孙子抱走了。

伯纬总能把孙子抢过来，他才不管他哭不哭呢。“你再哭，红毛大野人就来了！”他吓唬孙子说。

有一次，孙子在山上摔了一跤，额角跌破了，脸上被石头划了好深一条口子，伤愈之后，脸上就有了条伤疤。老婆和女儿女婿就一定不让孩子出门了，于是伯纬也不出门，缠着孙子要给他讲古：“……盘古的爹是哪个？是江沽，江沽咬死了浪荡子，尸分五块，落在水中，长起一座昆仑山，也把江沽包起了，像个鸡蛋壳，一万八千年江沽就变成了盘古。江沽的爹又是哪个？是幽泉，幽泉的爹是哪个，是混沌，混沌的爹呢，是混元，混元的爹就是黑暗……黑暗老母空中转，身怀有孕一万八千年……”后来他唱了起来，唱的是《黑暗传》。“你晓得岩包精吗？岩包精能把树皮变成花布……”“红毛大野人其实就是山混子、岩包精、树精……有一天，一个打猎的人进山打猎，下好大好大的雪，雪地上有几十双小娃儿的脚印，到了一个悬崖那里，脚印不见了……”

他太喜欢他的这个孙子，每当这时，羊圈里的羊就会饿得直叫唤，没有人放出去吃草。

这样是肯定不行的，家里的人执意要他天亮后就出去放羊，家里的活有老婆三妹做了，包括带孙子，坡上的活有女儿女婿做了，包括打猪草。开山刀、手锄子、背叉子，他都放下了，他只是放羊。再说，山上如今已没药可挖，连柴胡都挖光了，升麻还有一些，党参、头顶珠是少而又少了。独活和杜仲都家养了，他家就栽培了一亩多地的独活，杜仲树已有十七八根。他干些什么呢？他在山上，羊吃着马胡骚，有时候也啃一些带刺的小叶淫羊藿，他一个人在山上，他想给谁说点什么，唱点什么，山始终不说话，羊也始终不说话。

他好几天都无缘无故地盯着皇天垭子的垭口。垭口像一张巨大的嘴巴。有一天早上他终于看见垭口动了，像山的两片嘴唇动了，垭口里伸出一条舌头——一簇密匝匝的树。山说话了，山发出了“嗷——”的低吼声，又像是打呵欠。山懒洋洋地开始说话了，那哪叫说话呀，也就是活动活动。他对山垭子说：

“老哥，你终于开口说话了。”

这不过是一种错觉。他在期待什么呢？

羊发展到三十多头了。他总是让羊吃马胡骚和淫羊藿，在垭子下的油桐包那里，背阴的地方大片大片的淫羊藿无人采挖，他让羊吃了这些东西不分季节地交配，跟人一样，羊就发展得很快。

这一年到了腊月，伯纬就熏了十六只羊膀子，也就是杀了四只羊。冬天的野花椒籽遍山都是，这种花椒籽压羊腥味很好。他想给在香松坪工作的哥和嫂嫂送两只羊膀去，还有羊骚、羊肝和羊肾什么的，给哥补补。另外，他打了一斤野花椒籽。他准备停当了，背着羊膀走到了公路上。

他想搭个便车，不花钱的，于是他选择了车招手。小车是不敢招的，那上面坐着干部，不会停下来带他这个又脏又破又残的农民，他招手的是货车。

他总算在寒风中截上了一辆拉木地板的货车，货车也在他身边停下来，司机把头从车窗里伸出来，伯纬看到，正是那个穿走了他一条裤子的男人。他又开上了一辆新东风。

“我到香松坪去。”他对那个司机说。

司机指着驾驶室的人：“都坐满了，下次再带你。”

说完，车就开动了。伯纬缩着被冻硬的鼻子，他被丢在路边。明明还可以坐一个人嘛。他浑身的气都不顺畅。他无意间回头看到了垭口的那张大嘴，他对高远的垭口伤心地说：“我其实知道这伙计姓嵇，他是个鸡娃子！”他那“子”字的弹舌音滑溜溜地向上走着：“鸡娃子——”他大喊，“你还穿走了我一条蓝咔叽裤子咧，你们两个都不穿裤子，搞什么哟！鸡娃子！”

给哥嫂送羊胯子的那一趟，他来去共花了四块钱，坐的小“面的”，挤死人。主要的是，他实在想不通那个姓嵇的，救了他一条命为何搭个便车也不让，这是神农山区的人吗？他想到他那冻得像枯蘑菇一样的下体，还有隔着衣服也能摸到的断骨头，现在他又攥上方向盘了。假如它又断了呢？从山头轱辘轱辘地滚下去，我还会半夜爬起来背他们吗？

夜里，老婆三妹锉牙齿的声音比呼啸的风声还大。伯纬听见的却是垭口说话的声音，山吼了。它在吼什么啦？老婆什么也不知道，山开口说话的事，还有那个嵇师傅不带他一程的事，他已经不能在家里说这些了，他们烦他。

然而皇天垭又翻了两个车。是不是垭子开口就要吞掉一个车呢？一个大车，一个小车，小车是白天翻的，大车是半夜翻的，大车在半夜翻下了挂榜岩，只有结结实实的一声，没有铺垫，也没有余音，咚！一声山塌下来的声音，伯纬一听就知是从那陡壁直上的挂榜岩往下掉的，四百米的崖，伯纬想，人和车都报销了。

这太可惜了，我又得去背尸吗？

伯纬看了看堂屋的火塘里还有余火，还可以点燃一把竹子。他慢慢地坐了起来。被子里和被子外的气温是不同的，而屋外呢？

他在穿衣裳时把锉牙的三妹弄醒了。她在黑暗中问：

“你又听见了什么？”

“我总是睡不着。好像挂榜岩出事了。”

“那我陪你去。”

“算了算了，挂榜岩出事，神仙也白搭，我看看就回。”

在火把照耀的雪野，人好像是去进行一次犯罪似的，给人的感觉总是鬼鬼祟祟，畏畏缩缩。尤其是一个人。他咯吱咯吱地走在冻住的雪上面，到了公路，老远就看到一个黑影朝他走来。

那个黑影拖着沉重的脚步，还有长长的影子，穿得十分臃肿，看起来就像个独行的野人。野人穿过公路的镜头已经被许多人看见过了。伯纬喊：

“喂，你是哪个？”

“我的车翻了，我跳了车。”

“你怎么样？要不要我送你到医院去？”

那人说：“我还好，就是不晓得车咋样了。”

“你人还活着么，你人跑出来了，好，你到我家去把衣裳烤干，去喝口茶？”

他让那人走前面，他举着火把在后头跟着，又回头看了看没有什么东西跟上来，才为那人指路。

从阎王爷的腋窝下跑出的这个司机还惊魂未定，脸上像涂了石灰一样，烤火时嘴里还发出咝咝的寒战声。

“过十八拐，你没有烧纸么？”伯纬问。

“我烧了。”

“你是怎么跳出来的？”

“我完全记不清了。”

伯纬烧旺了火，让那人烤得鞋底发出难闻的橡胶味，又给他冲了一杯糖水。三妹也起床了给那人烧苞谷吃，并对那人说：“我还是第一次看见我们当家的带个活人回来。”

那人抓住满头的脏发说：“不是我跳得快，现在不早成肉饼了？”

那人吃了两个烧苞谷，打了几个嗝，停止了寒战声，站起来跺跺脚，“我现在还能走，这不晓得托了哪个的福，我这就回镇里去报警。我想请你们帮我保护一下现场。”

那人丢下二十块钱，在走出门槛时又被伯纬塞回了他的口袋，“阎王爷不敢要你的命，我就不敢要你的钱，我去帮你守守便是了。”

伯纬跟那个人一起出去，三妹塞给了他一壶酒。在挂着冰瀑的挂榜岩下面，车子已经四分五裂了。他依然先点起火，把酒放在火边，再去捡拾一些捡得动的东西，比如坐垫啦，挡板啦，轮胎啦，腾出一条路来好让其他车通过。然后，伯纬就坐下来拢拢衣裳喝酒。

他品着并不太浓烈的苞谷酒，自己酿的，刚好够自己要的那个劲儿。他就想到有自己的酒喝是一桩极幸福的事，自己种下的哪一棵苞谷变成了现在的酒汁儿，自己种下的，掰下的，搓下的，又蒸熟的，发酵的。总之不会像那个人一样深夜了从阎王手里挣脱后还要一个人摸黑走十五里路去报案。其实一个人只要苞谷酒，你就会省下许多事儿，要那么多东西做什么，要车，要驾照，要汽油，要大把的票子，要木材通行证，最后要了你的命……

火星飞舞在空中像一些四处飘散的萤火虫，到处闪烁着它们的趣味。伯纬抬头看看天空，星不多，气温寒阒，皇天垭的那张大嘴巴闭住了，黑魆魆的，它忽然好像暗示给伯纬：今天没有松鸦闹事。

噢，真的，一声那种不祥的叫声都没有，它们的翅膀和嘴巴也都像垭口的那张嘴给冻住了吗？冰瀑是凝固的气势，而岩上的树白森森的，没有鸟禽飞动的迹象。噢，没有见一滴血。就是这样的，今天没有见一滴血，于是，他感觉到十分清闲起来。坐在火边还是冷，公路上的积雪并不厚，但结成了硬壳；在火边的冰凌烧化了，又冻住了。伯纬只好站起来，围着火堆，然后又围着汽车的残骸跑圈儿。他还摔了几跤，不过他笑了。像他这个年纪，滑倒了以后是会笑的。

他后来在火堆边做了一个梦，梦中见到了他的爹，在老林的一间茅屋前晒衣裳。爹已经死去很多年了，后来又看到有一只毛冠鹿用白色的嘴唇舔他，醒过来一看，他的老婆三妹在往他手里塞糁子。但是没有羊。

“人家都在忙年，我看你忙什么。”三妹说。

“嗬嗬，我忙什么。”伯纬嚼着老婆做的喷香的糁子，掺了蜂糖的。蜂糖是自家的蜂糖，还有一丝儿山里的百草香味儿。

不久，那个司机带着交警和保险公司的人来了。伯纬把他晚上捡的一堆东西交给那个人，然后说：“那我走了，我还要去放羊了。”那人说：“你先莫走，你也是一个见证人。”又对保险公司的人和交警说："我就是碰见他的，我还到他家喝了杯糖水，他老婆还给我烧了苞谷吃。"

伯纬对交警和其他几个陌生人说："这个师傅是我看到的命最大的人了，嘿嘿。"

那人不让伯纬说话，一说就捣拦他："算了算了。"

伯纬只好沉默了看那些人拉尺、拍照、记录。其中有一个对那司机说："你吃了人家的苞谷，我们今天吃什么呀，喝皇天垭的西北风？"

伯纬这下找到了说话的机会，他说："到我家去，到我家搞饭去吃，顺便跟我孙娃儿照一张相好吗？"

那些人就跟着伯纬去了他家。

伯纬家从来没来这么多有头脸的客人，穿制服，背照相机。伯纬和他的家人赶快刷羊胯子，用斧头砍，下锅，煮洋芋。

热气腾腾的羊胯子就放在火塘上，用一个铁架子架着，苞谷酒搁在一张矮桌子上。围着火塘的一圈人筷子碰筷子，吃得有人冒汗了，脱衣了，话多了，脸上的酒血也不自觉地走蹿起来了。

"……那可真是吓死我了，"那个交警说，"我在十八拐的下头走了一整夜，我想抄小路翻过垭子的，明明快到公路上了，又往回头走，心里想，走错了，可脚偏要往回走，直来，直去，直来，直去。那时我在派出所，有枪，我就记起我有枪，掏出来，连开了三枪，人就清醒了，上了公路。"

他讲的是他几年前的一次半夜迷路。

死里逃生的司机说："一翻皇天垭我就会听到敲锣打鼓的。"

他们问伯纬见到过什么稀奇事没有，伯纬说："我住了几十年，啥都没碰到过。"

后来他们问到他的那一双手，就谈到修这条公路死了多少多少人，有多少多少稀奇古怪的死法。伯纬没说什么，只是搓着一双残手给他们敬酒，他说：

“你们多喝点，这是掺了蜂蜜的酒，又不打头。”

保险公司的人说：“一进你的屋就有一股蜂糖酒的香气，你还是蛮能干的啊。”

伯纬笑笑说：“反正就这一坛子酒，你们今天要把它喝完。”

果然，一坛子为过年准备的蜂蜜酒喝了个底朝天。交警趁着酒兴在屋外为伯纬的家人照了几张相，说是在春节前一定洗好了搭过来。

伯纬想坐个便车去县城卖两头羊，那些人便牵羊的牵羊，撵尾的撵尾，把他带到县里去了。

过了几天，来了两个保险公司的人，没有给伯纬捎来他想要的照片，是来调查那晚车祸的事的。那两个人因为不愿意走这严寒中的路，其中一个加上被伯纬的狗咬了一口，一肚子火气，手上拿着爬山的竹棍，进屋了还没放下，倒是喝了伯纬女儿泡的茶水，没说上两句话就问伯纬：你是什么时候看到那个人的？你是何时见到那辆摔坏的车？你在车摔下来之前没有见到那辆车吗？车是不是早就停在挂榜岩上了？你真的不认识他？你总是半夜出来走动，一摔了车你就起来救人？是一碗糖水？两个苞谷？他当时的情况怎样？他的心情轻不轻松？你是几点几分离开的？你替他守车没要他一分钱？出事现场你看见破坏没有？

伯纬接待这样的两个没有好言语的人。他悄悄跑进厨房对三妹说：“不要做饭给他们吃了。”三妹的刀正放在一块羊排骨上。但是，他出来后还是听到他的老婆把刀剁下去了，且发出很响的响声。

“他是骗保摔车。”那两个人对伯纬说，“你也没有什么好怕的，问一问，你照实说就行了。”

“我当然不怕。”伯纬掰着自己没有知觉的半截指头，“我怕什么，我又没做坏事，我怕什么。我只晓得车翻了，我应该去帮别人一把。我从来就是这样，不管是夜里是雪天。”

“嗯，”那两个人说，“就是这样的，你不知道，这当然不怪你，你一番好心，可是被坏人利用了。”

他们向他解释骗保摔车是怎么一回事，他们讲着保险行业的一些名词儿，让伯纬听不顺耳。后来留他们吃饭，他们走了，对伯纬说：“请你把你的狗抓住，我还得赶快回去打狂犬疫苗。”

三妹是真心诚意地想留那两个客人吃饭，她张开两只油腻腻的手出来送客。送走了客，她埋怨伯纬应该把两个人留下来。

“他们把我当犯人一样在盘。我还惹了一身臊咧，好心当作驴肝肺了。”

“我在听，他摔了车，别人还跟他赔车？”

“那当然。”

“有这么好的事？”

“人家一年投保了两三千块钱，他们为什么不赔？”

“现在不是说不赔吗？”

“不赔总有他的道理。不过莫非硬要把人也摔死了就是真翻车，否则就是假翻车？”

“那哪个搞得懂。”

“莫非他真把坏车摔了？”

“他吃多了吗？”

“真骗保，那要坐几年牢，”伯纬抽了一口烟说，“刚从阎王手里逃脱，又要到公安手里去了。”

“为什么会出现这种稀奇事呢，这年头？”三妹问道。

她看见伯纬正在吃力地摇头，被烟火熏得像枣子的眼睛泪汪汪地一片。

“你总是见到一些鬼事。你早晨起来的时候把眉毛往上抹三下，火气就升起来了，你爹妈没告诉过你吗？”

伯纬是第一次听到往上抹眉毛就能避邪秽，于是他就听从了三妹的建议，早起的时候往额上抹眉毛。

松鸦的叫声在这一天还是出现了。公路上汽车来往如梭，似乎没有任何出事的迹象，可松鸦开始叫了，而且叫得很凶。一种短促的声音“哇”，那就是松鸦，而叫得很长的，叫得更恐怖：“哇——”是寒鸦或者秃鼻乌鸦，这一带，在松林、巴山冷杉和刺楸的密枝上，多是那种听起来寂寞而微微发寒的松鸦声，而且，它们的样子并不怪诞，你也很难发现它们，除非哪儿有了血腥或者即将有血腥。还有另一种声音——你若在床上不愿离开被窝时，听到好像捏着鼻子叫“要”或“娘”的鬼鬼祟祟的声音，是松鸦中的母鸦和雏鸦。它们在早晨的叫声，如果是晴天，晨光明晃晃地照在山崖或树枝上，天空的衬景显现出一种光溜溜的靛青之色的话，这些鸦声还多少给早晨带来一些活气；如果声音渐飞渐远，在另一片老林扒子里鸣叫的话，那就像隔山说话，没有事的，只当是一种平常的鸟叫，只当是一个人踏空了一块悬石，让它滚落下去；如果是在雨雾天呢，在将雪不雪的日子，在浓密的冰雪冻得人欲生不能，欲死也不能的时刻，松鸦的叫声，它们轮换地变幻各种腔调的表演，就暗含着一种命运的诡谲，好像你的一切都早已捏在了谁的手里，所有该发生的，都是上苍安排好了的。

没有事。

伯纬抹了抹眉毛，只是朝漫天的云霞打了三个喷嚏。牛在石坎边的水洼里舔水。水太冰冷，是它用蹄子把冰砸个洞才能舔到的，它不敢狂饮，只能一点一点地舔食。猪在垫圈沤肥的枯草中瑟瑟发抖，把它们的嘴拱在更深的草叶中。狗在跳跃着，追逐并凌辱家里饥饿的猫。那猫连在那早晨伸懒腰的机会都没有，哀哀地叫着，想说话，想申冤，有时竟能说出一两个与人一模一样的单音来。

女婿和女儿都到田里挖冬花去了，三妹正用腿夹堵着调皮的孙子给他喂一种很稠的苞谷糁子。他们坐在火塘边，浓烟朝门外飘去。

“你听见什么没有？”三妹问。

“我昨晚睡得死。”伯纬故意岔开说。

“早晨唉！”三妹不耐烦地说，“你抹了眉毛没有啦？”

伯纬打开羊圈把羊们赶了出来，趁这难得的好晴天去把它们喂饱。羊群沿着山壁挨挨擦擦地前行，遗下光亮的羊屎，从翻起一层层外皮的红桦林间往里走，然后，这些羊群追着山脊的影子上山。羊们喜欢太阳，它们总是在山巅痴痴地对着太阳看上几个小时，白髯飘飘，像一些仙风道骨的老者。

的确没有什么事，公路上的阳光像银带子一样四处飘摇着，比别处的阳光显得更集中。

“快过年啦。”他在说。他向更高的难以翻越的皇天垭口子说。

垭子的大嘴没有说话。

“老哥。”他又说。

有两辆车向那张大嘴爬去，像两只小金龟子蠕动。

什么声音也没有。他记起来，在他出来的时候，他听见三妹在给他说："你去多了，那儿就出事。"

他妈的，鸡娃子。我未必是个灾星！

他躺在已经化完了雪并被风吹干的阳坡上，有些草还真柔软，紫羊茅啦、老鹳草啦、蓝韭啦。

"可我喜欢公路。"他说。他自言自语地说。他看着自己晒在阳光下的手，那不是手，是个树蔸子。

他现在是在山上，在人迹罕至的山上，冬日的苞谷地里只有一些茬子，没有人，一棵野唐梨上有什么在晃动，不是人在摘果，是两只毛猴子。一簇丛生的粗榧间飞出一只山凤，遗失下两支蓝色的长羽。

可是天麻黑的时候松鸦的叫声又像烟雾一样呛过来了，很凶。他听见了汽车喇叭不停的叫声，是小车的。他刚把羊赶回圈里。他对惊慌出来观察的三妹说："我没有到公路上去。"

他现在要去了，谁阻挡都阻挡不住的。这样的时候谁都不敢阻挡他。他是那么的麻利，取竹子，点火，拢在残指上，精神亢奋，双耳赤红，连脚下的力士鞋也系得紧紧的，落地轻轻的，醉了，不醉，都是这个样子。

喇叭叫得急，是因为失去了控制，翻在了八字槽槽底。槽是个泄洪的槽子，只长着些小树，挡了几下，响声不大，也就轰轰几声便翻下去了，都是一眨眼间的事。

伯纬站在公路边朝下看，他在想车为何走到这边来了呢，除非它是上坡。上坡又为何开出了公路？那么慢，难道是个没出师的学徒小伙子？

松鸦在头顶上叫，它们还没来得及睡觉呢，那一定是死了人。在早晨它们就嗅出来了，它们为何有这么好的鼻子？如果它们能通知人们这儿今晚有血光之灾，那又会怎样呢？可怜它们不会说人话。司机和车上的人们也听不见，他们从老远来，自我感觉良好，匆匆路过，谁知道哪儿会要他们的命。

死了一个，伤了两个。

伤的两个一个是司机，一个是局长。司机被伯纬从喇叭长鸣的瘪车子里拉出来时，指着高处挂在了一棵榛子树上的人说："那是我们局长。"

说话的司机从一开始伯纬就没见到他的嘴脸，也没见到鼻子和眼睛。伯纬把他从车里拖出来就是这个样子。他的鼻子眼睛和嘴巴全被撕下来的头皮盖住啦。

伯纬说："你叫马山槐，你经常走这条线，我知道你的名字。"

"我是马山槐。你放羊吗？你就是在这条路上……放羊的那个瘸手啵？"

"我是不是身上有羊臊味？"

"嗯嗯。"

"你的鼻子好灵。"

"你帮忙把我的眼睛弄出来。"

伯纬正准备去弄他耷下的头皮，那个挂在榛子树上的人就喊了："你们在说什么，看我的姑妈怎么样了？"

伯纬说："您的姑妈已经没气了。我是先背您姑妈呢，还是先背小马？"

小马说："背局长吧。"

那局长在朝槽下面的他们发脾气了："背什么呀，给我搞杯茶来，我干死了，我血都流光了。”

伯纬嘿地笑了一声说：“这到哪儿弄茶去，凉水都没有。”

局长说：“看看我的杯里还有没有。”

伯纬说：“杯子在哪儿？摔破了没有呢？”

那个懒得说话了的小马指了指汽车。伯纬又高举了火把到四轮朝天的车里去找，一个杯子压在那个局长死去的姑妈屁股下，他的姑妈好重，好像故意压着不让他取那个杯子。取出来了，划了他的手，是个破的。

这时，那个局长却在黑暗里瞎叫起来：“救命哪，救命哪，救命的为何还不来！”

伯纬拿着那个杯子说：“我在给您找杯子，是个破的。”

那个局长喊他，要他去，但伯纬不好离开小马，小马明比他的局长伤重些。他见得多了，他知道谁的命还有几分。

“您能不能先让我帮小马把血止住？”他伸长脖子说。

他的火光已经照到了小马白瘆瘆的颅骨，连皮带毛都扯下了，中间还有个小月牙似的口子，在一团一团地往外冒血水。

可是那局长依然喊救命，声音尖长，已经盖过了在他身边飞舞的鸦鸣。伯纬看到，有两只松鸦已经站到那吉普的轮子上去了，这让伯纬慌乱起来。他仿佛伸手就能触到松鸦，不是一只，而是成百上千只。那个喇叭的叫声也让人心惊肉跳；他钻进车里去找茶杯时也在找哪个电开关，可惜没有找着，他不懂车。

他就只好去背局长。

局长被一根很有韧性的树枝托住了，这是他的福气，他的脚下，是比铁还坚硬的石头，还有个高坎，多么可怕！

局长伤得也不轻，他的一只腿断了，手也断了，额上还有个洞，也在间歇地涌血。伯纬踮起脚去取他，局长呼出一股恶臭的血腥气加胃气来，差点把伯纬压趴掉下石坎去了。他哇哇地叫唤着，诉说着他的不幸："我什么都经过了，坐牢、被人砍杀、火灾、心肌梗塞，就差车祸了，我算是齐全了，我的妈也！"

伯纬说："您先不要慌，这么冷的天，越慌心越寒，血又流得多。我先给您把血止住。"

伯纬拿眼四下寻找，他记起好像看到了一株南星，叶子止血挺不错的，可是局长却说："你不要动我的包！"

噢，有一个包就在那株南星后头，黑漆漆的。

"那里面也没啥东西，你给我一下，哎哟，我的手。"

伯纬掐了两片南星，把包也拾起了，边拉拉链边说："有毛巾把伤口捆住最好。"

在局长发出厉声阻止时，拉链已经露出了嘴巴，里面是大叠大额的钞票，几千块，甚至上万块。

"要你不动，要你不动！"

"我是找毛巾帮您包扎。"

"你是个好人，我看得出来，你救我上去了，我会感谢你的，好不好？"

"我不会要钱。"伯纬说，"我要钱，十几万我都得到手了，"他故意夸张地说，"这里翻车的，大老板，省里的干部都有，上次，有一个厅长……"

"你是好人，你是好人。"

伯纬用南星叶给他垫上再包扎时，局长一直絮絮叨叨那几个恭维他的字。他说："我是个倒霉货，我是个局长，你的衣裳这个样子了，我到时把两套新工作服你，我的血都流到你身上了，蛮对不起呀。”

局长只有一只好手，又要拿包（包吊在腕儿上）又要抱住伯纬的脖子，同时还举着火把。

伯纬不能举火把，他要抓住局长，他又没有手，几个硬戳戳的指头还要去勾树，或者抓石头了往上爬。他呼噜呼噜地喘着气，可是局长已经没有话了，局长反正在他身上。

竹子熄了两支，又常常被树枝挂住，一条一条发烫的火屎飞到局长和伯纬头上、手上时，两人会同时叫起来，还有血，局长的血没有止住，往伯纬的脖子里流，流进去时像一条条滑溜冰凉的蚯蚓。

他跪着往上爬，局长的骨头断得厉害，不能帮他一点点，他的膝盖把冻硬的雪压得嘎吱嘎吱响，就像一路打破着玻璃。

太陡了，槽子太陡。他们总算爬上了平坦的公路。伯纬要把火烧起来，这样才好拦车，又能取暖，同时还可以把熄灭的竹子点起来。伯纬的裤子连磨带挂，膝盖已破了。他又去背小马。他先前给小马留了条毛巾。现在毛巾正攥在小马的手里，他没有自救，头皮还耷拉着，还是看不见鼻子眼睛。

“喂喂，你冷吗？”

得到应声后，知道小马还活着，他就去掀小马的头皮，并揩他的脸，终于露出那个熟悉的小马来，是那个人，马山槐。头皮捆住了，但小马的眼睛依然闭着。伯纬问他哪儿不得劲，他说，全身都不得劲。

“那我们准备上去了，上面说不定拦到车了。”

“你不能正面背我，我的肋骨好像刺到肝里面去了，里面疼得很。”

说这些话的时候车喇叭的嚣声正慢慢地偃息下去，最后变成一线呜咽，取而代之的是松鸦，现在只剩下它们的声音了，在阴暗的角落里响彻云天。这使伯纬鼓起了劲一定要尽快把小马背上去。

“松鸦叫得好凶。”小马无力地说。

伯纬正把他从侧面扛起来，说：“你不要这么想，让它们叫去，那是因为局长的姑妈。”

“我们局长还没有死吗？”

“你们局长还没有死。”

松鸦的翅膀包围了他们，形成一个圆圈。伯纬总是勾不住树，滑，伯纬差一点把小马摔下槽底去了，他一步滑下了十几米。他抓住了小马，可是他的手，他听见了自己皮肉撕裂的声音。他要冲出松鸦的叫声。背着活人总比背着死人强。不过眼下背上的活人跟死了一样，就一口气了，有时候还打出很响的嗝来，仿佛要把最后一口气呛出来似的。

他上了公路彻底软了，头顶上没有松鸦，只有几颗寒星在闪烁。松鸦的叫声、车喇叭的呜咽都和槽底下的风声混杂在一起。风声里有灌木和一些大树的惊乍。他又去背那个死去的局长的姑妈。

他第三次爬上公路，看到他的老婆和女婿都在火堆边了。他的老婆三妹抱着一床破烂的棉絮。他听见他的老婆在埋怨：“老鸹都飞到我们屋顶上去了。”

他们一共拦了三个车，车才停。前两个车有一个完全不理茬，另一个说到前面去调头，也一溜烟跑掉了。第三个车装一车橘子，是个面包车。伯纬说：“我们帮你把橘子卸下来救救两个人，怎么办呢。”

一家人七手八脚把袋装的、篓装的、散放的上千斤橘子给搬下来了，把伤的死的三个人抬了进去。伯纬对老婆和女婿说："你们看橘子，我送他们去医院。"

到了镇上的医院，伯纬按医生的交代把局长的姑妈先背到后头的太平间里去了。太平间叫"后头"，医生都这么叫。"后头"伯纬很熟悉，没有灯他也摸得到，一个未锁的门，进去有几块大木板子，用砖搁着，能放一个人。

回来以后，他又背局长和小马去拍片。医生看了片，看了人，对里面的一张手术床说："哪个先上？"

小马说："局长先上。"

局长也没谦让，哼哼叽叽地进去了，门也关上了。

镇医院半夜没有生火，也没有人，所有的医生护士都到手术室里去了。伯纬陪着小马坐在冰凉的条椅上。门外的风又大，伯纬把门关好了，要把小马扶到靠里面的一张条椅上，说："里边风小些。"小马就坐了过去。他的一只棉衣袖子还剪开了，因为那只胳膊断了。他淌满了血的膀子就露在外面，一些骨头从肉里钻出来，看起来就像个跟人打过恶架的失败者，样子十分可怕。伯纬想同他说话，最好还多一个人，或者有点儿歌声就好了，自己唱的，录音机里、收音机里唱的都行。他自己的膝盖也露在外头，破了，也有血，也没有了知觉。两个残手冻得像紫茄子，他想起听到手上出现的撕裂声，他这才有时间看，是右手，过去的虎口与掌子连在一起的地方破了，他动了动那半截大拇指，虎口就生疼。

"都腊月二十六了，再过三天就要过年了。"他捏着伤口对小马说。

小马没出声，闭着眼睛坐在那儿，头上缠着湿漉漉的毛巾。

“也不知道你们局长的手术大不大，估计那鼻子上额头上的两个洞几针就缝了，手和脚上夹板。”

小马点了一下头，又好像没点，没动。

“你坚持一下，这儿条件有限，就一个手术室。这儿我蛮熟悉的，我当年手炸了，就是在这儿做的手术，现在医生都换了，又混熟了，凡是我救的人，我都要送过来，放心些。”

小马好像睡着了。好半天，他忽然说：“我们局长的包……他拿着？”

“当然他拿着。”

“他死了也会拿着。”

伯纬看着小马：“你说这话？”

“也会拿着。他的钱嘛。”

“他不会死的，进了医院，进了手术室，就放心了。人哪这么容易死呀。我当年血压高压只有二十，低压只有八了，还没死，活到如今好好的。医生说，我再晚来五分钟就没命了。我就是再晚来五十分钟，我也会活着。人就是这样，哪会那么容易丢命哪，不会的，你只要想活，你就能活。除非你不想活了，还有人帮你活呢。”

他不停地给小马说话。手术室没一个人出来，仿佛医院里没人，手术室也是空的。电灯又暗，伯纬看着小马突然害怕起来。他提高了嗓音说：“喂，小马，你说点话看看，要不我喊医生来给你吊点盐水。”

“更冷。”小马说话了。

“你是说吊盐水更冷么？不吊？那就不吊。小马，你饿不饿呢？你想不想喝点水？你上不上厕所？做手术时一针把你麻翻了，想撒尿都撒不好了。”

小马摇摇头。

“为什么有那么多钱？单位的么？”伯纬在找话说。

小马又摇摇头。

“局长自己的？”

小马还是摇摇头，很不情愿似的。

“你不知道，你左右不知道。你们局长说，准备给我两套工作服……那么多钱，我总算搞懂了一个问题，我要是有这么多钱，我也会把车挂到四挡五挡了往家里飞。我现在才晓得车祸是怎么来的了。”

小马还是在摇头。

“你蛮难受么，小马？”他看到小马身子一阵阵发紧，“你是不是冷哪，我去搞床棉被来。”

伯纬就去拍手术室的门，他不停地拍，他害怕。他顾不了那些。

门终于打开了，一个穿着白大褂的女同志欠身出来说：“有什么事？”

伯纬听到手术台上有敲打声，忙哪，但是他要说说：“外面的伤员冷，能不能搞床被子？”

女同志说：“被子？除非做过手术了上床。那不行啊。”

伯纬说：“你们还要多长时间呀？”

“马上完了，别急别急。”

他扶在门框上的手只好缩回了，因为那女的又要关门，当然是笑着关上了那扇手术室的门。

他只好又坐到小马的身边，抱怨说：“都是些新手，新来的小医生，手脚又慢。”又对小马说，“医生手脚要快，你们手脚要慢。以后开车,你千万要慢点,跑那么快做什么,慢一点,图个安全,到头来受罪的是自己……”

他这么说着,劝着他,他好像觉得小马已经死了。小马还是坐在那儿,闭着眼睛,垂着头,一动不动,但像死了。伯纬不用去触摸他,一看就知道他是个断了气的人,他见得多了,瞟一眼就感受出来了。

伯纬瞟着他,不知如何是好。他的脚往旁边挪了挪,想离开小马尽量远一点。他用手去试试小马的鼻子,的确没气了。

“外头的死了!外头的人死了!”他猛拍手术室的门。

门开后里面的医生终于知道伯纬说的什么,一个男医生和一个女护士跳出来,他们要伯纬帮忙把小马平放在条椅上,男医生捏起拳头砸小马的胸脯,又用手掌压。女护士拿来一个大针筒,一根粗针管,两人嘀咕了几句什么,女护士捋起小马的衣服就朝肉里面扎去。一筒药水推完了。男医生用手去摸小马的脉搏,又用听筒去听他胸前,然后站起来,摇了摇头说:“不行了。”

伯纬站在那里,那一刻从头到脚颤抖不止,仿佛心里边残存的最后一坨热量被什么卷走了。他把目光停留在那张被他擦过,又被他包扎过的脸上。他看灯,看墙,看医生,又看那张悄没声息的脸,很年轻,又安静,好像遽然间缩小了,瘪陷了,归顺了某种很强大的势力。伯纬哭了起来!伯纬说:

“小马,不是我不救你,我是把你送到医院了的,只怪你的命了。”

他对医生说:“我把他背到后头去吗?”

医生说:“可以。”

伯纬抹了抹眼,用一双脏兮兮的手抄小马的腋窝,弓起身背上他，去了后头，才知外面正大雪纷飞。他在黑暗中把局长的姑妈挪动了一些，把小马放下来，挤上木板，放稳了，摆平了，再进医院的走廊。没有医生了，都进了手术室。在那个空荡荡的走廊里伯纬又一阵好哭，泪水简直像挖穿了的泉眼，就觉得今天让人一阵好哭。他离开了医院，摸黑往家里赶。

十几里路，雪又下得紧，风也刮得寒。好在，鸡叫了。

看到家就有了一股人气和温暖。天已经大亮，羊在叫，牛铃在牛屋里发出了骚动，牛又渴了。鸡在叫，孙子也在叫——他站在门口，单衣单裤地站着撒尿，尿把裤子也打湿了。

怎么没一个大人管他，寒冬腊月下雪天，一大早的，让他一个人站在门口？他迈开山里人的大步就上前去抱他，想把他抱进屋去。这时，在里屋的三妹丢下一个舀潲水的瓢就飞快地一把从伯纬手里将孙子夺过去了。

“你不要碰他，腊时腊月的，你刚背了死人回来！”

说啥啦？伯纬愣在那儿，像一截糟木头。他站在自家的门口，看到了屋里的几个人：两男两女；三妹，那个头发垂落下来已经花白的，另一个，妮子，胡子拉碴、像根犁拐的女婿，孙子，四个人。

他们是谁？搞什么的？是他的家里人吗？这不是他的家！是谁的？他不愿意想，不愿在意识里把它明晰起来，就像他不愿细看那些变幻不定的云朵一样。

伯纬好伤心，伯纬的双手还没有放下，还是抱孙子的那个姿势，僵持在那里。又一次，他战抖不已。他本来不想说的，他终于说话了，他说：

“我这辈子就是个背死人的命。”

他说完，进屋，舀水喝，脱了衣服，上床睡觉。一屋的人，那四个人，都听他清清楚楚地说出这句话来，然后看着他把一身血壳的衣裳摔在糠柜上，发出很响的声音。

春节有两个人来看他。都是被他救过的，提了橘子酥食和火酒。火酒让女婿提回家去了，伯纬自己不吃火酒，商铺里买的火酒，总是打头，喝了又不容易出汗，闷得慌。

开春了，雪化了。又来了一个客人，是安徽的。伯纬差一点认不出来了，就是那个压在石头下的安徽司机的弟弟，说是路过，来看看恩人。那个人说：

“我现在算是下岗了，又没有发财。没发财也要来了，我欠您的一笔人情。”

“哈哈。”

伯纬笑着给了那人一拳，然后留他吃饭。那人也不客气，喝了半斤酒，吐着满嘴的羊胯子腥膻味对伯纬说：“我给您钱，您会骂我；我不给您钱，您也会骂我，骂我忘恩负义，您先不要说话，听我说完。我想了个点子，我帮您在公路边搞个小卖部，卖点东西。现在人也多了，车子也多了，守着这么好一条公路，不生钱划不来……听我说，生钱是来路正大的钱，不是收费站的钱，也不是交警乱罚款的钱。”

怎么推脱，也不行，就这么办了，那人早就在村里叫了人，买了些木板、青瓦、檩条及椽子，不到两天，花了几百块钱，就把个小卖部拾掇得清清爽爽了。那人临走时又一膝跪下，涕泗横流，说：

“我哥生前也是个识好歹的人，他会保佑您发财的。”

伯纬说：“我只求平安，不求发财，恭祝你也一样。”

伯纬进了些烟、酒、麻花馓子、鞭炮、洗衣粉、力士鞋什么的，还找人进了点蝴蝶标本、木制的刻有“神农架旅游”的小钥匙扣。他守着店子。有时，三妹来打打招呼，他就去放羊，他知道哪儿有好草。

生意不咋样，一天卖不出去十块钱。歇脚的人歇脚，还白搭上茶水。一些司机飞快地开着车在车上给他打招呼，没有闲空停车，忙着赶路挣钱。于是伯纬就在小屋后砌了个羊圈，把几十头羊赶来了，没生意就关了门伺候羊儿们。

这一天，他赶着羊群经过挂榜岩，就见一个老师模样的人正在给一群来这儿旅游的学生讲解：

“……你们中说不定就有谁能破解这神农架天书，我相信我的眼力。不管是我们的祖先留下来的，还是外星人留下来的……”

他走近去，他还听见那个老师正口沫乱飞地给那些年轻人讲什么神秘的北纬30°文化带，什么野人啦、恐龙化石啦、金字塔、魔鬼三角区啦。听着听着，那些年轻人转过头对他的羊群发生了兴趣，有的男的学着羊叫，女的尖叫，然后和他的羊一起拍照，叽叽喳喳。

情形太乱了，羊到处挤挤擦擦地跑，他要那些年轻人帮他吆喝，后来，汽车发动了，那些人又雀跃般地往车上钻去，留下四散的羊，它们咩咩的叫唤声太让人激动了，伯纬好久都没有这么高兴过。他骂它们，骂羊，用鞭子抽它们，抽空气，抽这个早晨。

太阳直通通地照在岩上，现在他被温驯的羊们簇拥着，他手抚着头羊的角，他仰望着岩壁，是什么字呀？一个“路”字，还有一个是“缘”字还是“情”字？

他都记不得了，是二三十年前的事，他认出来过，现在，他恨不得把两个眼珠子伸出来，扒着那些天书的缝看个究竟，啥字呀？

啥字？

这样眼就看花了，什么字都没见着，那些天书里是腾起的烟雾，是密密匝匝的老林，是一群扑打着翅膀四处飞散的松鸦，还有呼啸的手臂，深壑般的喉咙……它们全像蛇一样纠缠着，冲撞着，翻滚着，煎熬着。

这时，从岩壁的天书间弹出了一片歌声，怪清亮的，比犁铧的敲打还有钢性：

洋二队，土四队，
不土不洋是三队……

鸡娃子有点怪呀。今天洗懒(脸)我没有抹眉毛？

他抹着眉毛，说：

“王皋，你还在吓我！”

他赶着羊群上了山，山上有极好的草甸。

夜深沉

1

一个人没有故乡，就等于死后没有棺材。隗三户在路上一路这么想。他在网上看过“虎渡河人论坛”，一帮在外的老乡对本地的豆皮子、锅盔(类似烧饼)、鲊胡椒大力推崇，仿佛在家乡每天吃的就是这个，不过是对家乡的一种意淫罢了。

隗三户开着他的二手“广州本田”从广东回来，已是凌晨一点。他的车在路上坏了三四次，本来十个小时的路程，跑出了十八个小时，人差不多散架了，身上是机油，手上也是机油。在湖南境内，一次爆胎，差点冲进汨罗河中；还一次发动机不明原因地着火，要不是车上有个灭火器，车肯定烧成了一副骨架子。还有，一路开来，减震器的原因，车一路摇头晃脑，蹦蹦跳跳，发出哄哄的猪叫声。若不是换了个减震器，人肯定会疯。一个曾经的农民，现被虚名蛊惑，企图抓回来一把乡人的艳羡和夸赞甚而是嫉妒。让人嫉妒是很开心的事。一个村里老是受人欺负的隗结巴的儿子，冬天没裤子穿的隗三户，在外混得不错啊，竟开着小汽车回来了，这还不牛X吗？其实，两万多块钱的旧家伙，打肿脸充胖子，自欺欺人，自作自受，这样的破车，没把人害死，还能指望一路跑出奔驰宝马的感觉来?!

自欺欺人的隗三户终于回来了，回来却如走在异乡，没有一点儿回家的感觉，家乡已没有了亲人，房子早卖掉，已经拆了。承包地早就退了。心茫然而虚空，没有坝岸，车不知往哪儿开，人往哪儿停。一阵汹涌的伤感向他袭来，车就慢了，在路上迟迟疑疑。好在路上空旷，半夜三更，鬼都没一个。这个清明才真叫人断魂哩。路上似有游荡的鬼魂，孤魂。是不是自己？自己就是一个孤魂野鬼。车子是热的，自己肯定活着。是鬼魂一阵风就飘回来了，不会一路这么折腾。

不过，让他兴奋的是一浪一浪的油菜花的清香，开着车窗，那香味儿就一阵一阵扑来，活像个妖冶调皮的女子，填满了他周围的每一个空间。过去也未曾觉得它的香味儿，只是离开时间长了，对故乡的气味敏感起来。满田里都是油菜，都是那黄色的花，这闹闹嚷嚷的气氛。过去没有过，过去好像没栽种过这么多的油菜，油菜种也没这么好，这么高，这么茂盛。听说油菜籽今年价格不行，忧心的是种油菜的人，对于回乡祭祖的诸多游子来说，这满原野的油菜花和香味儿，就是他们的乡愁，任何惶然不安的心都将被打下去，取而代之的是高兴和激动。如果住在这油菜花海中会是什么感觉？……于是，回乡建房的念头被灼灼地燃了起来，更加强烈了。

最早的念头缘于他去年一场大病。是在去年底，死里逃生。医院已下了病危通知书。也不是狗日的什么绝症，脑膜炎，来得陡急，送进医院就昏迷不醒了，身上出现大块紫斑，(民间叫尸斑!)血压一度下降为零。他自己反正不知道了。更有甚者，脚趾头一个一个坏死。还能活过来，这只能证明隗家人没做过什么恶事，前世都是好人。当然也可以说是生命力旺盛，视死如归。遭了这一劫，就不信什么卵的迷信了，人已是在地狱门口兜了一圈，花去了五六万，七八个趾头烂光了，走路绝对九晃十荡。三周后出院，不出院这些年在外挣的几个辛苦银子，将要全部贡献给广州医院的GDP。

还是说那场病，隗三户昏迷，接着下病危通知书，老婆除了哭，束手无策。平常老婆只是个家庭妇女，一切听他的。没有亲戚六眷在身边，打电话后有一两个老乡来看过，丢几百块钱安慰两下就走了，人家不可能陪在这里，各有各的事。若是隗三户死了，那就像广州的一只苍蝇死了，说不定骨灰还弄不到老家去。等他病好后，他就决定再怎么也要回老家去养老，在外太孤单。老婆也同意，有个什么事，离家几千里，叫天天不应，喊地地不灵的。回家一定要起个房子，现在有钱人都这样，古代在外做官的，官做得多大也是这样，咱家乡的杨尚书，官做到三品了，死了还是葬回来，老房子做得跟宫殿似的。但问题是看能不能把地要回来，特别是要块宅基地回来。

想回来踩青扫墓也是因这场病，想是不是父母的在天之灵在抱怨我，这么多年都不回去看看他们给培个坟，烧个香，磕个头，如此不孝，就不保佑我了。说到此事，特别在这清明之前，几个广东的生意朋友都急急地准备打道回府扫墓。广东人说每年不管怎样都得清明回乡扫墓。人亲自回去，这个是基本要求。隗三户知道广东人迷信，做生意的当官的特别迷信。当然这也可以说是怀念祖先的一种感情。每年自己虽说没回乡，也会买一堆数亿元的冥钞烧了，念几句父母的名字要他们来取钱。鬼是随叫随到的，比坐火箭还快，但今年这么糊弄肯定不行了，有一种强烈的暗示，必须亲自回去一趟。这就筹备买了个二手车，假模假样，人模狗样地“衣锦还乡”。病后问过老婆，两个孩子在自己昏迷后来看过他没有？老婆说伢读书，哪来时间看你。闻此天就黑了。这比死还难受。假如我没醒过来，两个孩子不就连看都不看我一眼我就走了？寒心呀寒心呀。如今的孩子与父母感情淡漠，以后老了找什么依靠？又不是国家的人靠国家。决定，再怎么也要回老家养老。虽说没了直系亲属，还有一些隔代的亲戚吧，还有一些乡亲，一些儿时的玩伴，一些小学中学的同学吧。有个小灾小病不缺人来探望，嘘寒问暖，走走串串，就是死了，还能埋在故土上，与父母在一起。人就是这么不争气，不是你不想这个，是那会儿迫使你想这个。人他娘的总是要死的，无论是美国总统还是非洲难民，怎么阻挡都没用啊。

眼看就快要到镇上了，突然间发现路中间有一头牛！七想八想的，差一点没撞上。以为是看走了眼，定眼一看是真的，还有一个牵牛人。深更半夜的，不让牛归家？牵牛人牵着牛，车灯扫着了那人那牛，那牛闪闪发光的绿眼。猛踩刹车，吓出一身臭汗，却突然见那个人甩开牛绳就跑，像兔子一样快；是横着往路边跑的，一下子就钻进了高高的茂密的油菜地里。

怪事呀，怕我？

一忽就明白了，牛是偷的，偷牛贼！训练过百米冲刺。

那牛直挺挺地站在路上，一动不动，像个傻X。隗三户停下车，打开车门，去看个究竟。牛是头水牛，当地也称白牛，红皮黑点，毛色金黄，蹄壳双角锃亮如乌金，四五岁的牙口，眼珠饱满浑圆，亮如宝石，特别是头呈黄色，这可是牛中之王啊。可也这么老实，像咱这儿的农民一样。

怎么办呢，这牛？不能走了让牛丢在这儿，偷牛贼肯定藏在田里，只等你走，他还会牵去。牛定是偷的无疑了，牛不跟人走，就不是自己的牛。心想丢牛的人家还在睡梦里，醒来可要急死了。如今牛可是庄稼人的宝贝，又到了犁耙水响的时候。等在这儿，等天亮寻牛人来？不行，才凌晨一点多钟，且又饥肠辘辘，又困又乏。这儿也应是咱武家渊的地界了，离镇上也就两里地的样子，必须到镇上寻个旅店过夜，还要弄点吃的填饱肚子，洗个热水澡。这牛咋办呢？打110，半天没人接。那就只有一个办法，车带着牛走。牛是认生的东西，不能在前头走，若是主人可以。拖着牛走？试试。一只手开车，一只手在外牵绳。头伸出对着后头的牛大喊："嘘——"牛就走了；"喔——"牛就站住了。不愧为本地牛，还听得懂我用荆州的方言指挥。当农民的感觉就回来了，人也兴奋了，睡意全消。慢慢开，慢慢吆喝，就像条虫在公路上爬动。又不能大踩油门，牛总会犯迷糊，不听话，鼻桊儿都快拉翻，牛桊是黑色的。这么一手牛一手车，要功夫啊，一身汗又下来了。就下车去劝说，你总得回家吧，老牛啊，你妈妈喊你回家吃饭！——这话是网上的一句笑语，很流行的，就这么喊了，嘘——，牛又走了。又大步流星走到了前头，把车拽得一哽一哽的。喔——喔！这样拉拉扯扯，走走停停，走到镇上，已是三点多钟。累虚脱啦！

敲开一家临街的宾馆，将车和牛开拉进院子，长着一张搓板脸的老板娘眼瞪得像两颗鳖蛋，说："这、这是怎么回事？"隗三户叫她天亮后报警。问她找吃的，结果吃了"来一桶"，就是来一盅，台湾人很夸张。汤汤水水唤醒了饥饿的肚子，肚子喊声更大，轰轰隆隆的，仿佛群体性事件，只好就寝。

梦中混乱不堪，还在路上厮杀。突然被一阵广播声惊醒，是镇广播站的人喊话:“哪个村民昨晚丢失了一头水牛,黑色的鼻栓,请到镇幸福宾馆来认领……哪个村民昨晚丢失了一头水牛,黑色的鼻栓,请到镇幸福宾馆来认领……”反反复复。老广播啊,还在啊!播音的也还是那个王站长,声音一点都没变。可隗三户太困,又睡了过去。梦又是急流险滩,天上地下。后来一阵惊天动地的拍门声,差点儿心肌梗塞,一个骨碌滚下床来,搓板女人已将房门捅开,一个驴脸男人就进来了。

“大……大雨书记兄!”差点没破口而出喊成诨名大驴。就是本村的书记村长武大雨,还是他小学的同学哩。大驴的脸很有特色,脸长,腿短,小时总是受人欺负,叫他“大驴”。人还很犟。后来贩猪娃。犟的程度可用“极品”二字来形容。还是小孩时,与父亲犟了,站在冰坑里,整整一天,冻得硬邦邦的,用牛都拖不上来,后来十几个人用锹才把他挖出来。他爹准备用开水把他烫死的,嘀,竟把他烫活了。

“三户啊隗老板,怎么感谢你呀!”

“感谢我?”

“咱村的牛啊,又回来了!牛跟你有缘,雷锋啊!你咋晓得是咱村的牛呢?”

我知道个鸡鸡,撞上的。

真没想到这么快就跟大驴打了照面,得赶快抓住机会,出手。正当大驴要退出去的时候,先把在广州买的两条硬中华塞给了他,后续还有的,只因人没醒过神来。

“哎呀,不客气不客气……清明回来啦。独独我们村没丢过牛,全镇丢得厉害,咱们村一直保持治安先进,综合治理社会治安也是一票否决制,你可帮了我啊隗总。”

不是应付，好像是真的，真心话。了解他的人才知道，大驴有虚荣心，也是极品。万事都想争个第一。听老乡说村委会的会议室挂满了各种奖励，从中央，到省市县镇，一堆一堆的。要不咋叫省劳模、市人大代表呢。不容易，一个猪贩子。

到了楼下，牵着牛爱不释手的老农鸡啄米一样的谢恩。大驴说："谢隗老板。"又给隗三户说："武爱秀的爹哩。"

是同学的爹，这就不用谢了。我哪是来要谢的呀，我撞着了，瞎猫碰死老鼠，人家扔下的。

"哦，想起来了，三三，三三呀，小时候调皮，又聪明，偷过咱们家的黄瓜掉进塘子里去过……"揭短啦。可是隗三户的心一震，老人叫上我的乳名儿了！

我是三三，我就是三三。这乳名儿有多少年没喊啦，我都忘记了，忘干净了，我还有乳名儿？心里想哭。一个乳名儿，把自己和家乡紧紧联系起来了。

"武伯，武伯，不用谢，没什么。"人一激动就想流泪，话就没了。只想着自己的。在外谋生，红尘暴土，凶险莫测，你来我往，就跟斗兽似的，甭说乳名儿，就是大名也忘了，只是条在滚滚车流中寻路走的狗而已。给武伯递烟，大驴递烟，亲切，家乡，家乡人，故土上。那两条烟在大驴腋下，用黑塑料袋卷好了的，隗三户就说中午请大伙吃饭。

"早都没过。"大驴说。（过早：吃早餐）

"我请你们喝早酒去。"武伯拉着书记和隗三户就走，膀子都要拉脱臼了。这老人的一把劲！

荆州人有喝早酒的习惯，早晨眼睛一睁，一碗面，二两酒就下了肚。或是一块锅盔，一瓶啤酒，对着瓶子就吹了。打个嗝，吐着酒气，干活儿去。

这一碗面是要吃的，这二两酒是得喝的。牛肉面，辣兮兮，二两“监利荞酒”，绿莹莹的，苦中带甜，好喝。大驴不喝，说有糖尿病。他脸皮浮肿，神情黯然，嘴唇青乌，是有病在身。前两年大驴去广州时隗三户就知道，但不知多严重。其实隗三户也是不能喝酒的，大病后就戒了。但今天在老家他得喝点。在老家，生命就不重要了，感情重要。

“我呢，三高，血糖，血脂，血压，全鸡巴高了。”大驴拿出一个很细的针管来，“每天自己打一针。有一次在市里开会，在洗手间打针，被抓起来了，还以为我在注射毒品哩，嘿嘿嘿。喝坏了么，做死地喝，不喝如今你能办事？上面全是大老爷们，咱们乡下小村官有个什么本事？什么资源？就是个拼酒量的事。这几天，搞我的猪场沼气大项目天天喝得半死，不喝人家凭什么把钱给你？跟你无亲无故的。”

“是呀是呀，你的猪场发展蛮大了么？”

“马虎相，万把头的存栏。母猪加大猪加子猪加保育猪，一起。哪能跟你们在外头比，你们是做大生意的，咱是小农经济咧。”

大驴话中有话。或者只是他多心吧。话中就是两年前去广州，我小气了呗，捐村里少了呗。可当着武伯的面又不好拿出来——他是准备了的，再补捐一点。这肯定要见面礼，再说有大事要求他。是捐给村里还是给他本人？模糊奉上，但这要一对一。当着别的人就不好“捐”了。

“我有事要找你的，大雨书记兄，什么时候去看看嫂子。”他说。

“不看了不用看，这些天全家都在猪场忙，今年春天荆州大猪瘟咧，别的猪场死了不少猪，我们要严防死守。去年我就死了一千多头……”他轻松地说。在炫耀哩。

2

“三三咧……三三哦……三三回了！……”

进了村里，一路走去，一路亲切的乳名。小伢儿们是不认识了，小伢们可以忽略不计，村里的老人。老人是村庄的历史，是村庄的记忆，变成坟了，也是。泪流满面。大难不死，人就爱流泪了。多美的村庄，武家渊，我是三三，对对，我就是三三，一个在这里有小时记忆的人，隗结巴的儿子，喜欢钓鱼，言语不多，高考不中，有许多烂事儿，老辈子的人还记得。看啊，渊里的路也修好了，田野圹埌无垠，所有的庄稼植物都像潮水一样暴涨。在这个季节，阳光正艳，天空很蓝，油菜花是金黄色的浮金，铺在广大的天空之下，仿佛大地就是一场香喷喷金灿灿的盛筵。而小麦已经有一尺多高了，大麦开始秀穗。细看油菜也开始自下结荚。田野纤尘绝无，烟岚如缕，黄的耀眼，绿的葱茏，整个田野色彩饱满润泽，青春逼人。鹧鸪一声一声，叫声含着水雾。路边的野芹菜翕翕翠翠，半夏、天门冬、麦门冬、绿蒿也同开满红花紫花的野苜蓿一起茂盛着，水中的蒲草绿芒初现，榆树从疙瘩里抽出枝条，在阳光下抖擞着透明的叶片。高压铁塔牵着雄壮的手，跃向大地的尽头。坟地里，亲人的祭奠五彩缤纷，生生死死多热闹啊，在家乡，真是热闹非凡生机盎然哩。

自己没家了，去了表哥家。表哥是个老实巴交的人，因为年龄和椎间盘突出总算待在家里了。家里就是两老。女儿在城里跟女婿一起做事。表哥也姓隗，单家独户的，从来不引人注意，住在一个角落里。武在这里才是大姓。表哥要他一定住在他们家里。是个陈旧的楼房。表哥说他女儿女婿要他们去城里住的，但家里还有一点田，想种几年再说。表哥说逢年过节都给小爷小婶娘上了坟的，是指隗三户的父母。隗三户谢了表哥要了把锹就要去父母坟上。表哥坚持要陪他去，他谢绝了，表示他是去给父母赔罪去的，只能一个人去，也是尽个孝道。

从镇上买回的香烛、冥币和清明吊子和一些随祭的物品，一大包，拿好就出门了。空气中传来一股隐隐的畜便的臭味，这是过去从来没有过的家乡的气味，让他有些走神。气味来自“大雨生态农庄”，就是书记村长颇有规模的养猪场。这个养猪场非常有名了，至少在荆州地界名声响亮。猪场够大了，少说有两三百亩。囊括了隗三户曾经的责任田和祖传宅基地共十亩五分地。在荆州这地儿上，一亩基本是按一千平方计算的，最少八百平方。这也是祖传的算法。过去的荒洲苇滩钉螺窝，一望无际，了无人烟，祖先们开垦肯定以大计算了。算个整数，不搞小眉小眼鸡肠尺寸，敢来这儿开荒住下的，必心怀阔朗，大气磅礴，舍得一身剐，把命赌上算事。往上溯，这地界紧靠湖南，从湖南来“杀青皮”（就是开荒械斗争场子）的嗨鸡巴多了，虽去了七八代，还是一口湖南腔，有时候假模假样讲点荆州话，但回了家必“妈妈鳖”“嬲你娘”，吃重辣椒，唱花鼓戏。话又说回来，湖南湖北是一家，都有匪性，都吃辣，打架都能下狠手。你骂“妈妈鳖”，他骂“娘的X”。一样的不讲道理，一样的义气为重，一样的说“一炮个”（十个）。两年前，在广东就听大驴说他的猪场存栏就有三四千头了。村里修路他带头捐了二十万。现在这个阵势，这么大的地盘，一排排的猪舍，存栏数肯定一万头不止。还把我隗三户的胞衣屋场给弄成了猪圈！胞衣屋场就是咱埋胞衣的门口，哪儿生，哪儿埋，以便让魂儿锁在这里，不要丢了，记得这里。这是咱荆州的风俗。

父母的坟也不远。父母呀，你在地下可没保佑我，差一点让我把命丢了，丢在广东了。丢下锹就使劲磕头，恶狠狠地磕，有点怪罪。你们的儿子这么辛苦是为谁呢？还不是想让隗家爬起来，让人称羡，给隗家挣个面子！……爹呀娘呀，你们以后可留只眼照拂咱一家了，宝琴、隗龙和隗凤，一家四口！给你们带东西来了，带钱来了，带烟带酒来了，带吃的喝的来了……一股脑儿地烧，烧得大火冲天，烧得纸灰乱飞。又培坟。坟是表哥培的，十多年来没有坍塌，坟前还有破碗破盘破杯子，这表明表哥是上了饭的。这儿给死人敬了饭菜，是得敲碎碗盘于坟前的，表示亡者受用了。

又是火烤又是挖土，身上就热了，头上有了汗。就坐下来吹风。风是小南风，懒洋洋的，猪粪的味道吹走了，青草泥土的气息来了。父母双亲的坟在一个高冈上，视野开阔，颇有气象。野芹菜长得茂翠可人，娇柔万端，无人采摘。若是弄到城里，那可就不得了，就是金价。一株野樱桃斜长在土坎边，开着粉色的花，异常打眼，仿佛是被遗弃的美人。一些蒲公英的黄花开得明媚动人，坦荡恣肆，两只蜜蜂突然从那里飞走了，像受到了惊吓。高冈下，一片荠菜花开的田野，白白的有如小雪。它们在风中一浪一浪地卷走，又一浪一浪地回来。鬼打伞（漆泽）是墓地的景色，它们为亡魂撑着郁郁葱葱的小绿伞。蓝色的婆婆丁也在这儿凑着热闹。草下的小泥堆是蚯蚓拱出的，神秘有趣。

唔，确实好，这儿，这个地方。儿时的地方。死在这里，活在这里实在好。当初出去是因为太穷，种田负担太重，现在想回来是外面太冷。这个清明的热力，这个田野，真好。如果死了，就陪伴在父母身边。城里想想都可怕，一点点骨灰，挤在密密麻麻的公墓里，死了都不得安逸，腿脚都伸展不开。死就是休息嘛，长久的、永远的休息，可不能怠慢自己，委屈自己。最好的位置是家乡，就是这里。这个地方，实实在在的，就是这儿，野樱桃，野芹菜，荠菜，婆婆丁，风，蓝天白云。大口舒气的地方。魂在这里，离胞衣屋场一步之遥的地方。人还能到哪儿去？人只能到这里，在这个地方，在这里生生死死打转儿。生是这儿的人，死是这儿的鬼，谁又不是这样呢？谁又能逃得过这样的结局？

“三三哩，三三喔……”一个老者。来走走的。手上抓着一把草，来找草药的，或是什么也不找，揪草玩儿。他还说：“前天还梦见你爹跟我钓鱼，只怕是他喊我去给他打伴儿哩……”“呵呵，伯伯，不会的，您啷嘎这么精扎（精神），活一百岁。”“那成精啦，儿孙们讨厌死的……三三回来踩青好孝顺，难得哩……”声音和人魂一样飘走了。他死了以后，我们都死了以后，他这么喊我，该多好，该多暖和。这个地方我定下了，我不会反悔的！

心里有些急切，就是怎么向大驴讲了，要回田，要个宅基地。事情还扯得很远，怎么向他赔罪，怎么补些上次的捐款？……两年前，人没有病的时候可能有些冷酷，大驴为村里修路到广东去找老乡化缘。一是，隗三户当时确是资金周转不灵，再者也没赚到钱，有时候跟人瞎吹的，喝了二两臊尿，就是百万千万富翁了，老子马上去买宝马的，家里三套房子。那是瞎鸡巴说的，反正吹牛不上税，要人跟你一介农民做生意的，“广广”（广东人）有钱的人又多，当然在家乡人面前也不应输了形象。最重要的是，自己认为这辈子也不想回去了，又没房子又没了田，那是个什么家乡呢？过去你爹当大队书记的时候还不是把我爹整得半死，诬陷我爹投了你家的毒，那时候你这大姓是怎么欺负我们小姓的，我们隗姓几户人家在武家渊过的是人的日子？把我们不当人看哩。心里一想就不舒服。就只捐了两千。也有捐五千的，那是武姓人，多数是捐一万两万，三五万也有。可人家说你隗三户做建材做防水工程做得大呀，你拿得出手？大驴肯定有想法，当时是怎么想的？由他去，老子又不受你管了，就一个身份证在你那儿，是派出所管的，再说你大驴书记搞得一辈子？总要下的。可现在，你要来求他了，那不正撞在他枪口上？唉！

地是咋没的呢？自己弄没的。

十年前一大批在外打工做生意的人都失了地，跟他一起出来的，基本都不要了。那时的地是个吃人的老虎，张着血盆大口，一亩竟要四百多的税赋，送给人家代种人家也不要。那时也没有这么高产的杂交稻，这么高产的油菜。稻谷也便宜，根本卖不出钱来，刨去种子、化肥、农药七的八的成本，根本赚不到钱，还倒贴，隗三户的田一年就要交近五千块，只好抛荒。钱，村里还是得找他们收，抛荒了也收，你名下的地么。听说乡里的干部腊月二十八还在村里，不交的一绳子捆到镇里去，让你过不了年。有钱的交钱，无钱的揭瓦牵猪。杀了猪的，收猪肉。村里就说，交钱呀，不交我工资都拿不到。这样，你不找我要钱，我不找你要田。好呀，你说的。行。村里贷款交。村里就把田收回了。至于收回后是怎么变成大驴的猪圈，这他就搞不明白了。

回到表哥家，表嫂已经做了一大桌好菜，当然有炒豆皮子。这炒豆皮子不是武汉人吃的那个豆皮，是用绿豆做的，吃起来有嚼劲，是晒干了的，再炒，加了腊肉、大蒜，可当主食也可当菜吃。还有一个甲鱼火锅，一个南风盐菜炖螺蛳肉，一盘野芹菜炒腊肉，还有野藜蒿。最好最爱的是表嫂腌制的萝卜皮儿，特脆，不放糖的；荆州人不喜菜中放糖，只喜辣椒。满桌都是勾魂的味儿，看着那些东西红红绿绿的，在那儿咕噜咕噜，就吞口水。十年没吃这些啦，十年吃的是些啥呀？半生不熟的，还有猫啊鼠啊蝎子啊，广东人都吃了些什么！如果我去年没醒过来，死了，今年就吃不到这些东西了，这将是多大的遗憾啊！还好，老子活过来了，就要多吃，猛吃，像饿牢里放出来的一样吃。

这一顿吃得！表嫂说你胃口还好。他就说，人死了一次了，就扒本地吃了。表嫂说，这是早稻，平常不吃的，都喂猪。他说，早稻好吃么。荆州的米就是好吃。荆州的米在广东是最俏的。表嫂看着他悲惨的吃相，说，三三兄弟可苦了你。隗三户吃着吃着竟哭了起来（也是喝了点臊尿吧），说捡了条命，还是想回来。当即就脱出鞋来，把表哥表嫂吓了一跳。这兄弟的脚趾头被谁砍去了哩？

“这病，啧啧，这病，这厉害的病……”表嫂语无伦次，就给他奉菜，把他的碗里堆成了菜山。

“这应该要回来了，死在外头魂都没个依靠的。”表哥说。

这就扯到要田的事，还有宅基地。表哥不乐观，说地现在是金贵了，确有要回来地的，都是武姓的或与大驴很好的人，要回来包租给别人，一亩地两百五，干赚。以后土地流转，听说还要多哩。

“我有办法的。”隗三户说。可心里虚着。做生意有头脑，不见得跟大驴打交道就灵。但话总得挑明，早晨碰到太突然，就只给了烟。没想清楚时不要贸然动手，这是他的经验。恐事情过早砸了。因此一犹豫，就只把烟给了他。不能一口吃个饼。心急不喝滚粥。

下午几个乡亲来看他，有儿时玩伴和隗家远亲和与他们家很要好的人。撒烟喝茶，一人两包黄鹤楼。清明的事也办完了，全力以赴办那个事。想想，给大驴打个电话预约，外头办事都是这样。可大驴说他在县里，关于沼气项目的事。电话那头解释：万头养猪场国家投入一百五十万建沼气池，可供三百家用气。这个项目已经差不多了。到时全村都用沼气做饭洗澡。

“大雨书记呀你可为武家渊做了大好事，一桩桩一件件，我回来听大家一个劲夸你，能干啊！……”

对方一番谦虚，说“饭就不吃了”。

隗三户急了：“大雨兄你别推辞，我还有事找你的。”

“电话里说吵。”

“不不，要当面跟你汇报。”

最后还是没有准信。没拒绝也没同意，含含混混就挂了电话。大驴有有意躲他的企图，莫非知道我要找他要田？这是一定的，这家伙有点精了。

最后与表哥商量，只有到猪场去堵他，听说他每晚都要去猪场转转的。这阵子，春天，猪瘟多。

3

臭，一个字。用两个字说是：臊臭。一朵猪粪是乡村的景色，十朵猪粪是猪圈的景色。一万朵猪粪只能用恶心来形容。这是地狱的气味！这不是人过的日子。那条我走时还能钓鱼的沟里，全部塞满了猪粪，快与路平齐，臭水不荡漾，在泛滥。大门口很荒凉，全被圈进去了，过去这里是敞开的田野，现在这里进去要进行消毒。“我就住在这里。”他说。守门房的女子不信，他也不认识。那女的想这人说猪话，这全是猪住的嘛，哪有人与猪住一起？消毒！

“大雨生态农庄”的牌子挂得并不起眼，但也是金属长牌，很闪亮的。这个生态，把人熏死了。他头疼。疼死了。他说是武书记要他来的，见他开着车子，态度还好，被带进个紫外线房间，就头上悬两根发出紫光的灯管，两排木椅。一排柜子里放着一些农药之类的瓶瓶罐罐。头疼时与那个讲外乡话的女子闲聊，女子话多，什么都说了，说去年死是死了一些，五六百头，是不明原因的高热综合征，没治。还不是卖了的，说是深埋，还有一口气，贩子就来了，两百块钱一头收，还不是拖到城里当好肉卖了，哪个晓得！他们赚了，一头至少赚一千，去年的肉价比今年高。有一口气就放血，你们看不出来。放血的肉是白的，真死的猪是红的，血瘀了。告诉你点诀窍，以后买猪肉见红色的千万不能买，是死猪肉。这个他知道，小时候没猪肉吃，吃过死猪肉，是红的。爹说用开水多煮一会就能吃，也没见出什么问题。当然啰，现在不比往昔，现在的病多些。女子说武书记能挺住，去年好多养猪的倾家荡产，东边四台河子村的，买回的九十头猪死了八十七头，两老喂的，自杀了，喝农药。一头猪两百五十斤出栏，平均一千七百块钱。我们猪场也是大几十万……这猪都是三元猪，就是长白公母猪配种，下一代跟杜洛克配，瘦肉率高，生长速度快，“料比”低，就是一百斤料长一斤肉，料是自己生产的，有饲料厂。一头母猪国家还补贴六十块哩……头疼的时候思维还很活跃，这是做生意做出的毛病。他在算大驴一年要赚多少钱。他依稀在辨认他的胞衣屋场，已是种猪舍了，呵呵。保育场、沼气池、养鱼池、钓鱼台，往更远的地方有门，通向一些楼房，是休闲处，吃饭玩牌的地方。一排排的猪舍望不到边。这就是一个曾经百无一用的猪贩子武大雨的家产？十年间家乡发生了什么样的事情？不过这些年里人人都在拼命积攒财富，你本人不也是吗？还赚出一个脑膜炎来了。

税赋非常厉害的时候，大量的田地抛荒，人们纷纷外出去寻生活，为了活命，有的是举家南逃。有一点本事的，有一点路子的，几乎全部走光了，那可是千军万马弃土离乡啊！在武家渊，举家出逃的当然不止隗三户一家。大驴也想走，不过他脑子较笨，又不精明，也没这个胆往外奔，老婆也这样，就留下了，骑着个破自行车，一边吊一个篾笼子，从荆州城贩来猪娃卖，走村串户，一年四季，风雨无阻，裆里的卵脬都挺破，屁股磨出碗大的茧，晒得跟驴屌似的，人家更在背地里叫他大驴了。“猪娃，卖猪娃呀！”喊得白泡子直呼的。后来他看猪娃好卖，进价又高，只能赚点跑路钱，就想：干吗去进别人的猪娃卖，自己不会养母猪？一窝猪娃繁育要三四个月，生出来了，满月就可出栏，供不应求。就十头二十头母猪这么滚雪球，滚着滚着滚成了“养猪大王”，现在场里就有大小车四辆，你外出的人哪个敢跟他牛X？

地是怎么到手的呢？要大量的地儿。表哥给他说，你们当年丢了地，谁都不敢拣，他拣了。这个人别看他苕巴拉叽的，有眼光，没晓得地今天值钱的。就是不办养猪场，今天一亩光租给别人种也干赚的，国家还有百把块的种粮补贴。他种粮啊，一年就贴他三万了，坐着吃也吃不完！当时别人不种的地可减税，一亩只要交八十元。他拣了一百多亩，一年交一万，人家长了后眼，该他发。

巨大的生态农庄，它属于一个坚守者，而我们都走了，或者说逃离了。隗三户在算账，算不出，头疼得像炸裂似的，这是那个病的后遗症，犯过几次。这账也着实太大，跟他比，自己不过小本生意而已，一个天上一个地下。补捐五千？他看得上眼吗？立马将另外的五千全装进一个袋子里。钱光了，还不一定能办得成事，还是看不上眼，或者人家接都不接。往办公室里走就碰见了大驴老婆张英。已经胖得不成名堂了，气鼓鼓的屁股，这是张总。过去叫“嫂子”的。现在就叫“张总”。

张总是书记夫人了，眼界有些高，不认人了，半天说：“喔，隗总啊。听说你差点儿死了？”

十年没见就是这样一句话？又是清明，听着噎人哩，刀子捅心哩。难道不会问“你病好了呀”？还是个猪贩子之妻，有钱的乡巴佬。或者说书记的老婆，没什么好话说了，腰杆子硬了，对谁都是这么一副阎王腔。

“是呀是呀，捡了条命回来了。”就脱下鞋给她看那残忍的脚趾。平常是秘不示人的，这下要弄成叫花子，天下第一可怜，让你看个饱，给我田。

书记老婆的脸马上扭了，像个鬼似的发出一声惨叫，“三户你快穿上别吓我！你咋这个样子了？赚了几多钱把你搞成这个样子？不是梅毒艾滋病吧？”

“不是不是，”隗三户说，“张总别怕，一个脑膜炎，我也不愿得……”

这女人竟吓走了。

只好坐在办公室里等。看那豆粕样品，是江苏的转基因大豆豆粕，生产出的猪肉就是转基因猪肉了。然后拿起一张猪场的当日饲料配方，给肉猪、母猪、小猪都不同，但加的却是差不多的五星畜宝、血浆蛋白粉、各类菌素、赖氨酸、粗蛋白、亮安宝之类，不下二十多种。加这么多添加剂，难怪猪肉不好吃了。

他走出去看饲养员在猪圈下面扒粪，那些猪，无所事事，膘肥体壮，就是个吃。猪给人的感觉不是猪，是有生命的饲料，一个个眼睛绯红，像些异类，不像是他过去在家里时喂的猪，那时的猪叫猪，现在这些猪像一些组装的鬼。这些猪细看出现了精神症状，发惊，无缘无故地，突然吼吼地往一边跑。吼得像武疯子，嗷嗷！又站着了，又吼，嗷嗷！令人恐怖，绝对神经错乱。这样的猪，人吃进去，人也会犯神经。难怪现在有这么多神经出问题的人了，与吃了这种猪的肉有没有关系呢？他内心为这样的发现而骇然。而这种猪竟是在自己的故居之上。故居是三间平房，当时快倒了，就卖给了村里一个人，五千块钱，靠这个钱才出外闯天下。后来准是被大驴又买去了，统一做他的农庄，上了围墙。这些肮脏的东西占领他的胞衣屋场让他难以接受，但已无能为力。他突然想起爹时常叨念给他取的这个名字："楚虽三户，亡秦必楚。"我这个三户能亡谁？……

等到大驴现身，到了吃晚饭的时候。那辆真正牛X的全新"东风本田"气势磅礴地就停在了猪场。他精神倦怠，一副死相，但也得意扬扬，见了面就说，你那两条烟我可是没抽，给能源办了。中午是三斤，你请我喝五星茅台我也喝不进了。大驴说，我有鸡巴本事？咹？一个村干部，要人家跟你给钱的？讨钱就是做孙伢子，磕头的事，靠什么？全是搏感情，喝出来的。去了人家也不说项目签字的事，把你往餐馆里一带，先上大碗，晓得这是咋回事吧？一碗一斤。我就说：我不吃饭，先上三碗，先干为敬。喝了算了，我下午还有事去的。三碗三口，喝了我说走了。路上就有电话打来，说项目在你武家渊了。一百五十万，来签字。

屁股气鼓鼓的他老婆已经火山积蓄在喉管那儿，这时忍无可忍，用急得有些哮喘的喉咙大声怒吼说："你个苕X，喝死的！喝死我是不去收尸的！"哭了！

这女人有些霸蛮地哭，过去可不是这样的，过去让大驴打得像脱毛鸡，常常青肿起眼睛。哪敢这么大声大气地哭，简直声若洪钟，旁若无人。今天莫非大驴当了官成了千万富翁还让她狠了？事情就是如此。一个成功男人的背后肯定有一个稀奇古怪的女人。刚才很英雄的大驴这时捋着裤腿蔫了，嗫嗫嚅嚅说：“死了你再找人啦，真是的，人就是纸做的？……”大驴一蔫人就像死的了，满脸乌肿，眼神悲伤。

隗三户赶快去劝书记夫人：“嫂子不急，大雨书记是为全村人，为咱们新农村建设，让大家都过上好日子，都烧上气……”就把大驴拉出来——这是个机会，好机会，将包里包好的钱一万元递给了大驴，“大雨兄，嫂子关心你的身体是对的，一定要注意少喝。这里是点小意思，上次你去广州，我那段生意不好，伢要读书，别人欠我的钱又不还。现在稍微好点了，我补捐一点是个心意，大病一场也花了不少，不好意思表示一下吧，你收下就完了，你为村里辛苦了辛苦了……”

大驴不拒绝，他拿着看他，“你这是……”

“没事没事。有事也与这个不相干。”就抓着大驴的手协助他放进了那个如今生意人和基层干部时兴的夹包里，还帮他拉拉链。大驴收了，看着他，等待下文，肯定有事的，你说出来。就说出来，机会稍纵即逝：

“我呢大病过后，老是想家想武家渊，心就老苍苍的了……想呢，把过去家里的田你再给我，咱就在田头搭个茅草棚子回来住也就踏实了……”

“宅基地啊？田是没有了。”他就往保育室走。

“哎唷哎唷，大雨书记兄啊，咱们是老同学，可是仗住了的。”他给他笑着截住他的话中意思。

“你要那田干什么啦？你过去几亩？十亩。一亩地租给别人两百元，一年才两千块钱，你在广州车都有了，几套房子，你一年在乎两千块钱？十年才两万，闯到鬼了！”

“哎哎大雨书记兄，不能这么说，不能这么说……那个是那个，这个是这个。”

“钱我收了，村里公益事业就是差钱，现在强盗多，要赶快装路灯和摄像头。说个不好听的话，我可是当村长没找村里报一分钱，交通，请客，买烟，全是我自己掏荷包，有账可查的。还要修路修涵闸铺涵管，过去村里的财务窟洞两百多万还没填完……”

结局就这么定了？钱收走了，成别人的了，姓武也好，姓村也好，反正不是自己的了。但肉包子打狗也还得弹一弹啦。

“大雨书记，你总得给我退点田，我还是这儿的人，是你的村民，全家的身份证还是你这里又改不了的变不成城市人，回来总得有个地方落脚，有点田，种点东西，你说呢？……”

“田真的没有了，到月球上开荒挖去？能去我带领人去，不是你一个人……事情麻烦，偷又偷不到。我现在急着去镇里汇报，再说再说……”钻进车里一溜烟跑了，消失在暮色苍茫里。

“遍地英雄下夕烟。”他想起这句话。这是毛主席的诗。现在的农村，现在的中国大地才真是遍地英雄下夕烟。农民一辆辆的私家车，猪贩子四辆，我这穷鬼好歹也有了一辆，这在十年前是想都不敢想的。十年变化真快啊。可十年，我的地没了。我还是农民吗？答案是肯定的。我不是农民是什么呢？我是这儿的村民；我不是农民吧？也对。我十多年没种地了，不知农具怎么使用了，不晓得用什么种子什么农药种几季怎么收割怎么出售自己的产品，我没一寸耕地。我出售的是另外的东西，是建材是城里人用的东西不是粮食和蔬菜，不是鸡鸭牛羊。可我什么也不是，既不是城里人也不是乡下人。我成了虚无。

太可怕了，一个虚无，站在自己的故居跟前，站在胞衣屋场这儿，像没有的一样。这分明是一个我不熟悉的现代化养猪场，一个所谓的生态农庄（新词儿啊）。

我要我的田！

他在内心里滴血狂喊。

黄昏猪场的猪叫声像海潮一样响了起来，一万头猪们齐声怒吼，无名的嘶叫，仿佛对抗着黑夜的来临。

4

月光如昼。隗三户辗转难眠。在深夜十二点半的时候他给大驴发了一个短信：

大雨书记兄：看到你个人事业奋斗的成就，看到你呕心沥血给我们村带来的巨大变化，小弟我打心眼里佩服。十多年未回家乡，才知家乡变得我已认不出，这全是你的功劳。老话说在家千日好，出门时时难。金窝银窝不如自己的草窝。恋乡情结，只要外出的人都会有的，何况我是死里逃生。要田不是为了那所谓的转包费，我不要都可，无偿给他人种，没有事的。要田是因为想家，想回家养老。我在外混得一般，一场病，又回到了从前，因为在外没有医保，全自己掏了。希望兄念在同学旧情分上，退点田给我，低洼地荒土冈也可，只要是咱村地盘的。我回之前还给我们家宝琴打了包票的，说老同学一定会关照的。我代表宝琴感谢你！三户致意。

希望他能改变态度。

有了蛙鸣，但更多的是虫吟。这是回到村里的第一个晚上，风向很好，空气没有太多的臭味。植物生长的气息偷袭过来。虫吟却如奔腾呼啸的潮汛一下子涨了起来，比着它们的嗓子。这是一个正在苏醒的春夜。这些虫子啊，它们的声音咋就这么洪亮？我过去咋就没听到过这么洪亮的虫吟呢？是不是这样的夜晚它们有太多的心事向这复苏的大地倾诉和呻喊？它们比人的喉咙还粗，真是不可思议的怪事哩。这些生灵是不是这片田野上千百年来所有死去的生灵的魂？是亡灵们的声音，人，牛，兽，狗，鸡，所有死去的生命在夜半发出了它们的喊叫，化作喉咙？它们还活着，它们的魂还活着，眷恋这片土地哩。蛙声倒显得很落寞，很少，三三两两，主要是虫子。太吵了，太吵了！这是咋回事啊？它们扯着嗓子，就像是弹在钢片上，叫吧，叫吧，聒噪吧，它们永远活在这片土地上。它们用它们的语言在夜里拼命诉说着它们的情怀，它们的爱和恨哩……

跟表哥是这么商量的：一定要请一桌客，把村里的干部都请到，还有能说上话的，跟大驴很好的，同学，拉几个人，说话就好说些。最好有镇里的人。他就想起高中同学夏圣水，共过饭菜票，共穿过一条裤子，常吃他妈带给他的鲊胡椒，里面还有鲊肉，忒好吃。

迷迷糊糊间，鸟开始叫了，鸡再叫。鸟是白头翁之类，叫得吼吼的，拐许多弯儿，生前肯定是个快嘴飒辣的女人；鸡叫得粗粗的，鸡是雄鸡，前世定是个男人，没那么多花拳绣腿，直直地嚷，喔喔喔，有气势，把黑夜狠狠地打落，把天划开，呼朋唤友，寻找村庄远远近近的支持，于是整个世界都是鸡叫，大起哄，每天凌晨就这么发生。把村里人好睡的这段时间闹腾得鸡飞狗跳。过去习惯了，不认为是吵闹，还以为这才是正常的，照样酣是酣屁是屁地沉睡。现在哪睡得着？不过觉得还是很美妙，这夜晚，这乡村的夜晚，很有趣哩。一辆摩托在乡路上颠簸咆哮的声音，引起了狗的愤怒，狗也叫了，天就亮了，人开始活动了。

没睡好，起来用冷水洗了脸和头。他要赶到镇上去，求助于夏圣水。车开出村路就接到大驴的回信：地真的没有了，你又不差这点钱。

我不是为了钱！真伤心，好像他根本没听你昨天解释的，他忘了，他昨天喝多了，喝麻了？

清晨下了点小雨，现在天又晴了，太阳在田野上滚动，在蜃气的揉搓中像一团铁泥向上抬升，红得圆润润的，冒着热气。油菜长得真好，油菜花像金色的大海，四处流淌。布谷鸟的叫声从天空划过，但看不到鸟儿。布谷鸟的叫声是季节的闹铃。

一会就开到了镇上，就找炕锅盔的摊子，还要找油条，锅盔包油条，这是他在家时的最爱。当然还有豆腐脑，他们叫膏子豆腐，表明是石膏凝固的。锅盔叫鞋板锅盔，比鞋板还大，大得有些夸张，表明这里的人做生意纯朴实在，一个就饱，不要两个。吃的味儿形容不出，绝对天下第一好吃，焦嫩适中，香味扑鼻。不然咱这种在外混了这多年的贱货咋也想回来呢？难道没有锅盔包油条召唤的功劳？师傅从火炉里取锅盔，全是赤裸着膀子，那可要快，炉内温度少说几百度。锅盔用火钳一叠，夹了油条，递来，“师傅来点什么酒？”“今天不来酒了。”像老熟人，老食客。几个喝早酒的，一小碗辣椒炒顺风，一碗鳝鱼汤，一瓷杯散装纯粮酒，一个锅盔，喝得有滋有味。喝早酒，全国独一无二，东北人敢这么喝吗？咱荆州人眼一睁就是一顿酒，当水喝了。咱荆州鱼米之乡，鳝鱼当青菜吃，螃蟹当玉米啃。天天淡水鱼，顿顿纯粮酒，皇帝有的我都有。这日子过得小神仙似的。

边吃边看街景和行人，人都不认识了，卖的东西也变了，人都骑摩托，满街乱窜。狗多，苍蝇也多，农资店也多。喝早酒的特别多，满街咂咂声。突然想到大驴已搬到镇上来住了，至少镇上有房子，公司总部也在镇上，何不去他公司看看，得盯着，一万块钱甩出去了，泡都没鼓一个，把脸不要也要把这事办点眉目。正这么想，抬头就见大驴的那辆车，也是准备停下来吃东西的，却又看见它开动了，嗖地飙过去了。他躲我啊？……心咚咚跳了两下，平静了，吃也没味了，去追？不行。先去夏圣水那儿，这事得有个人商计一下。

经管站旁边堆着一些牛屎，围墙外就是一块油菜田，花开得正盛，一头老牛系在一棵树上，歪着头在吃草在琢磨它的一生。进得里面去，荒草遍地，雀声寂寥。所有门都是关着的。就坐在车上等。等到日上三竿，终于把个夏圣水等到了。夏圣水看是隗三户，眼似乎还没睁开。夏圣水是个高个子，居高临下看着隗三户。夏圣水昨天输惨了，输得没了早点钱，空着腹撑着高高的躯壳，脊骨就是根赌棍。脸上因为缺乏水分，就跟锅巴似的，焦黄焦黄，已经严重脱水，说，你个鸡巴日的。

“鸡巴日的。”隗三户也说。把骂当说。

夏圣水接过隗三户的烟，点燃，就当早点吃了，开了门，一股烟味霉味扑面而来，与大好春光不相符。办公室里也是冷冷清清，桌子是十年前的，报纸是去年的。

“你个鸡……”

隗三户说：“你醒醒啊，我的田要不要得回来？求你来了。”

“你个……关我屁事！整天就是要田的，我又没田，一个月九百多块钱的工资。你在外头发了大财，也不拉兄弟一把。看你车上给我带的啥来的……”起身就要去看车子。

隗三户忙说：“没有没有，中午请你喝酒。”

“也不要搞复杂了，四菜一汤，一个乌龟，一个脚鱼，一个人参，一个燕窝，还一个鱼翅汤。”

“你个狗日的会吃呀，难怪能搞乡镇干部的。”

“把你搞你也不会搞。听说你天天在广州吃鱼翅燕窝，一顿几万哪伙计？”

“胡说的，我差点死了，打工的，吃得起那个！”

“我又不是税务局的，你怕个什么。”

然后就说到了正题上。夏圣水听他讲过后，就说：“你要他老婆他都给，要地肯定不给，这是顺理成章的。为啥？地如今就跟他的娇娇乖宝宝一样的，他舍得给别个？”

“地又不是他的！”

“地如今就是他的，在书记手上。一个地权，一个财权，这两样他书记是不能放手的。再者他更需要地，他的养猪场你没看到是多大的摊子？还在扩张！荆州地界的养猪大王，哪个不知，哪个不晓？”

“也有人要到了呀。”

“那是前几年，还要看是什么关系。有人托过我，我都没办法。你要晓得，他今天这大的规模，这大的农庄，跟我有很大的关系哩，嘿嘿。”

于是夏圣水就讲了这里面的缘由：

“……平时的武大雨闷闷寂寂的，可这人是个长心眼的人，谓之闷头鸡子啄白米。那时候别人都不要田，他不是把田自己捡了么？他说自己当村长，不捡又完不成夏征秋征款咋办？自己垫钱填这个凼子。你信他的！事情是，我那时刚好从省委党校学习回来，他就来了，是打探上头有什么新的政策。这人常打听这个，只要是从上面来的人，他都要挖蔸挖底地问。我一回来，他就问又听到什么新的政策没有？再是你只要透露有什么好事，什么项目，什么人，他就记在心里了，就会去钻，去活动，一定要搞到手。什么丑都不怕丢，跟人磕头都行，站在别人门口不走，把人家搞烦，让人家不能做事，只好答应他。这是个人物，一般书记做不到。他的家业，村里的发展，全是他这么弄来的，不简单，不服不行。……他问我有什么新政策是吧，当时谈到农民负担过重，在场的还有几个村支书，我就说一个省政研室（政策研究室）的主任跟我们讲课，讲三农问题，说别看现在农民负担重，等到我国一加入“WTO”，种田不仅不交钱给国家，中央肯定还要给农民补助，倒贴。这要与世界接轨，西方国家种粮食都有补贴的。其他村的书记不相信，说这是鬼话，种田纳粮，买卖当行，千年的规矩。可武大雨记住了，且完全相信。他后来说，共产党是为人民的，现在人民种田负担这么重，活不过来，一定会像这省领导说的不交钱还补钱，人家是专搞政策研究的。他长期盯着这政策那政策，嗅觉就特别灵，他就看准了押这一把，回去就把你们不要的田全接过来了。只要证明是抛荒，一亩就只交八十元嘛——这是二〇〇一年，果不其然，年底就加入了‘WTO’，大雨只交了两年，一夜之间就翻了天，二〇〇四年咱这里就基本取消了农业税，钱不交啦，后又搞种粮补贴，他赌赢啦。有一年春节，他背了半边猪肉到我办公室来，浑身油津津的，说圣水呀，我可要感谢你。我摸头不是脑，不解，他就说，你圣水一句话，让我有了今天。事情弄明白，才知是这么回事。正所谓说者无心，听者有意。那些年，他贩猪，贩得跟兔子一样精了，很懂得利用政策和关系。你没到他村委会看？电脑、办公桌、空调、饮水机、村里的运动器材，哪一样不是在县里各科局讨回的？他是蚂蟥听不得水响，你说个么事他就记在心里了，四点钟就堵在人家门口。你们村沼气项目，我冬天跟他讲的，透露有这个政策，他下雪，清晨巴早地就去荆州能源办，坐到了人家花坛里。人家领导一看，屁股是湿的，一摸花坛，是热的，就感动了。只补一百二十万的，补他一百五十万。再就是喝酒了。都灌他这个糖尿病，他说我反正是'台胞'——喝完了抬上车抱上病床打吊针。拿命拼的，你说人家签是不签？……电话来了……"

夏圣水就去接手机，"……噢，哦，批了，医院打吊针？"再对隗三户说，"看，说吊针就吊针，一百五十万到手了。"

夏圣水说："我在想本来让他中午请咱们的，当面说一下。哪晓得他又在医院里了。他要喝死的。"

隗三户说："那我们去看看他？"

夏圣水已经靠在椅子上打起了呼噜。

5

隗三户提着无糖奶粉在镇医院扑了个空。医生说武家渊的武书记的确来了，输了一瓶液就走了。隗三户怅怅地站在医院门口，突然就拨大驴的手机。关机。

想发火，坐在汽车里，捶方向盘。突然有走投无路的感觉，突然绝望。突然想广州那两室一厅的家，老婆孩子。这不是家了，这里离我的心千里万里，这是哪儿不知道。这是异乡？这儿与我没有关系了？

一种苍凉的意绪轰然升起，不可遏止。他忽然拿起刚才在夏圣水那儿弄到的一本宝贵的《中华人民共和国农村土地承包法》。这个承包法上面写得清清楚楚，条条款款都是在支持我。哪怕跟大驴翻脸我也要把自己的田要回来。我是这里的人，我还是农民，而且永远是农民，我的身份证上写得很明白，我是荆州武家渊村二组的人，我应该有自己的田。

车停处有一家农资店，里面有不少买农资的农民，季节到了，买种子要播种了。他有些好奇，就去看看。农资店花花绿绿，已不是过去的格局，各种种子、农药、化肥、除草剂，瓶装的，袋装的，数不胜数。有人买辣椒种，买豇豆黄瓜种。隗三户就突然想也买点，没地种可带回去种到阳台上，种在自己门面门口，用花钵和破脸盆种，好玩儿。清明前后，种瓜点豆。到了下种的时候了。过了清明节，犁耙水响牛不歇。清明前，好种棉，清明后，好种豆。隗三户也跟在别人后面，像个老到的农民点了几袋，也不贵，块把两块钱一袋的，最贵的十块。一袋上架的豇豆，一袋不上架的豇豆，一袋本地黄瓜，有刺儿的那种，就是要本地黄瓜。还有一袋灯笼椒，一袋尖椒，一袋丝瓜，让它们把我的阳台爬满。要不了地，总要弄点与地，与老家有关的东西回去，不能空手而归。这之前店里一个打照拂的小姑娘已经塞给他一些资料，全是广告，什么洋丰肥、生命植保素、劲农产品病虫害防治宝典、春种一斗银，秋收十斗金——金大地、农帮水产专用肥、美国隆氏科技——猛蘖；培两优 1108、天两优 2 号、华两优 103、荆楚优 42、鄂早 18——这些是早稻种，还有中稻种一大堆，还有无籽西瓜种、金瓜种、棉花种——鄂杂棉 10 号 F1、鄂杂棉 27 号 F1、鄂红棉 6 号 F1、中棉所 66 号 F1……这 F1 可是个新鲜玩意儿，该不是玩什么概念唬农民的吧？小姑娘什么都懂，"F1 就是第一代杂交棉的意思，高产，抗病。""哦哦，是这样。""您想买哪个品种？""棉花就不要啦，三月的种，四月的苗，五月的蕾，六月的花，七月的桃，八月炸。现在早出苗啦。""嘻嘻，您蛮懂的呀。""不懂能种田？""谷种咧？""清明的种，谷雨的秧。""正是的呀！""我先买点蔬菜种再说吧……"

提着蔬菜种子，心里好受了些。接到夏圣水梦梦糊糊的电话，一定要请他吃饭，说不好意思，自己有呼吸窘迫症，坐着坐着就会睡着，"昨晚我睡梦状态跟他们打，让他们搞了几个封金顶（大和的一种），你说这些狗日的道不道德？"

让他请客我买单就行了，还给他买了一条黄鹤楼"满天星"。去了经管站，夏圣水说给大驴打电话关机。其实隗三户已经打过几遍了，就是关机。夏圣水上车指点他开到偏僻的河堤边，绿树掩映中是一个挂着不起眼牌子的"银杏园农家乐"。树全是银杏。一些野鸡在草丛里乱窜，还有一方方水塘。车上夏圣水就告诉他了，是大驴舅舅的女儿、武家洲的副村长副书记胡妖儿开的。这里过去是武家洲最偏的，方圆也有百十亩。夏圣水说，胡妖儿在荆州念过大专，是大学生，很有头脑，水平也比大驴高。要跟大驴争村长的，大驴发动族人要她别争，条件就是收回外人承包的这片河滩，给她承包种树搞农家乐，这事儿就这么搞定了。

这也是一个不小的庄主呀，大约就是武家洲第二大了。在树林子里打工栽树的人一群一群。前来这儿吃野斑鸠火锅和野兔火锅和野鸡火锅和钓鱼的人络绎不绝，摩肩接踵。银杏有了绿色，间或高坡上有油菜花、豌豆花，黄黄紫紫，鸭鹅胡叫，狗无声，鸡乱跑，牛低头啃草。老牛啃嫩草。这是真正的农家乐，房子也是木头的，一间间包房在树丛中，在水边。蒲草藕芽从水中钻出来，触到他们的椅子了。我渴望的就是这样的生活，这样在故乡的养老生活。可这已经不可能了，这需要很大很大的本钱，争斗和权力，需要长时间的累积和营造，在这里连一个角落我都没有了。隗三户坐在包房里，啃着野斑鸠，嗒然若丧。野斑鸠做得太好了，像儿时母亲那样炒的，少放汤，放了拍烂的生姜至少十个，姜出味儿。辣椒有红尖椒、黄尖椒、灯笼椒、辣椒豆瓣酱。那辣味儿能让人飞起来，但又不突兀，是慢慢进入的，深入骨髓，有点儿刺痛，但快感已将全身包裹。处女破瓜不过如此吧。

隗三户说做得太好了，他不解地问，咱荆州的菜咋就越吃越辣了咧？夏圣水说，人麻木了么，如今兴重口味。当官的不兴？做生意的不兴？卖淫嫖娼的不兴？医院学校都兴重口味。我猜想你那一万块钱，口味轻了，这点钱不入他的眼。我这么穷的人打麻将，一夜输赢哪回少于两三千的！

“钱从哪里来呢？”隗三户问。

夏圣水嘿嘿一笑说：“鱼有鱼路，虾有虾路。我们就死了，不活了？就准像大驴这样的人和你们这些老板活？”

他接了一个电话，音乐很恐怖急遽，又说：“昨晚我裤子都输掉了，今天要扳本，他们不敢不答应。”于是叫来服务员，要拿单子来。隗三户赶快掏出钱包，被夏圣水按住了，“还说些咧，这里我签单，到广州去了你请。”在单上签了个字，扔下圆珠笔，说，“你没吃好，继续吃,车来了,失陪了。”果然有汽车喇叭响。

一个人面对着一桌的斑鸠骨头,残羹剩菜,坐在春风扑面的绿树丛中水塘之畔,坐在四月,远处河水碧蓝,在正午的太阳下正流淌着耀眼的金色,把他的眼都快刺出泪来。这里过去曾是一片芦苇滩,每到农历五月头了,母亲就要我们到这里来打芦叶包粽子。芦苇丛里非常闷热,要打最好最宽的芦叶,不要打荻叶,荻叶窄,划手,包粽子不香。打了芦叶,机会好会抓到几条鱼,都是到浅水里来产卵的鲤鱼和鲶鱼,还有鳊鱼。没鱼也要摸点螺蛳回去,挖出肉来炖南风盐菜,那也是天下美味啊。可现在这里已大变样了,也不能自由进入啦。你不是来吃饭的、钓鱼的或是买树木的你休想进来。地都被他们圈了,连自己的胞衣屋场都不能去,要消毒……一块一块的童年记忆都在消失,都被别人占领了……

有点幸运是看到了胡妖儿胡书记。可以问问。他离开村里的时候,胡妖儿好像是刚在家里招婿的新媳妇,现在风采依旧。电话里听过声音,因为她还兼妇女主任。每年一次向在外的已婚妇女了解节育生育情况。若是说跟家乡村里还有什么联系,这个女人是唯一的联系,让他记起他们还是遥远湖北荆州武家渊的村民。

“胡书记,你好。我是二组的隗三户,现在在广州。你生意好啊!”

胡书记与另一个小姑娘在剐斑鸠毛,羽毛乱飞。胡书记从羽毛中抬起头来,有点陌生,后来大约记起来了,或者假作记起来了,就给他以规范的村干部的笑。

“我老婆刘宝琴,感谢你每年都关心她们,都要给她们打电话。”

“感谢谈不上,不骂我就好喽。”

“哪里哪里。在外面听到家乡来电话特别亲切。”

“你们没有计划外怀孕吧？如果在家，过两天镇里要到咱们村‘三查’(查环、妇科病、计划外怀孕)，免费的。现在全部免费。”

“首先我没家了，地没有了房子没有了。这次实不相瞒我是想回来要回我的责任田，要块宅基地做个房子，回来有个落脚的地方。”

“你房子卖了么？”

“卖了吵。”

“找过武书记没有？”

“就是来找他的，没找到，给他说过。”

“他同意没？”

“唉，还没个信。武书记那儿还要你帮忙美言几句哟，我会感谢你胡书记的。”

“哦，好好。”

“都说你很能干，是当书记村长的料。都说哩。”

“哪里哪里，当官不当一把手，走路不在前头走。”

她这么说，以为我隗三户不知道她跟大驴争书记村长的事。她后来拧着血淋淋的斑鸠头说：

“地可能没有了，地只有这么多，地是一个常数。你们在外头做生意的，想回来搞农业规模化种植，可以包别人的田么，现在土地流转正是机会……”

“我不是想承包别人的田，我是想回来住。”他说。

“住啊，住买房子么，镇上的楼盘一个平方才一千八不到两千，私房更便宜，广州一个平方只怕到了两三万吧？”

胡起身去干什么了，他没细看，他也不知道自己是怎么离开这个银杏园农家乐的，是怎么来到河堤的。反正他感到跟人讲这事就像跟墙讲一样，也没人愿听他的陈述，他的苦恼和想法。每个人都对别人不关心，敷衍，漠然。

变天了。下起雨来了。清明终于哭了。

6

老婆说：干脆就回来。短信。

他没回答。没回信。老婆也认了武家渊这一方不是咱的家啦。

雨和风压下了那些臭味。细雨濛濛。油菜的籽荚已经洗出剑光，蚕豆花在雨中跃跃欲试，毫不颓败。燕子在雨中忽高忽低地飞。杨树上，几只鸟又蹦又跳。水田已经翻耕，正准备耙后插秧，还有人陷在田里耕田，身上的塑料雨衣在雨中翻飞。秧鸡在田里叮叮咚咚地叫，响亮无比。家鸡们躲在屋檐下，一副生不逢时的样子，缩着打湿的颈子无事可做。村庄湿漉漉的，黏糊糊的。一条狗浑身精湿昂首挺胸地从猪场走过来，又走过去，不知去向何方。它突然在一片茂盛的野芹菜那儿撩起后腿撒起尿来。青葱的田野上，好像有什么阴谋似的。

因为太静了。什么事都没有，因为圈地在这儿悄悄地结束了。他想他得扯一些野芹菜带回广州去，炒腊肉。野芹菜没有被圈进去。表嫂已给他备下了两刀腊肉。他还看到了镇上有一个店卖腊肉，好久没吃老家的腊肉了，这回有车，多带点回去。还有豆皮子，表嫂也准备了十斤，够了。鲊胡椒也有一塑料袋，也够了。

但是我不能回去，现在。还没有到完全绝望的时候。我要找到他，大驴，当面锣，对面鼓，把话说清楚。要钱没了，要命……我也不跟你拼命。

是在村委会逮住大驴的，大驴好像真病了，裹着厚厚的棉袄，脸色非常难看，像涂了一层灶灰。一打听才知道，昨晚又有偷牛贼进村了，后来好不容易把一头牛撵回来。难怪听到昨夜有敲锣的声音，以为是清明人家做法事呢。听见大驴在那儿唠叨说到今年全省先进行政村评选，包括计划生育和社会治安综合治理就是一票否决制，村里有人报案你就完了，差一点出了大事。现在他还在申报“全省生猪养殖第一村”、“全省沼气第一村”。那些牌子真是布满了四壁，但苍蝇很多，进进出出，因为离猪场太近。

“……盗贼太疯狂啦，竟把人家里的墙打了个洞把牛牵走了。要不是给撞着……隗总也给撞着搞回了一头。一头就完了，没把我整死……”他在那儿发脾气，“我们要装至少一百盏路灯，三十个摄像头，你捐的这一万我全部用在这上面，你还要回广州帮我们宣传一下，让他们支持村里的亮化工程……”

他又准备走。他是决定要躲我的。隗三户就死死盯住他，盯到卫生间里，在外头一个角落，没人，这正好。

“大雨书记……”

大驴可能有前列腺问题，细水长流地排泄，“你们在外几百万几千万地赚，现在应该是回报家乡，不能找村里伸手啊。给你十亩，要让村民退出来给你，老百姓在家造孽。在家种田的还很苦，又赚不到什么钱，像你们这些有能耐的人都外出了，在家的都是老弱病残，脑瓜子不是很灵光的，没能耐的，他们在家守着咱们这个村。都出去，那不没武家渊了？得亏他们保住了咱们村子，是不是？在家种田的，自从盘古开天地就是种田，你割他两亩，他割他两亩，人家吃什么?”他甩着怏怏的尿器，收进裤子里。

这一泡尿，这一番话，都是滴水不漏，貌似无懈可击。问题是你们占了大量的田，是你们，我又不找农民要。再者，在家种田的造孽，我们就不造孽?我们的钱是抢来的?我们这些离乡背井的人，应该比他们更苦更造孽。可也不能这样说出口，还是拦住他，赔笑脸地拍着夏圣水供应的那本《中华人民共和国农村土地承包法》，指着说：

“老同学啊，你做做好事救我一命。我不拿国家的政策来压你，我只讲咱们老同学的交情好不好?”

“呵呵，”大驴尴尬地笑，被逼得有点站下坡，后头就是沟渠，“你念我听看看。”

“……第五条：任何组织和个人不得剥夺和非法限制农村集体经济组织成员承包土地的权利。”

“哦，这个对。还有啵?”

“第十四条第一款：维护承包方的土地承包经营权，不得非法变更解除承包合同……”

话音刚落，大驴马上接上了：“是你先解除的。”

“我?”

“当时你不交钱，这不就解除了合同?”他把那小本儿抓过去，翻开一页，点着一条递给隗三户说，“你再给我念这一条，第二十九条看……”

隗三户小声地念道：“……承包期内，自愿将承包地交回发包方的，在承包期内不得再要求承包土地……”

“你念大声点。”大驴得意扬扬，他的嘴都笑歪了，死鱼样的眼珠子突然放射出光亮。

“我没有将承包地交回发包方呀。”隗三户说。

“那你说我们不找你要钱，你不找我们要地，是说了么？”

“这个……当时是说了，当时是特殊情况，负担重。”

“但不管怎样你不要地了就是交回了，由我们给你交钱就是收回了。”

隗三户怎么说呢？这是事实。可好像又不是事实。当时哪个不是想甩了地？为什么有的人又要回了地？他就说了。可大驴说人家搞到前头了，现在没地了。你为什么前几年不回来说这个事呢？

前几年，前几年我还没病哩，差一点没死掉啊。

说到后来，气急的隗三户把这样的话都说了：“老同学，你总得给我一块埋我的地方吧？”

大驴说：“三户你都说的啥呀，年纪轻轻的，我这里保证，你死了我一定给你一块好墓地，只要你瞧得起这里埋回来。”

找到夏圣水是在镇上一家餐馆的二楼，四个人正在酣战。是电动麻将，仿佛有许多人伺候着，专为他们洗牌，剩下的就是看他们各自的本事激战了。烟头丢了一地，钱张牙舞爪地堆在各自面前。夏圣水劝他：

“……哎哟，急个么事吵，没田就没田，像我们没有田的还只拿几百块一个月的，不是照样的过，比你们跟大驴过得还舒服些。喝点小酒打点小麻将过点小日子，不晓得几快活！”

另一个补充说：“还吃点小鱼小虾，玩点小姐。”

“小和一盘！”夏圣水推倒了麻将。

于是开钱，于是推麻将入坑，于是按按钮，于是麻将机叽叽啦啦动了起来，另一副洗好的牌送了上来。于是再按按钮甩点子，于是定庄再启牌，于是再一盘厮杀又开始了。隗三户不打牌，他始终不清楚这其中的奥妙，即麻将机是怎么在下面将这些牌翻扑过来的？怎么有这大的本事？

“地这个东西是很难要回来的。”有人说。

有人对夏圣水说：“你带隗总去找找镇里的邓书记看看。”

“那还坏些，”夏圣水说，“镇里现在要靠武大雨武家渊村评‘全国生猪养殖十大乡镇’，全镇要发展到一百万头生猪，你说邓书记替谁说话？我没想过？不中！”

“你给武书记说说吵，他怎么照你的买的。”有人说。

“这家伙我还没逮住他，手机这两天又经常关机，不知何事。土地这个事，你怎么说他也不会软的。他还巴不得再要一千亩，一寸也不会让出来的，我还不晓得他的。”夏圣水说。

“你是不肯帮忙。”有人激将。

“好好，我去帮忙。”夏圣水扒了麻将拿上钱就起身。

那几个人反应过来后急了，“哎哎，你是怎么回事？赢了想溜？”有人就拉他的膀子，有人要掏他荷包。

“我跟你们把下面的老板娘找来陪，晚上我请你们吃土鸡火锅，去去就来……”

走出餐馆，夏圣水说：“你不来我还逃不出，这几个人赢了呵呵笑，输了不让走。常常把我拖着打三天三夜。”

“不休息？”

“不休息。”

“那可要身体啊。”

“没有个好身体你现在还想在中国混！”

“现在这里打麻将的风好像很盛啊?”

“唉,胸无大志,胸无大志。”

“我不是这个意思,要注意身体啊。”

“身体这东西蛮贱的,不要娇惯它,你不打麻将,你还出了大事。听我的,打点麻将,心情舒畅,百病不生,嘿嘿,”然后交代他,“千万莫在邓书记面前说大驴坏话,很简单的事我告诉你,邓书记老婆就在他场里当会计,几个亲戚在那儿打工……”

他是故意要让隗三户心冷的,搞得隗三户踟蹰不前了。

夏圣水问他带了第二轮承包合同没有,隗三户说带了,他要他停下车,“拿给我看看。”

夏圣水眯着睁不开的眼睛看了之后,说:“是一九九八年三月。我跟你讲三户,国家有这么个政策,一九九七年以前抛荒的你丢了田,村里不管;一九九七年九月后,也就是第一轮承包到期为止,你再续签的承包合同,抛荒后由村里处理了的,可以要回来。”

“是不是啊?!”隗三户惊喜,他终于有了柳暗花明的感觉,“你怎么早不告诉我?”

夏圣水马上泼冷水:“我本来不想讲的,讲了白讲。你不是没交几年的税费和‘三提五统’?你不是过去说了村里不找你要钱你不找村里要地的?你就等于先行解除了合同。”

“那是口头说的,不算数呀。”

夏圣水摇头,“嘿嘿,算不算数,你说了不算数,”又说,“地的问题,他真的没有了,你要跟他大驴打官司。几年磨不死你。就算赢了,也没地给你,不能执行。何况你能赢么?你现在人生地不熟,十几年没回了,跟个外乡人有什么两样?他现在全是通的,人称‘路路通’,这是要靠长期经营的。就算把地给你,你人全得罪光了，你住这里还有什么意思？我说三户，还不如在镇上买个房子，生活玩乐都比村里方便。你们那个村里，不是我说，请我去住我都不去，臭气熏天，苍蝇成堆，是人住的地方？就是个大猪圈！以后还要发展。你想窄了老兄！再者你这里要房干什么？广州好好的，冬天没我们这里冷，夏天又没我们这里热，舒服死了，都想往那边住，哪儿不是中国？比我们这儿肯定强万倍。你要那个每年出租的两千元打鬼，别人还说你小气，不像个千万富翁……”

我哪是个千万富翁吵！瞎传的！他心里在滴血地喊。气全泄了。

7

陈述极其干瘪，无趣。听者近乎没听。听者是一个网络成瘾者，另职为镇委书记。去时书记正在网上种菜。隗三户一眼就瞄到了，他的女儿也是这样的，常常半夜爬起来去别人“菜园”里偷菜。打过几顿了，死不悔改。此人估计也是个偷菜贼，不过很亢奋，颇有关心天下网上菜园和天下现实菜园的劲头。

我就是来要我的菜园的！他心里说。隗三户心里说。我有权在武家渊的土地上种菜，我家祖祖辈辈在这块土地上种菜，种粮，生活，生儿育女。如今你们凭什么剥夺我种粮种菜的权利？我已经买好了种子，你们退回了我的承包地，我就准备在上面真真实实撒种种黄瓜丝瓜辣椒豇豆扁豆。你们不要欺人太甚欺我们隗家势单力薄，从你父亲开始就诬我父亲投毒毒死你家的母鸡，你现在是怀恨在心打击报复心胸狭窄……

隗三户尽量压制自己的激愤，按想好的条理简明扼要地给书记陈述，时间不长不短。只说地的事，不说捐款和这次回来补捐的事，不说父辈恩怨。书记就要说了，要表个态了。书记说：

"这事还是要找村里。"

等于不管。

"就是村里不能解决我才来找镇领导的。"

"超鸡巴复杂，"邓书记说，"村里咋说咋搞。"

"村里再不肯呢？我不是只有找县里省里国务院？"

"县里省里国务院也没有地吵，找上级没用的，还是找村里协调……刚才夏站长说你是大老板哩，我们镇里出去的人都发了财，回来投资啊。我们镇现在搞百万头生猪养殖建设，商机超鸡巴多，合作大家赚钱嘛，互利双赢。我们有良好的投资环境，欢迎你们回家乡投资……嗬！夏站长，你么样吵？昨晚值晚班了的？"

叭！

在一边拉着鼾声的夏圣水被邓书记拍桌子拍醒了，红着一双杀人眼，"啊啊，对不起邓书记，我呼吸窘迫症犯了……"

与呼吸窘迫症患者夏圣水走在阴沉沉的街上。天欲晴不晴。他好像不怕你越级上访，这种带点威胁的话他不在乎。又不关他的事，又不是打死人贪污受贿有黑幕，一切都在阳光下。是阳光下慢慢形成的既成事实。你就是没地，他就是有地且有很多，很多很多，成了地主，比过去的地主还多，你又能把他怎么办？人家又不是强取豪夺，你能怎么办？……

晚上在土鸡火锅咕咕的冒泡声中他们纷纷安慰他给他出主意。主意千奇百怪。他没听进去。他只是在强烈地想他的：我反正要种大片大片的地。他按他的想法，沉浸在他的幻想中。越绝望越幻想。我要让麦子种到墙脚下，像我看到一家的油菜田，油菜花开到了窗户边上。他开车回村里回表哥的屋时，在起伏奔腾的油菜花中，车子像一只小船。即将惜别的时候一种渴望更加强烈。他想的是早上起来，迈出门槛儿就是田埂，背着手，趁晨光初露，大地还在沉睡之时，在田野上巡视、行走、散步，就像我看到的一些老农，就像当年结结巴巴的父亲——父亲最爱在自己的田头站着，披着衣，抽着烟，一言不发。想到父亲，父亲无数次出现在他的梦中，都是在自己的田边，都是头戴斗笠，衣衫褴褛。他已经给父亲烧过无数次衣裳的祭品了，各种皮袄，各种西服，各种羽绒服，各种羊毛衫。一回来就向卖冥衣的，买了一大堆，烧了。可父亲咋在梦里依然衣衫褴褛，叫花子似的。

田野非常温暖。这是春天。故乡的春天。他想流泪。

十几年的打拼，什么苦没吃过？什么辱没受过？酸甜苦辣，风霜雨雪，世态炎凉，走投无路，绝处逢生，都过来了，弹指一挥间。可这个事儿为什么让他这么难受呢？

夏圣水让他别找了，先回去，他来给他慢慢说。他丢了两千块钱在这儿打点。夏圣水说，宅基地肯定要给的，还有两三分田的菜地，这个要求不高。要是在镇上买房也要有菜地的，前后院的，我记住了。他已经辣得不行，那土鸡。他已不适应这儿的辣了，胃早就不是这儿的了。他肚子疼痛，头也痛。他就走了。他走时回过头坚定地说，我就是要全部的十亩地，一分不少！他也拗住了。夏圣水目瞪口呆。

薄暮降临。群鸦归巢。田野上嘎嘎的鸟叫声铺天盖地。

他又来到了父母的坟头。他又烧了一大堆祭祀衣裳。纸做的。

他捧了几捧土到父母的坟顶。这一下后，又不知何年何月再回来。

他俯下身，跪下来，用舌头舔了舔黄土。准确地说，是黄棕色土。过去他尝过，吃过，家乡的土在记忆中是一种甜腥味，现在的感觉却是一种腐烂的苦味。

他再尝尝。是苦味。是很陌生的，毫不亲切的苦味。

他用喝茶的茶杯装了些坟头的土，装满了，杯是透明的，以后天天都能看得到这些家乡的土父母坟头的土了。

故乡的清明吊子正在四合的暮色中哗哗啦啦地飘响，这些故乡死去的人在沉睡着，不知道这村庄，这世界发生了多大的变化。

猪的叫声一声紧似一声。

他必须承认这样的现实。他只是一个过客。

他看着灯火闪闪，猪群号叫的养猪场，大雨生态农庄。什么农庄，就是一个庄园，武氏庄园。尘埃落定了，它已经在故乡的大地上出现了，而我们这些离土离乡的人再也回不来啦。

8

表哥表嫂已经给他准备好了大包小裹。表嫂已经把洗好的衣裳放到了卫生间要他洗澡的。他突然觉得他应该回去了。他应该走了。他先去看了两个远房亲戚，他只能开到大路上，小路表哥打电筒陪他。表哥说你想搬回来，别人想搬走。有本事的都搬走了。他说他姑娘要他们二老去荆州城住，但现在这几亩田还得人种，就扯住了，还能收点钱。现在种田又不辛苦，全是机械。就一个插秧没用机器，今年他是抛秧，也不累，不弯腰。打田用旋耕机，除草用除草剂，割谷用收割机。现在听说他这一片几十家的地大驴都要搞猪场的，到时包给他，每年得点钱，到荆州住比这里好些，这里也没了个好空气……

他是在晚上十一点多钟离开表哥家的。归心似箭。野外的虫吟声非常嘈杂，它们可能是癞蛤蟆，地咕子。想一早走，睡不着，就临时决定夜里走。加上接到老婆宝琴的信，说儿子这次考试都考了高分，语文数学都是九十几。他急切想见到自己的一双儿女。当然包括鬼精鬼精的半夜网上偷菜的女儿。仿佛离开他们很久了。另外，趁着晚上还在发热的酒劲儿，开个夜车兜兜风，这几天太憋闷啦，人有透不过气来的感觉，加上这臭味，人的肺部全充斥着秽气，得吐出来。晚上车少，可开快些。别憋死在这儿！

他穿衣给表哥表嫂说“走了”，脚一踩油门，车子就飙上了路，远去了。

经过养猪场的时候，他朝外啐了一口，停车出来，又啐了一口，朝自己的胞衣屋场，老屋。自己的魂儿在这里哩。跪下么？不跪。决不跪。

他穿过小镇，上了河堤，转了一圈，让那一线白白的河水划过心间，留下一点温润的尾光，然后上了公路，心情轻松地向南开去。他估算着明天上午就到家了。这是一个很不错的夜晚，没有月亮，也没有雨。如果半路觉着困了，可以停下来在车上睡一觉。这是一个不错的选择。

又是一个很深静的夜，公路上没一个人，一辆车。这是一条被各种车辆蹂躏过的乡镇公路，两旁的树有些荒密。正踩油门加挡，发现正前方有黑影。

看清了，又是一头牛，一个人。

跟上次几乎一模一样，那个人丢开牛绳就跑。不同的是，那个人不往路边的油菜地里跑，却是往前面跑。是小跑，跑跑停停，而且边跑边朝后头看。后来干脆停了下来。他是在试探？他是舍不得？好不容易偷一头牛，他妈的碰上了一辆车一个人，坏了我的好事。

隗三户只能将车停下来。因为牛总是苕瞪瞪的，站在公路中间挡了他的道儿，车绕不过去。牛没人吆喝就不走啦，一动不动，像一尊黑煞，两只眼睛在车灯里闪着野兽一样的绿光，令人发怵。隗三户心里对那人说你个傻X，你把牛牵着闪开不跑，给我让个路，我又不知道你的牛是偷的。看来老话说得对，还是做贼心虚呀。这是一个偷牛贼是没有疑问的，不可能牵自己的牛见了人就跑。

那偷牛贼不走，站在那儿，他本来想大喝一声把那人赶跑的，然后再把牛……可他没吭声，牵上牛绳却对着远远的灯柱中的那个人这样喊："哎，伙计，你跑个么事吵，牛都不要了？"他想把牛交到那人手里，那个偷牛贼手里。他是带着一种发泄的快感这样喊的，这样有一种报复的快感。当他喊"伙计"把牛绳高高扬起的时候，招手的时候，他有一种快感。

那个人，那个偷牛贼站着还是不动，像雷打痴了一样。是在审度，迟疑。

当隗三户把牛牵着向他慢慢走去，靠近，牛绳再一次扬起，非常肯定地示意那个人来接时，就见一道寒光一闪，偷牛贼突然从袖笼子里滑出一把亮晃晃的尖刀！偷牛贼一定以为这人是来使圈套抓他的！或者因为慌恐，那刀像一条鱼一翻，只听见"扑哧"一声，那个东西就坚挺地扎进了他的身体。他胸口突然有一种豁然开朗的感觉，顿觉爽亮了，这几天的憋闷呼呼地涌了出来，一扫而空。刚好刺到他最痛的位置。他睁大眼睛盯着那个人，那个偷牛贼，想看清他，把他记着。没有任何特征，就是一个家乡常见的农民，农民的装束和农民的形象，农民的表情，土不啦叽的、传统的、老实本分却又带着一股崭新的凶机与决绝……他突然想，这下就可以死在家乡了。这下终于就有个他想埋的地方埋他了。一切都解决了。解决得这么容易，解决得这么彻底，这么突然，这么迅速，简单。他真高兴，有一种解脱。

他倒在路上。这时风向转了，没有什么臭味，或者离猪场渐渐远了。他艰难却深深地呼吸着，漆黑深沉的夜里，从田野上吹来的风，带来了油菜花、荠菜花和蒲公英花和野樱桃花、野芹菜、野苜蓿花，以及植物和水面的香味，清新无比。这香味儿抚摸着他，像母亲抚摸一个孩子，一个万里归来的游子。他牢牢地用鼻子吸嗅着，抓住这种气味，沉醉地吸着，因为脸贴着大地，吸得透心沁骨。从没有这么近吸土地的气味。他吸着，直到把所有田野的气味都吸进体内。谁在那儿喊“三三”呢？“三三，三三……”谁在那儿大声急切地喊？他终于满足了。

一个人的遭遇

1

淹水的那年，刁有福找不到自己的家。他的家给淹了。刁有福在淤泥村的一个墩子上。刁有福在晚上走呀走呀，脚踢到一个东西，俯身用手一摸，是人，是个死尸，淹死的。再走了几步，再一绊，又是个死人。这像在梦中。

没有手电。他又不抽烟，没有火机。那时节火机没现在这么普遍，不过也都用火机。问题是他从不带火机，因为他不抽烟。他酿酒，自己还不喝酒呢。

四野一片漆黑，心里发毛。堤下边有一处灯火。走近一看，是条船，一个老者他不认识，从舱里爬出来，问他：是到淤泥村去的？他说是的。老者就让他上了船。

划了一会，老者说到了。刁有福踏上一个小岛——村子都成了孤岛。刁有福隐隐约约认出好像是淤泥村的某个地方。乌黢麻黑的，见有一家门开着，有个油灯亮着，却不记得是哪家的屋。进去一看，地上瘫着个人，一个女的，好像死过去了。刁有福用手一摸，那女人分明还有气，气若游丝。他便大喊："有人吗？这里有人吗?”没有回答,其他屋子都是黑洞洞的。这时他听见屋里一声嗷嗷的呻吟,是那个女子发出的。她快死了!他拔腿便跑,往水边。那个老者正准备将船开走,他大喊:“老爹停一下,老爹停一下!”那船又划回来,他爬上船就说:“这里有个人快死了!”

老者根本没有说话,船就这么开到了堤上。刁有福跳上坡就开跑,想去抗洪抢险指挥部请医生。后来在早晨请到了一个女医生,叫上了一条船,往记忆中的淤泥村孤岛开。但是在水中开了一圈,根本没看到什么高台孤岛,一片汪洋。刁有福很吃惊,莫非昨日在梦里?

这件事非常奇怪。多年后他躺在劳改农场的监狱里一动不能动时,想到这事儿,始终闹不清其中的蹊跷,或者想,这莫非与自己的不幸有什么关联?

水退后,他的酒坊、猪场什么也没有了。最要命的是,他的基酒丢失了。他损失三四十万。他坐在那个池塘边,鱼也跑了,只有几只野鸭寂寞地望着他,偶尔嘎嘎叫上几声。

过去他家的格局是这样的:屋前有一个鱼塘,鱼塘边是一排猪圈,喂的是母猪,有十几头。一窝窝小猪崽子在院子里跑来跑去,或者吃奶,或者钻进用石棉瓦拦成的小暖房里,上头吊着三百瓦的灯泡。住房是酒坊,锅炉日夜燃烧,里面是煮酒糟和摊晾酒糟的地方,出酒的地方;两口大缸,每天出酒两三百斤,毛收入两千多元。他的酒是小颗高粱酒,这种高粱只在水牛河洲子上种,所以酒独特,就叫小颗高粱酒,就是这名儿。可一场大水,把什么都淹没啦。

更有甚者,当初水来拆房的时候,腰被檩子戳了一下,有点疼,也没在意,贴了膏药。这两天参股的人来找他,要退股时,他的腰突然剧痛难忍,哎哟哎哟地大叫。两个参股的人以为他要赖,把他狠狠地揍了一顿。这两个人,一个是他舅舅,一个是他母亲。

刁有福腰本来就剧痛,又遭一顿暴打,就抓起一根扁担来还击,估计打到了舅舅,他的母亲见状怒而曰:你竟敢打我弟弟!于是又喊来娘家人,一起将自己儿子猛揍。刁有福大小是个男汉,垂死挣扎还是有一点力的,混战中打着了他妈没有,他不知,但后来他妈说打了她。当时刁有福寡不敌众,被打昏死在水退后的泥浆里。

刁有福在泥浆里躺了两天,是他老婆发现后叫人将其抬到医院的。刁有福身上的皮一块块剥落,浑身爬满蚂蟥,脖子冒血,腹胀如鼓,还有一口气。后来输血,染上了乙肝丙肝。一说是在劳改农场染上的。

刁有福去派出所报案,派出所说是小伤,又是经济纠纷引起的,建议他通过法律途径解决。派出所警察先生们包括各主管部门推脱责任的最拿手一句话就是:建议你通过法律途径解决。不关他的事了。如今的公务员不想揽事儿,一句话就可把任何人打发走:

建议你通过法律途径解决。

伟大的法制时代。为国家的人——咱公务员省了多少事儿。

明明打伤了人,是刑事案件不是民事纠纷。派出所说,你妈也报案告你打了她呢。我打她?我在泥浆里昏死两天我打她?刁有福在那儿又一次快气昏过去。刁有福终于气昏过去了。醒来又剧痛,一检查,腹腔里全是血,肾坏了一颗。不知是在拆檩子时戳坏的还是被打坏的。反正,刁有福把一颗肾拿了,已经坏死了,割出来时腥臭。医生用电扇在他的腹腔里吹了半天才把臭气吹走。

他只好被派出所瞎指引的到法院起诉。法院说,你报了案的,到派出所把材料拿过来。

派出所不给。说，我怎么会把你的报案材料给你？存档了的。

不给不能立案。

刁有福听他老婆说的。刁有福在病床上号啕痛哭。刁有福说，这不仅是一个利益集团，而且是一个冷漠的利益集团。走到哪儿都是一张冷脸，你要老百姓心气能顺的？

告又告不了，不让人白打了吗？有一天，老婆拿来一张当地专门登杀人放火消息的晚报说，刁有福，你可出名了。刁有福刚从手术台上活过来，一看，大标题为：养儿不孝，母遭子打。点名水牛哞哞酒厂下岗职工刁有福为夺母房产，竟出手暴打母亲。刁有福一气，刀口缝合的线叭叭叭给绷断了，血流不止。世上竟有这样的母亲?！呜呼，母亲，你要我怎么来爱你？

伟大的母亲，你不保护儿女，却要来戕害儿女，你可是天下少见的母亲。小时候你把我和妹妹丢到猪栏屋养，谁都不信，我们是吃猪食长大的。父亲死后你就搬出了我们的屋，把宅基地卖给了你的弟弟，娘家人比儿女更亲，致我与妹妹无家可归，也断了我们继承祖屋及宅基地的后路。而我企业改制下岗回来，已无家可归，老婆伢儿寄人篱下。后来我背水一战，租地基办起了酒坊和养猪场。你本应该高兴你后来还忍不住入了点股，可你却给高粱供应商说我的酒坊是亏本的，不要跟我来往，致使我时常停产。这次我遭受灭顶之灾，你本该帮我一把，却将我打成重伤。常言说虎毒不食子，你比虎还毒呀。更有甚者，伤人还反告我，还给报纸提供假消息，让所有供应商都来找我要钱，要剥我的皮。行，我告不了你（法院不受理），我告那家报纸总可以吧。记者在完全未核实事实的情况下，听了一面之词而诬蔑我，我要告你们侵犯我的名誉权，赔偿损失。告一个是一个!

刁有福拄着拐棍去法院递上状纸的时候,法官哈哈一笑,说,报纸是政府喉舌,你不能告,何况我们的报纸最讲求事实。这个我们已经问了,是你母亲给报社提供的材料,还到妇联上访了的。你村里的人也有证实。刁有福问是谁?法官说一个叫黄浑的人。刁有福说黄浑是母亲的弟弟,就是打我的人。法官抠了一下指甲说,这么说作证的人是你舅舅?你舅舅怎么会六亲不认呢?刁有福说,如果真是我打了,他当然恨我。因为那是他姐姐。法官闪着狡黠的鱼鹰眼说,你肯定是动了手。刁有福揭开衣裳指着腰部蜈蚣状的刀口大喊:我的肾又是谁割走的呢?!

事实是:给报纸报料的是村里的村医。村医年轻时爱好写作,迄无成就,但养成了与报纸打交道的恶习,时常报点料,提点建议,吹捧几句,这里称他们为特约通讯员。没事道听途说报告点儿村里打架滋事、杀人放火和公鸡下蛋之类的奇闻异事。可报纸咋不问青红皂白核实情况就刊登呢?我敢打赌,村医报给报社的十有八九是添油加醋的。好在现在人们不会跟报纸较真,反正知道狗嘴里吐不出象牙。

法官说,老刁,你就算了吧。

法院不收他的起诉书,刁有福只好去上访。他跑到市政府去,要反映情况,申冤。市政府的门警不让进,要他到信访局去。刁有福这就有了第一次踏进信访局的经历。

平常,说实话,刁有福这种人,是个很能忍的人,有人把痰吐到他身上,他自己揩揩就完了。一个酒厂翻酒糟的工人,又没有什么身板,有什么资格跟人讲道理、充好汉?就当自己是只蚂蚁。嗯。就是这样。

刁有福还不喜欢说话。这么个地方，一进去，就是说话。说话牵肝扯肺，很难受。平时刁有福不说话，懒得说，跟这个世界也没什么好说的。自己下岗了，凭自己的一点技能再混点生活，搞得有点声色了，可一场大水又把一切改变了。拿着上访信和法院不受理的起诉书，刁有福有点害怕地走进去。跟这种地方打交道，他还真有点心里发虚。有一个信访干部接待了他。旁边的人说他是局长。这个人抽烟，脸上浮肿，眼只剩一条线，不停接电话。手机，座机，两头忙，像个接线员。

等着那人电话打完，刁有福坐在一次性成型塑料椅子上，看到左边墙上贴着用泡沫塑料雕出的字：别着急，有话慢慢说；右边也是泡沫塑料字：心中拥有百姓，群众才认可你。

他在接电话，没出声，却示意刁有福讲话。

刁有福讲话。那个人点头。不知是在听刁有福讲还是在听电话里的人讲。他点头。

刁有福递上一叠准备好的材料，《上访信》《起诉书》，内容基本差不多，找一个姓代的退休老师写的。关于下岗、猪场、酒坊、母亲与舅舅的毒打与他们反咬一口、丢一个肾、报纸的信口雌黄。

刁有福住了嘴，他明显感觉那个人没有听他的。

你讲你讲。那个人说。

刁有福又讲。

电话没了。那人说：“你来是找我解决问题的，你讲了半天我还没听清，你不要扯远了。”

又有电话来了。

刁有福因为受到了很大的委屈，又只剩下一个肾，坐在冰凉的塑料椅子上腰疼，人又不舒服。几个电话下来已把他给搞烦了。

说:“我讲不成了,你根本就听不进去咧。”

局长说:“不是的,你简单扼要地讲,行了,你讲了这半天,以为我没听?我听懂了你的意思。你要政府给你做主,洗刷不白之冤。一是要你母亲及舅舅赔偿你医药费三万元;二是要报社赔礼道歉为你恢复名誉,并赔偿因为诬陷不孝而致经营垮台、无法恢复生产的损失十万元,精神损失费五千元。可是,我们是信访部门不是执法部门,没有执法权,否则是犯法的;二是我们只能协调,给你们村、镇领导打电话,关注此事。不过你是城镇户口,你现在又没有单位了,你究竟该哪儿管?”

刁有福说:“我没人管。”

那人说:“再是,派出所为什么就不给你报案材料?是你让他们头疼吗?”

刁有福说:“我头疼。”

那个局长说:“建议你还是通过法律途径解决。”

又来了!

一样的腔调。

“你们都这么说?”

“会受理的,我认为。我们打电话。”那个人说,“法院判你母亲你舅舅赔多少就是多少。你请个律师,把一切交给他,”他指指那些堆在他桌上的材料,“找律师一切 OK 了,他接手你的案子,他会尽全力,会给你算的,不是你这么瞎算的,你母亲,你舅舅,报社,该赔多少,有个谱的。然后强制执行。你说好吗?”

刁有福问:“请一个律师要多少钱?”

那人说:“大概两三千块钱吧。这个不是很清楚。”

“可是他们不受理,说是喉舌,不是我们可以告的。”

"扯淡,我们来协调。"

2

受理了。

法院的人通知他说,你的案子我们受理了。是民事庭。民事庭庭长跟他一样瘦,但是牙齿很肥。当庭宣判:

刁有福陈述与事实不符。肾伤无法举证为其母其舅所打。报社也未有捏造事实,驳回原告请求。

庭长宣读完判决书后,用两次重复"你可以上诉",并且,这个庭长说,一般上诉时间为宣判之后十五天,我们给你二十天。

报社的人根本没出庭。这也罢了,自己是只蚂蚁。他与他的母亲对簿公堂,他的舅舅坐在旁边,满脸红色的疱疹,像一个死人。

我不上诉!

法官太轻率,我过去以为他们很神圣的,原来是儿戏,随意性太大,又袒护报纸。

为什么给我二十天?就是让我上诉,他们再改判。可能是良心发现吧,他们不能自圆其说,就是上头有压力(信访局有电话),接下来,快速判了,你再上诉到中院,人家改判。这还不是推卸责任!

我不上诉。他给法官说。庭长很烦,仰着牙齿:"你有点犟咧。"

到了十九天,庭长来到淤泥村,两只腿上全是荷梗划出的硬伤。说你们这儿是鬼生活的地方。庭长说给你上诉的材料及手续都办好了,你签个字,就上诉到中院去。

到了中院，维持原判。

你们为什么不听我的，只听他们的？这很奇怪。刁有福弄不懂的还有很多。中院办案的一个人非常直截了当地说，没采信哪个的，你也无法举证。要说捏造事实，不是我们，我们是外甥打灯笼，照旧（照舅）写的。

“你们怎可以这样？”

“你不能举证嘛，要我们为你举证？谁主张谁举证。没有新证，你又不能推翻别人，那还不是维持原判。”

这人要他去找审判长。审判长在卫生间里拉尿，边拉边说：你怎么证明判决错了？鬼话。我只能判一边赢，两边都赢没这回事。总有一边不服。你说判错了，现在又不能改了，过一段时间给你改过来。我们要结案，有时间限制的。

刁有福在庭上没喝水，所以也没有尿。他听说过一段时间跟他改过来，这很新鲜，审判长说话应该算话的。但也不能这样，你们要了结案子，懒得把事实弄清楚，耽误你们宝贵时间。再说，那“过一段时间”是多长呢？我要等多久呢？你干脆不说这话还好些，说了这话感觉像被你们捏的泥。你就说我就这么判了，就是这样。你狠一点还好些，让我感觉你们有你们的威风。你态度这么好商量，捏着尿具说过一段时间改过来，橡皮擦子改个数字？你也没这么好说话，我不信的。

刁有福很无奈，不信法院，走时在审判长的门上吐了一口痰，还拿走了法庭的一个杯子，后来丢到粪坑里。

刁有福垂头丧气回到了家，家是在市里租的一间小屋。老婆说，怎么样了？刁有福说，维持原判。但说过一段时间改正过来。他老婆一听跳起来说，哄你有卖的！他们改判，要你上诉，不就是拖时间？你一上诉，他们的责任没有了。维持原判，错不是中院，是民事庭那些人。都没了责任，你找谁去？

刁有福脑子有点转不开，进水的感觉。这时一想，是呀，说得对呀，这么一审二审都没了责任，责任都推卸得干干净净了，我却有理无处说，有冤无处申了。这些人太会玩了，玩了一辈子，他们是老手了，我们哪玩得过他们？

老婆说你妈在村里好得意，听人说，她说她准会赢的，刁有福输定了。哪会有报社输的？哪个有这个狗胆判报纸错了？报纸连庭都不出，气死你，法院敢叫报社派人出庭？你把他们咋整？把他的鸡巴扳得弯？

老婆说，说到底，是那个母老虎害了你。

“你说什么？你竟敢骂我妈？”

刁有福将身边的板凳顺手抓起来就砸过去。刁有福刚有点酒意——他因为要压刀口的伤痛，喝了点酒。他基本上是那种沾酒就醉的人，神情恍惚，心中憋闷，有点绝望，有点冲动，下了狠手。板凳砸过去，人就倒了，听见老婆身上咔嚓几声响，砸断了六根肋骨。

老婆在病床上写了《离婚协议书》。

刁有福后悔的念头却是：想跟法院玩。

那时候，刁有福蛮想跟法院玩一场，干到底。

刁有福准备新的材料。官司打定了，这气是要出的，要告他中院。你们这些人，我什么赔偿都不要了，只要你们当中有一个人出来给我说：“我捏造事实。”有这句话，我就算了。

去医院与老婆签离婚协议时，还有一个男人在老婆旁边仇恨地瞪着他。是他儿子，十五六岁的高中生。

刁有福哭了一场。儿子的仇恨很嫩很可怜。儿子就像个可怜虫。家庭的幸福远去了。

你们恨我也没有法，我要洗刷我的不白之冤。

刁有福坐车去省里上访。单枪匹马的，他知道去省政府没用，还是去信访局。省信访局在一座山上，居高临下，虔诚者须爬两百多级台阶，还是近路。虽有车到达，但他没车。

路上有滑竿，十块钱一坐，上访。全是上访的人，心里就有暖流，有支持。受冤的不少，不是我一个。也有大队的人马，爹爹婆婆，估计是下岗、退休的工人们或居民们，也有乡下人，有拆迁的。面目都很枯焦。还有的背着行李，写着各种各样的字幅，字有大有小，有正有歪，有的很陈旧了，估计很多时日了，是老上访户。有的还打着镲子，头上系着白布，背上背着很偏激不雅的话，令人看着不舒服。

接访的是专门班子，让上帝眷顾他（但以后的事应当说让上帝害了他），是个专管下岗工人的，不是管冤假错案的。那人问他：你是有单位的？

是呀，我是水牛哞哞酒厂的正式职工，绝对的国有企业。

改制后没安置你？

全部没安置。几百号人。

接访人不信，摇头说这是错误的，国家有政策，要把你们安置好的，下面没有执行。你去找这个文件，关于下岗职工安置的。

安置?!

刁有福突然听到省里的人这么一说，有点惊喜，还可以安置？材料交后，他就急急忙忙往回赶，要把这个消息告诉过去厂里的兄弟姐妹们。现在这些人没有单位，日子都过得苦巴巴的，有的摆地摊，有的卖菜，有的捡破烂，还有的像他这样，回到过去的老家乡下，没田没地，比农民还不如，农民还有几亩地可耕。

3

“有福说什么，我们可以安置？”

刁有福为自己打官司，还打出了个好消息，一时间，酒厂的职工奔走相告。大伙儿一集中，就说到各自的遭遇。郭业军脑出血导致并发症，找亲友筹了两千多块钱，催款后没钱，医院停药，死了；黄潜，原定为六级伤残，因工负伤的，还是原厂里的技术员，后遗症，没钱住院，天天在家喊疼，没有任何医疗补贴，没有医保；杨远良已死，罗全青也死了，都是因为绝症无钱住院治疗；还有梁闻道，因事脾脏破裂，没钱医治也死了。最惨的是王德保、高小珍，一个重度忧郁症跳楼，一个因贫穷想不开，与家人争吵后喝农药了。

刁有福说要找到这份文件，没有文件咱不好说话。刁有福就托许多人找，弯了不少弯子，嘿，果然找到了一份关于企业改革的文件，是《省委、省政府关于进一步深化企业改革的实施意见》。这可是“尚方宝剑”。这些文件为什么没让咱们倒闭企业的职工知道？咱就没听说过这种文件，上面发下来了他们就保密，不让咱们看到？

文件里规定必须负责下岗职工安置。安置政策有：买断劳动关系，如实行工龄分段计算，有具体的计算方法，十年、十五年、二十年、二十五年、三十年不等；企业欠发职工工资、补贴及其他费用，由企业负担，从改制企业资产中切出；改制企业土地资产出卖，首先用于职工安置，等等。全文有九页，三十多条，非常详尽，好像把问题都想到了。

上面的政策总是好的，只是下面的人把它落实歪了，或者根本没有落实。

必须上访，必须还咱们下岗职工一个公道，解决生存问题。上访就是把咱们的实情递上去，让上面知道，上访就是陈情，把问题搞清楚。上访就是给大伙一条活路。

是在罗全青做早点的出租屋里。是一个深秋的晚上，有点小雨。罗全青死前租的屋子，现在他老婆还在做。这里离水牛哞哞酒厂近些，大伙集中方便些。几张油腻腻的桌子，有点局促，屋子里一股热干面和酱汤的气味。大家或坐或站，抽烟很多，屋里烟雾弥漫。由刁有福、朱大军、杨帮国等热心人牵头，召开已经散伙多年的水牛哞哞酒厂职工代表大会。罗全青两口子过去在厂里就逗人喜欢。罗的老婆在丈夫死后拉扯两个女儿，就靠早上的几锅面，艰难度日。

开会没有横幅也没有领导，只有一些下岗后枪打散一样的哥儿们姐儿们，现在又聚拢了。大家说，单位头头心太黑，把钱黑了，坑了咱们。得选几个代表，弄明情况，去跟政府谈判。后来大家投票，每个人写名字，写出自己信得过又肯为大伙跑腿的十个人来。到会的有八十多人，选出了十个人。刁有福、朱大军、杨帮国在前三。刁有福得票最高，几乎是全票。可朱大军说他身体不好，又在乡下，老婆类风湿快瘫了，十个手指已经僵硬，要伺候老婆。杨帮国说自己文化水平太低，跑腿可以，但说话不是他的强项。还是有福哥行，又热心又有水平。有福哥过去就是工会副主席。刁有福说，我咋没有印象，我是工会副主席？大伙有的说是，有的说想不起来了。工会有跟无是一样的。刁有福记起他是跟大家发过几次毛巾肥皂的，好像有谁这么说过，还喊他刁主席。那只是喊得好玩的。刁有福说，我也没啥水平，一个初中生。杨帮国说，你懂政策，这是问题的关键。不是厂子破产，你只怕要进党组咧。刁有福说，我又不是党员，你们不要给我灌迷魂汤了。我自己的事还不晓得怎么收场，一个腰子了，残废一个。我只是带来这个信息给大伙儿，不是想为你们打这个抱不平的，我没这个能耐，也没这个身体，我最不适合，你们还是请适合的人吧。大伙这时急了，说你也不干，他也不干，不是选的吗？选你就是大伙信任你。你们几个不出这个头，大伙儿就没活路了。再说有福你打官司、上访，熟门熟路了，知道怎么跑，是哪些程序，要省很多事少走弯路。咱们这些大老粗，像没头苍蝇，到哪找门去？有福，你就接上这个担子吧。

大伙你一句，我一句，都是劝刁有福的。劝到最后，一个人提议，大伙就一起跪下来，朝向刁有福。那个场面，把刁有福吓坏了。有人骂着说，有福啊有福，你有什么鸡巴了不起？给大伙帮下这个忙，大伙未必不记得的！八十几个人齐刷刷地，跪在刁有福的面前。有的人还哭了起来，说有福啊，救人一命胜造七级浮屠，这是救命的事，能给咱们的就是救命钱，后半辈子就有个盼头了。不然这日子怎么过啊，你就做做好事吧！

这么多人，有的比他年纪大好多的，跪在油污地上，刁有福怎么推脱？刁有福不能推脱。他心里是这么说服自己的，自己的事还没解决，肯定还得跑，也顺带把厂里工友们的事弄一弄，说不定有个眉目。如果真能解决，大伙会感谢我刁有福的，毕竟是我把上头的信息带回来的。他就说，大家投票的，我没啥说的了，起来吧你们靠我一个也没用，朱大军杨帮国也得协助我，一起把这事弄弄。等大伙起来了，他说，我这路费呀，找人呀，请人写材料、复印呀，都得要钱，没钱我是办不成事的。

他说得在理，大伙就说先凑凑，再回来算总账。说你按出差的拿点生活费，咱们没意见的。有的说弄好了请你喝酒。刁有福说喝什么酒咱都不爱。有人说，上面发话恢复了咱的厂再上班产酒就好了。刁有福说这是不可能的。凑了六千多块钱，写了个收据。他就说，要我作代表，大伙得写个委托书，签字画押，不然政府抓我无理取闹。我要打官司，也要给律师一个委托书的。就按他在打官司时学的东西写了个《委托书》，文化高的又研究了字句，就去打印店打了来，上写：

受委托人：刁有福

现委托刁有福代表我等向政府反映水牛市原水牛哞哞酒厂的情况和心愿，并代表我等申请、表态、意见、起诉。

（注：不能违背法律，不能有损委托人利益）

委托有效时间为涂去签名后失效。

委托人：……

大伙哗啦啦地在下面签字、按手印。然后，刁有福想起来，我要有个申请书，就是上访材料，也要签字的，大家先签个字，我再找人去写，这就全了。

揣着这么大一笔钱，刁有福回了趟淤泥村，找到退休的那个代老师。上次自己的上访材料就是他帮着写的。代看了刁有福的资料，主要是关于当年水牛哞哞酒厂破产解困的报告。刁有福说是通过轻工局一个管档案的大姐复印出来的。代老师说，我写是帮你写，这次写给哪个？刁有福因为有六千多块钱，就想干脆去北京。想到省信访局山上那么些上访的，心情就暗了。听说进京上访效果好些，下面才有压力，他们怕。就说，写成北京的。代老师吃着刁有福买来的黄鹤楼烟，吞云吐雾，到半夜就给刁有福写成了。三条：一是请求国家维护党和政府的声誉，及时解救水牛哞哞酒厂垂危的群众；二是请求国家督促水牛市落实《企业破产法》的相关法规政策，并确保国有企业破产的下岗职工基本生活保障如养老、医疗、失业、资金足额按时发放到位；三是请求国家对当地因企业破产承担滥用职权、玩忽职守造成的重大损失负责，对国有资产流失负责，以及在职工解除劳动关系前的安置，及时补发企业欠职工的工资……

曾经，刁有福他们的酒厂是一个多么红火的国有企业，在水牛市也是数得着的好福利企业，酒厂常分猪肉。为什么？酒厂有养猪场（猪场现在还住着一些没地方住的留守工人）。三毛钱一顿的粉蒸肉午餐敞开肚皮吃；免费的公共浴池，整天热气腾腾。浴池就在花坛里，人可以在大庭广众的场合赤身裸体跳进去洗澡。那时候招工到酒厂是很有面子的事，全家人的荣耀，国营企业呀。三班倒，没有夜晚，灯火辉煌。下了夜班，吃大肉包子肉丝面，孩子们都等着十二点钟到来，宵了夜再睡。没有想睡的，到处唱歌下棋聊天，谈情说爱。酒厂男人还少得了女人吗？三十年的老厂，响当当的酒名，以兼香型的46度“水牛哞哞”牌子风靡大江南北，从不打广告。可就在市场热火的时候，有人看到山东的一些孬酒在中央台打广告出了大名，喝酒的人不会喝了，去喝那些山东不是酿造的而是勾兑的酒。就是买来粮食酒精，按比例往酒精里掺水便是。中国人疯了！“不用烧煤炭，一天赚两万。”造酒赚钱就这么简单。水牛哞哞酒厂也打广告了，也这么学，这么做，勾兑。可勾兑的酒喝了头疼，一来二去，都晓得水牛哞哞酒厂的酒是酒精勾兑的，进酒的销售商就不来了，水牛哞哞的牌子跟山东一些酒厂的牌子一样，熄火了。别的厂却依然卖酿造的粮食酒，依然红火，或者后来居上。曾经红极一时的水牛哞哞酒厂只好升火炉重拾酿造，但已无市场，沦落为给别人生产散酒，成为明日黄花。

这样不行啊，工人工资不行啊。上面又派了个书记兼厂长，此人是个酒鬼，喝酒时喜食咸鸭蛋。一个咸鸭蛋捅个小洞，往里挖了吃，据说越吃越香。是个喝小酒的角色。一个咸鸭蛋可喝半斤酒。他脑袋瓜子一转，说喝酒的人都应该喜食咸鸭蛋的，我们就腌制咸鸭蛋，叫龙缸咸蛋。把产龙缸的市陶器厂的龙缸都买下来，这龙缸咸蛋全出口到香港日本，可赚美元创汇。后来才知道那个造龙缸的厂长是他姨老表。一行领导们西装革履到香港日本考察了一圈，回来后把职工的医疗费也花光了，生产了几百缸咸蛋，没人要，每个职工分了一缸，不了了之。后来又生产油炸花生米——喝酒总要吃花生米的嘛，厂长也喜食花生米。花生米也不好销。说是别人酒厂的配套产品，笑掉大牙了。职工一起哄，把这个酒鬼书记轰走了。

又来了个书记兼厂长。厂长一来，就要改革，还说要大刀阔斧地改革改制。俨然一个时代的呼风唤雨的改革家。改革家一来，就把最好的酿造设备超低价出租给了别人，还搭上基酒。嘿，设备一租出去就转起来，承租的个体老板赚了个钵满碗盈，药酒、散酒供不应求，书记兼厂长也就有了一股且还是主要股东呢。原来这书记厂长是个吃里扒外的家伙。

破产了。进来一个所谓的清算小组，最后厂子卖给了一家民营食品加工企业，卖了二百六十万，留了点猪场给留守职工住。而职工们私下估算，最低也要卖千万。为何贱卖？卖给了谁？有什么猫腻？任由处置，职工们自己含辛茹苦连血带汗几十年建造的工厂，却没有说话权，以后也没有了工资和生活费。无就业门路，都是五六十岁的人了，几十年为酒厂卖命，如今啥都没啦。这些领导，以资产未变现为由，拒绝安置这些职工，使他们生活无着落。我们请求国家督促水牛市政府认真落实《企业破产法》及配套规定政策，确保国有破产企业职工基本保障资金足额及时发放到位，确保国有企业离退休人员养老金、医疗等社会保险落实到位，及时补发所欠职工工资……

4

刁有福跟大伙商量，去市里先打一个来回，免得到时让他们抓到把柄说越级上访。再者，市里咱先探探虚实，是否有解决的希望，不行再去上头。因为几个重病工友的医疗费和拖欠的基本工资，他们是应该尽快解决的。刁有福作为工人代表，领着朱大军、杨帮国等几个人去市信访局，递交上他们厂里百人签字的申请书，死的、病的工友们的诊断证明及病历、借款欠款证明，企业破产的法院民事裁定、市轻工局破产解困的报告等复印件，一大堆。

又是脸上浮肿且电话不断的局长接待他们，说，今天是我值班。

不是自己的事，成了单位下岗职工的上访代表，还带来了一些人，把本来就逼仄的信访局占满了。你看这个刁有福，穿着廉价球鞋，又高又瘦，倒茶给他喝他还不喝，一副拒腐蚀永不沾的样子，蛮固执的。

“啊。噢。嘿。喔。唔……”

局长这回把手机、电话回绝了，说，我现在很忙，你过会再打来。是的，现在上访的很多，下午打来。明天再说明天再说，我头都是大的，不吃饭。后来干脆关机。

看了一下材料，麻烦大了。脸扯着，更显浮肿，睁开死肉一块的眼睛望着这些人，对刁有福说："这不是我们推脱，这事有点难，现在清算情况怎样了，这要轻工局说话表态，你们还是要去轻工局寻求他们帮助。"

他给轻工局打电话，不通。他说，没人接。轻工局也是要撤销的部门，哪还有轻工，这个系统的单位都垮了。走到大街上，全是下岗工人。

找轻工局又是推诿，刁有福知道他们除了推诿还是推诿。第二天，刁有福只好搞人海战术，叫了二十多个工友来，坐在信访局门口。坐在信访局门口，就等于坐在了市政府门口。因为信访局就在政府门口的侧屋里，一栋很陈旧的平房。

局长本来去医院的，还是接待他们，给他们说，天天跑这不好吧？你们厂的情况七八年了，得慢慢来，总要时间来解决的，问题这么复杂。刁有福说，你们的"慢慢来"，就是不解决。我们慢慢好多年了，等不得了，人生病等不得，没吃的等不得，你们清算了这么多年要到何年何月？局长说，老刁，你怀恨在心哪！刁有福说，与我自己的事无关。这是大伙的事。

局长拂袖而去，不管不问了，让他们坐。这里每天都有坐的，坐更多的，几百号人的都有，他们不在乎。

都是老工人，很可怜的样子。一个工作人员拿出茶来让大家喝，嘻嘻哈哈给刁有福出点子说，在我们这里是扯不清楚的，你想到哪里闹就去哪里闹，有本事去中南海拦车。

哪有信访局怂恿人越级上访的？怂恿上访者进京？这些人心

理阴暗，恨不得天下大乱。上访的人太多了，摩肩接踵，让他们头疼，然后就变态了。再者，你刁有福心中不平，好像要带一个部队跟政府干一场的样子，你到中央提出咱水牛市下岗工人的工资问题，水牛市公务员的待遇问题也出来了，咱们公务员也可怜，工资从没足额到位过，财政困难，咱水牛市就是个吃饭财政，这补贴那补贴根本没有，成天接待你们这些对政府不满的捣乱分子，咱们还不是一样的，生活紧巴巴的。你们只管闹，闹大才好哩。闹到中央，说不定顺带把咱们的事一起解决，你们到位，我们也就到位了。

可以说，刁有福是被激将到北京去的。他带上了朱大军和杨帮国。他们去了国务院办公厅的信访司，上交了材料。

一个从水牛市来上访的人，过去见过。见到他们几个人，说，你要按程序等，要等到头发白。再者你们申诉的信件他们最终还不是打回省打回市，这样没效果的。你们这大个厂子的事，非得到中南海去拦车，随便拦一个都是大官，解决问题快些。

刁有福说，你也这么说吗？

那个人说，是我们市信访局的人告诉我的。

刁有福心想，信访局的人成教唆犯了。他觉得这对，那就去呗，万里迢迢来，就是想解决问题的，如果一蹴而就，那有多好。

到了中南海门口，哪里能靠近，哪里能拦得到车？不让。

到了晚上，住在进京上访者集中的地下旅社，又有人给他们出主意，说一定要找北京的公安民警给地方施压，现在上访人员多，住在北京的各省市甚至地县的接访人员也多，成堆成堆的，都盯着了哩。七嘴八舌的有人给他们说要去就去天安门分局。刁有福受不得怂恿，跟朱大军他们一商量，决定就这么办。

朱大军对去天安门有点顾虑，还是怕，但刁有福说是去分局，不是去天安门。刁有福他们还去印了个横幅，上面的字是“我们要吃饭，我们要工作”。反正是市信访局的人说的，闹大了就好了。

这天天气很冷，北京下起了大雪。快过年了。刁有福他们到了分局门口就扯起横幅。不一会，警察就来了，说你们在这儿扯横幅是违法的，可以通过正常渠道上访，不能这样乱来。没有拍照就把他们弄到一辆车上，送到马家楼“非正常上访分流中心”，却碰到了水牛市信访局的人，他们是专驻北京的接访人员。凡是来京上访的，都由他们接走。相逢一笑。这些人把他们带到市驻京办，让他们吃了盒饭，把他们放了，说，你们闹吵，看你们到北京来能闹出个什么花样来。有种的过年不回去！

没想到会放他们的。刁有福又回到他们住的廉价旅社。上访的朋友喳喳哇哇七嘴八舌的，这次要他们去使馆区。因为这样就有国际影响了，他们就怕了。

“这次放你们，是你们对他们完全没威胁，所以他们不怕，懒得管你们。”

快过年了，又没个眉目，刁有福他们急，就只好这么办。又去印了横幅，还是那些字，落款是“水牛市水牛哞哞酒厂下岗职工”。就到使馆区去扯。还听说使馆区的警察肯定拍照，有了照片市里的人就怕了。只要有照片，就要扣当地的分，也不知是什么分，综合治理的分吧。

这回警察还是没照，说我不照，照了可有你好的。警察姓乔。自然又被送到马家楼。关了一天，水牛市就来了四个人，全是水牛哞哞酒厂清算小组的人，来接他们回家的。四个人，打头的是轻工局的老傅，快退休了的，阿弥陀佛的一个驼背老头儿。躬着腰对刁有福他们说，清算快结束了，弄得我们腊月二十几跑到北京来，哪个愿得？

去买火车票，哪里还买得到。雪越来越大。他们就联系坐长途汽车回。接访的又接了三个进京的上访者，一共十人，让一起走。老傅说，咱们回去的钱都不够了，只好两个人买一个铺。老傅还说，车是咱们水牛市的车，给司机说了，一人少收五十块，但要到京珠高速入口的地方上车。

又坐了一个中巴到京珠高速的入口，一人二十，等于一人只节约了三十块钱。上了车，五人在被窝里，五人在过道里。车上准备了小板凳，三个小时一换。老傅他们也一样。坐在车里那个冷啊，可不好受。老傅他们对刁有福说，你们可害苦了我们，你们自己也遭罪，何苦呢？

可是，苦才刚刚开始。车行了不到一小时，就停住了。前面通知说高速公路封了路，路上有冰，前面已经出现车祸。车停在冰天雪地里，司机不开车，也就不发动汽车，车上更冷，苦苦地蜷在车里，三小时一换，一夜基本没睡。一次一次地冻醒。晚上雪更大，离春节只有三天了，腊月二十七了。可能考虑到大家都要回家过年，路又开放了，但行得慢，车如蜗牛在路上爬行。很多车撞了，很多车歪在路边，这些车毫无疑问只能在路上过春节了。这样壅塞着，救援车也过不来，还没有吃的喝的。

刁有福穿得少，鞋是单胶鞋，袜子也不保暖，一件薄棉袄，司机还是很有经验的，小心翼翼地开。刚过黄河大桥，前面躲一个路障，车歪滑到旁边，擦着了护栏。刁有福那时候正在打瞌睡，一个急刹车，他一头撞在卧铺的铁柱子上，鲜血直流。老傅当时也撞了，捂着头一起下车。车外大雪狂泻，大家一起推车，搬石头，还终于将车推上了路，花去了四个多小时。师傅说完全不能走了，可乘客嚷着要回去过年。师傅说是过年重要还是性命重要，你们没数吧？一路翻了多少车？有人说数了的，从北京出来已是三十多辆了，估计死人也不少。怎么办呢？师傅说等一夜再说。有人听收音机，预报未来几天仍是大雪、大雪、大雪……

十个人的开销很大，到周围老乡家讨吃的，走路不说，一碗面三十块。还加上一个老年上访者，七十多岁了，心脏病、高血压，一直不舒服，心慌，早搏，喊叫，说人不行了人不行了。老傅没有办法，就说这样咱们要冻饿而死的，不能这么等。跑到村里租了一辆农用车，大家爬上没遮拦的车厢，一路颠簸给拖到了郑州，准备坐火车回家。

想法很好，可到了火车站，我的天，人山人海，全在风雪中，估计至少有十万人，都是因大雪滞留的回乡客。老傅当即吓瘫了，请示市里，市里说车不得来，就是有直升飞机也开不来，你们还是等吧。问大家在郑州有没有亲戚？大家说没有。有没有朋友？大家也说没有。老傅说，有借点钱也行啊。去站队买票的人算是终于买到了票，票是腊月二十九即第二天的票，且是慢车。慢车总比在异乡的冰天雪地里好，大家只好就这么了，就到处去找简易旅社。走着走着，患心脏病的老头心脏病犯了，一声哎哟，倒在大街的雪水里。大家七手八脚把他抬上一辆出租车去医院抢救。人是醒过来了，医生要他住院治疗，说否则有生命危险。哪有钱住院？医生说不能赊账的，过年哪能赊账，你们走了出了危险我们概不负责。老傅怕出人命，只有哭。老傅蹲在医院的走廊里呜呜地哭，刁有福他们就劝他。好在醒来的上访老头自己要求出院，说没事的，要回去过年。打了一针，开了点药，大家就扶着老头离开了医院，都说医院黑心，认钱不认人，毛主席那时候不是这样的，有人道主义，现在鸡巴主义都没了，钱就是主义。

走出医院，又发现一个上访妇女的鞋破了，漏水。老傅说没钱，刁有福就拿出了二十元钱，让她去买了双鞋。

好歹在街道旅社对付了一晚，没了钱，大家一人买了个烤红薯当晚餐。第二天去上车，哪里挤得进站，上千的武警战士维持秩序，挤进站去离开车时间只剩二十分钟。

在家家团圆吃年夜饭的时刻，刁有福回到了没家的家。没有亲人（连儿子也不认他），没有房子。房子是租的。他在"家"里昏昏沉沉睡了两天两夜。初二去找工友。工友们知道他们回来了，朱大军他们已经告知，还传了话，说接访人员包括清算小组都言之凿凿地答应了工人们的要求，一定要解决问题。

初五的那天，信访局的人要他去。他问几个人？朱大军他们接到通知没？来人说去了就知道，他只是传话的。刁有福就一个人去了。去了不仅有信访局的人，还有一个市政府办公室的什么主任，坐下就问他："你有什么想法？"

我有什么想法？这主任问得！这主任还一脸的凶气，想在气势上压倒刁有福。只留下一个肾的小下岗工人，大主任那一身暖和的红色羽绒服和里面的碎花黄领带不压死你！人家正气堂堂（代表政府），你猥琐不堪（无业游民上访户）。

刁有福说："我没啥想法，老傅去接我们，接访的也说了，答应我们的条件，落实破产企业职工生活费，一次性补偿生活安置和社会福利问题，再就业扶持都一并解决的，国家法律也是这么规定的。"他这么说也有了正气，至少感觉是如此。因为他代表几百号工人，他身后站着那么多人，就不那么自卑了。

主任说："法律是个大框框，咱们这里不一定适用，一个地方有一个地方的实际情况，你们那个酒厂也有你们那个酒厂的实际情况，对不对？这样吧，你提个条件，过年没过完，我们找你来，是诚心诚意的。说白了，只要你不带头上访，你的条件我都答应。”

有这种好事么？压力是好事，过去他们咋那么傲慢？过去咋对咱们不理不睬？看来还是得上访，给他们一点压力，遣送回家也好，劝其回家也好，押送回家也好，上访是有效果的，他们当官的就怕这个。因为对他们而言什么最大？乌纱帽最大。他们怕丢乌纱帽。

旁边浮肿的信访局长也说，老刁，说到底，你不就是再就业扶持嘛？你过去的酒坊和猪场都能恢复的，我们帮你想办法，只要你别到处乱跑了，你身体也吃不消呀。

他们在说话时交换眼神，估计有些事已经商量好了。他们竟然说了个价：五万。给刁有福五万。

五万？他听清了。刁有福听清了。五万很诱人。五万能做很多事。对现在身无分文的他来说。可是一想刁有福就不能答应。刁有福说，我不能答应。

“少了？那……你说个数，好不好？”

“不是少了，我不能一个人得钱。因为现在我是工友们推荐选举出来的代表，我肩负几百号人的重托，我不能只为自己，那我要被别人骂死的，我做得的？他们选我带这个头，我把事没搞好，我一个人得了政府的钱两脚踩西瓜皮，溜了，我怎么向职工交差？你们替我想想。”他说的是对的，那张委托书上有这句话：不能有损委托人利益，这句他记得很清楚，时常会叨念。还有那些人，给他下跪，有的比他年纪大，那么多人……

那一方语塞了，互相看着，没话了。信访局长说，怎么不行？

一个一个解决么。你先恢复生产带个头，你少了，再加一万。六万，作为你遭水灾、又负了伤的补偿。政府是有情有义的。其他的人呢，我们象征性地表示一下——肯定是要解决的，先表示一下，如果都跟你一样这么补偿，政府财政要瘫痪。

刁有福不表态。刁有福说："这个不行了，也许之前可以。"

"什么之前？"

"大伙选举我之前。"

"你接受了别个又不知道。"

"没有不透风的墙，"刁有福说，他很坚定，"我唯一的条件是与全厂职工一起平等解决。"

他说出这句话来，心情轻松了一大截。

"好，你有种，你有种。"政府的主任说。

5

天气有些转暖，杨柳抽了青。

刁有福寻思着搬回村里去照顾爷爷。爷爷八十多岁的人了，现在没地方住，是亲戚腾的一间空房给他住的，近来犯了哮喘，得伺候他几天，再上北京——如果他们不能答应他的条件的话。

回了村，他给爷爷说，等我把我们厂里的事跑出个眉目了，给了我钱，我带您去看天安门。爷爷说，你门板都没一块，还带我去看天安门！他把政府要给他六万块的钱的事讲给爷爷听了。爷爷说，你做得对，不当要的钱不能要，大伙有比你更苦的，人家信任你，要你打这个头，就把事办好。办不好，也不能让人说闲话。刁有福说是的。

刁有福跟爷爷挤一个床铺。时间不等人，他认为只差一口气，上北京再上访一次。

他去了。这一次他先去了清华大学的法律诊所。法律诊所的教授看了他的材料，很是同情，去了信访局、全国人大、高法，又在他们指点下去了几个律师事务所。但一次约谈要一百元。他不敢乱花，这些钱是工友们凑的，是他们从牙缝里挤出来的钱。京城律师也黑，趁火打劫。没办法，他想只有走老路，去使馆区，让拍照。拍照才有戏。

他带上横幅，站在那里，姓乔的警察来了，见了他嘿嘿笑。刁有福说，你给我拍照。乔警察说，我拍了照，你就有了前科，两年就不能来了，再来要劳教的。刁有福说，你尽管照，我就是要照的。乔警察一手拿出照相机，一手拿出"拘留证"，说，你想清楚，你还是走得好，免得我送你走。可走投无路的刁有福铁了心，说，你照。上次就是没照，没解决问题。我让你们拘留。

乔警察就照了，然后把他带到派出所。乔警察说，你要想清楚，现在你依然想怎么走就怎么走。刁有福说，我想拘留。乔警察没办法，给他开了"拘留证"，把他关到一堆上访人员的拘留所里。关到第五天，水牛市的接访人员来了，到驻京办再关两天，凑齐七天。到了驻京办，那些人对他很客气，开门见山地说，老刁，你提条件。驻京办后头有几间平房，是专门关进京上访人员的。刁有福还是不提，说你们关我好了。关了两天，时间满了，他们只好将他放了。

刁有福又去跑，又要拉横幅。殊不知，他早就被水牛市的接访人员盯住了。印了横幅回来的晚上，就有水牛市的接访人员找到他，要拉他去吃饭。刁有福说我吃过了。那两个人说，再去喝一杯，吃涮羊肉。刁有福说我不喝酒的，我酿酒几十年，没喝过一滴酒。那两个人说，你这样越闹越解决不了问题。你已经拘留，下一步是什么你自己清楚。刁有福说，二次劳教，三次坐牢。无所谓的。那两个人说，你在北京瞎搞，有新的清算组进驻你们厂了你知道吗？刁有福说，哄我！不是老傅他们了？他们说，老傅退休了。刁有福说，拖了七八年，还没有清算完？你们拖得，我们职工等不得，都等死了。他们说，得按程序慢慢来，总不能一句话不对，动不动就往北京跑，到中央闹。刁有福说，我真的不是闹，我要是闹，一颗炸弹把你们驻京办炸翻了。

“你是想搞爆炸啊？”

“我是打个比方。”

第二天早上刁有福准备起床，就被警察从被窝里揪起来，说跟我们走一趟。走一趟凶多吉少。刁有福说我没犯法。警察说你是没犯法，准备和即将犯法。警察把他拉上车，就带到了火车上，交给了乘警。乘警将他安排到软卧车厢里，是四个人住的，就他一个乘客，有两个乘警陪着。刁有福不自在，住这么好都不自在，说我事还没办完，为何要我回家？乘警说，你有很危险的言论和举动。刁有福想起来是他说话的问题，就苦笑说，我打个比方就把你们吓成这样了，你们也太不经吓了。

在车上慢慢有点愤怒，滋生着。心里兵荒马乱，拘留了也没办成事，回去不就劳教吗？下了火车，就有信访局和警察来接。刁有福心想我真得坐牢了。但他们把他弄到信访局。浮肿局长笑着说你拘留了，还要搞爆炸呀？刁有福说是拘留了，但爆炸我是打个比方。局长说，恭喜你。刁有福说，我自愿的。局长说爆炸可搞不得的呀，你是要解决问题，不是搞破坏的，是犯大法的。刁有福说你们不解决嘛，弄不好，我真要走这条路。国家养你们，你们哪一点想为老百姓办事？局长说，老刁你冤枉我们，我们又不是执法部门，一无权，二无钱，只能协调。这都说了，你不听，你上访访出味来了吧？刁有福说，局长你这是什么意思？局长说，说白了，现在上访解决问题来得快，都是这么想的，可提很高的要求满足。老百姓也懒得打官司了，打官司慢，还要钱，一上访，领导怕了，签个字，下面就给办了，领导一句话比法律强一百倍。再呢，你们这些人抓住了当地政府怕你们进京上访的心理，过去咱驻京办是在北京要项目，现在是在北京接你们上访的。政府一退再退，百姓一进再进。你们尝到甜头了，脚一抬，去北京。

刁有福不想听他的这些话。刁有福反问，我尝到了什么甜头？我真愿意拘留坐牢？拘留所里的饭好吃些？局长说，现在的人不以坐牢为耻，反以坐牢为荣，这个社会呀！我说老刁，这样，六万就不少了，你过去虽是老板，现在跟我们在一个起跑线上。不能一锹挖个井是不是？刁有福很气愤，说你们小瞧我了。我不是你们想象的那种人。局长说，你是哪种人？就算你很有公心，你不是不知道，新的清算小组已经进驻，你还进京，是不是无理取闹？不就是你说的那些事吗？你要求一次性补偿生活安置问题与福利问题，你们厂破产资产未变现。另一个你们关于落实下岗人员再就业扶持政策问题，社保局早给你们发了“再就业优惠证”，你水灾前的酒坊不就是这么扶持起来的吗？

刁有福说，你们想把我怎么办吧？

局长说，今天你回来，我们希望是最后一次。我们对你的事很重视，各级领导。我们会同有关部门商量，先让你恢复生产，跟你们村也协调了，租几间村里旧房，把酒坊恢复行不行？钱我们先垫，就算贷款吧，以后你发大财了，有还的还，没有不还，这还不行？这样就不是给你的补贴，你就给职工们有个交代了，但就是给你的，归你了。六万作为你的启动资金，买母猪，置办设备，你说个账号，钱马上打。

刁有福说，我表示感谢。就算是你们给我是贷款，别人要问，为什么刁有福能贷，我们不能贷？局长说，因为你的情况很特殊嘛。刁有福说，就算特殊，但你们要我恢复造酒，人家打我诬蔑我，把我的名声搞臭了，我造的酒往哪儿销？我的酿酒原料像高粱到哪儿进去？我的煤炭哪儿赊去？

局长说，你给现金嘛。

刁有福说，总不能老是现金，哪有那么多现金？你们不懂。

局长说，那就先恢复养猪场，我们送你二十头母猪。畜牧局送你，行不？……不叫送，叫赊，叫赊。

刁有福还是不表态。

局长说，希望老刁你带个头，稳定稳定你们厂那些工人的情绪。我们是做到仁至义尽了。你这也不行，那也不行，逼得我们跳河去的？希望你和所有工人们以国家主人翁的精神支持政府工作。

刁有福嘿嘿笑起来，我们工人还是国家主人翁？过去可能是，现在早不是了。饭都没吃的，哪有这样的主人翁？现在你们才是主人翁。

局长说，老刁，你这姓蛮像你咧。

刁有福说，您郎嘎就说我是刁民喽。

局长说，你自己说的呀。

刁有福说，当你说我是刁民的时候，你中午有人请，有酒喝，坐上席。晚上有人请你洗脚按摩，唱歌打牌。回到家清清爽爽，说不定用去了两三个避孕套。可我中餐还没着落，顶多找个路边摊吃碗面。还没有家可回，儿子不知在哪里。你儿子已经找好了单位，穿得周周正正上班谈女朋友，几十万的结婚钱已给儿子媳妇留好了。我身无分文。你说这刁民谁愿意做？……

没个结果。刁有福也没被关。跟几个工友通了个气，就回到村里。去村里要过两条河两个渡，淤泥村在淤泥深处。他回到村里，爷爷不在，有人告诉他说，有福，你买这么多母猪，又发了！刁有福很纳闷，去找爷爷，说他爷爷接母猪去了。

事实胜于雄辩。他爷爷正在村里的老知青点喂猪。饲料也给拖来了，都是你刁有福的啦。饲料堆在那儿，可吃一个月。村长在那儿笑嘻嘻地说，有福，你真有福啊，告状告成大爷了，什么都有人给你办，你是个人物哩。刁有福只好给乡亲们撒烟。乡亲们说，有福是有福，我们是没人管的，政府咋这么怕你咧？村长说，闹而优则仕，造反有理，有福啊，你是新时代的造反派啊！

刁有福愁。二十头母猪，大汪小叫。又雇不起人，自己喂，爷爷已经快卧床了。猪栏是四十年的知青房，漏雨，歪歪欲倒，洪水泡过。写有“广阔天地，大有作为”的字却很有气势，很鼓舞人心，仿佛是刚才为刁有福写上去的，专门送给他的。好好干，哪儿也别去，什么都不想，把猪喂好。

有一天，朱大军他们来了，见他在喂猪，就很生气，说有福，你倒好了，总得给大伙一个信哩。刁有福说，我哪走得开？朱大军说，我们早晓得了，你以为你吃了个大粑粑？不是的，他们给你猪，就把你捆在村里了，一天也走不开，让你去北京去得！

刁有福一想，是呀，我咋没想到呢？这些猪，一日三顿，我天天伺候它们,还脱得了身?他们可阴呀,想到这些气就不打一处来,只怪自己头脑简单。朱大军他们带来的信息是,现在厂里留守的有水喝啦。过去因为欠水厂的水费,人家停了。留守的人到外头挑水。还说开始登记低保了,不过条件苛刻,估计只有十来个指标。还听说有一次性补贴,一人一千五百块钱,但要分五年给,也就是一年三百块。

刁有福说这是好事呀,这证明咱们上访有了结果呀。好事好事,大好事。可朱大军说,但是医保啊失业保险啊、安置费啊,还是没提。不过不少人还是很感谢的,总算有人管大家的事了,过去是不管的。事情真有些平息了。朱大军说,我不是来说这些的,我是感觉不对,清算小组在工人中挑拨我们与工人的关系,说我们的坏话,不可不防啊。刁有福说他们说了什么坏话?朱大军说,他们在工人中放话说,我们拿大伙的钱在北京大吃大喝,游山玩水,找小姐按摩。还说你是用大家的钱为你自己上访。

刁有福听后背脊发寒,感到不安。他们这样挑拨离间,有什么意图呢?

饲料吃得差不多了,他就要爷爷打半天照护,自己去了信访局。问有人造他的谣,该如何处理?信访局的人言辞躲闪,说不要听外头的闲言。刁有福说猪没吃的了,你们说咋办?饿死了我是不管的,我也没钱买饲料。信访局给他写了张纸条,要他去农业局。农业局又给他写了张纸条,要他到几十里外的一个饲料厂拖二十包。刁有福说我没钱雇车,请你们帮忙送到淤泥村去。农业局干部说,你这人蛮牛X呀,你以为你是市长,要我们送我们就送?刁有福说那怎么办呢?农业局干部说你找信访局去要车。

刁有福回到信访局。浮肿局长说,你在家等两天,我们找个便车给你送去。

刁有福信以为真，在村里等着。猪吃最后一点饲料加上他在湖里打的猪草。等了两天，果然来了车和人，不过不是货车，是个小面包车，没拖饲料来，下来两个人是信访局的，说有事要他去一下。刁有福见情况有点不对，就问有啥事，为什么不给我送饲料来？那两个人说会送的，你先去，保证不是坏事儿，有事要与你商量，包括厂里的事。那两个人没什么恶意，还笑嘻嘻的。刁有福就疑疑惑惑跟他们走了。

他们把他带到市委党校，刁有福看到那个招牌了，那个躲在城外古墓旁边的绿森森的大院。刁有福在操场上问他们，你们叫我来这里干什么？一个司法局的局长说，给你上上法制课。刁有福要走，要离开党校大院，却被几个男人扯住了，大院的门也关上了。当时这个学校没有什么学员，操场上长着野草，有点荒凉。那个局长说，这是市里决定的，对你进行一次法制教育谈话，你要学一下信访条例。

"你们把我关起来了？"刁有福问。他的情绪在这句问话之后有点滑向失控的边缘，"你们给我东西！"

局长他们说："啥东西？"

刁有福说："行政处罚要给东西我。你们没有东西，拘留也要拿拘留证，给我看，我签字，不签字还无效，这个我懂。你们无缘无故把我哄来关着，是违法的，没有东西给我看我就走。"

同来的信访局浮肿局长说："老刁你提条件，不提就不放你走。"

"我的条件是与所有职工的问题一起彻底解决。"

"别人的你不管，不是在解决嘛。今天你只提你自己的条件。"

“我是工人代表，我要提就是全厂工人的条件，我不会给我一个人提条件，我不愿背骂名。”

“那你写个不再上访的保证书。”

“这办不到。”

“那就不能让你走。”

“你们歪嘴巴吹火邪完了！你们敢这样不经任何手续光天化日之下拘人?!”

刁有福爆发了，刁有福用脚去踢他们的宣传橱窗，再蹬他们的汽车。冲到铁门那里摇他们的铁门。

“放我出去！放我出去!”

几个治安队的人就去拽他，要制服他。可那时刁有福疯了，任何人也拦不住。他手上拿着砖头，见什么砸什么。还冲到教室，要砸他们的电脑。边砸边喊：“我没有犯法，你们凭什么关我！放我出去！你们不能限制公民的自由，我今天不给你们留点记号你们不晓得我来过！你们有种的限制我二十四小时的自由！……”

事实是，他太狂躁，还据说误伤了党校的业务校长，让校长眼睛青了一大块，头肿得像猪头。于是，在闹了七八个小时之后，在请示了有关领导之后，在半夜将刁有福放了。

刁有福拦了个车，跑去敲开朱大军的门，把被他们叫来关进党校的事通了气。朱大军说这事闹大了，你要注意点。他说话时不住地发抖。朱大军说，我是不是要离开这里？刁有福说反正你留个心眼。他们主要是冲着我来的，我砸了他们的一点东西。

回去的第二天，猪饲料就拖送到了猪场，是信访局的一个人押来的，说你是误会了，不是关你，请司法局的人给你讲讲信访条例，是怕你触犯法律自己吃亏，再是要商量你恢复生产的事，结果闹得不欢而散。其实这次领导很重视，在市郊给你租了块地，帮你搞个养猪场，第一年租金政府出，手续全给你办下来了，你就别闹了。你砸了那么多东西，我们也没哪个追究你。你回头给工人们做做工作，和谐社会，大家心平气和。

刁有福说，你们这么搞，能和谐得了？

来人不仅给他带来了饲料，还带了些吃的点心、补品，说是安抚他情绪的。中午还在村里的“农家乐”请他和村长喝了一顿。酒是好酒，稻花香陈酿。喝完后另叫了两瓶，说是送给他爷爷的。气氛有些缓和，刁有福也喝了几口酒。刁有福那样发泄砸了东西后还是有点后怕，后悔。他们不仅没抓他，还有这么优惠条件。真如他们说的，在市郊让我办个养猪场，第一年租金免了，我再为大伙跑，市郊又方便。刁有福说了个活话，说如果你们是真心实意，又给大家解决问题，我可以考虑去做点工作，但必须合情合理。要办低保，十几个肯定不行，要至少增加到五十个。来人说，你的要求是合理的，完全是替别人着想，又不是光为自己。你这人大公无私，我极佩服。现在的人都只往自己怀里扒，你的精神不愧为工人阶级先锋队的精神。我不是恭维你，你又不是我的领导，我恭维你有个鸡巴用。我回去给领导汇报就是了。

来人喝了酒话多，脸上红得像只油焖大虾。勾着刁有福的肩像哥们，不放。一直勾到猪场里。

来人最后说，政府和百姓都要互相体谅。你们不能提到当官的就都姓贪，官员们不能提到老百姓就都姓刁。现在官民之间的误会太深了，一定要化解。

6

这之后，村长每天来他猪场一趟，问他饲料够不够，猪长得咋样？这让刁有福有点奇怪，问是哪个吩咐您郎嘎这么关心我的？村长说你是大人物了，重点保护对象，自然有人吩咐。

这天，村长来过之后，刁有福刚出了粪，正在猪场里歇息，有几个男人出现在门口。这次就不怎么客气了，说是警察，要传唤他去派出所一下。刁有福见他们没穿警服，问为什么传唤？他们说是根据《中华人民共和国治安处罚条例》第四十九条的规定，因为党校报案了，你砸坏了人家公共财产，还打伤了人，必须去派出所把事实核对一下。

这就是抓他了。他这些天有某种预感，村长鬼鬼祟祟整天盯着他，肯定是有问题的，没想到是要抓他。刁有福说，请你们出示传唤证。那些人拿不出。看派头，定是警察，很有来头的，几条汉子。刁有福知道这次是真正的凶多吉少了，说你们是断然带不走我的，拿传唤证来，拿逮捕证来，我不会跟你们走的。他的爷爷已吓得半死，张着嘴看着孙儿喘气。

猪场里满是苍蝇，警察们挥舞着双手驱赶落满他们脸上和脖子里的绿头苍蝇，说，老刁呀，你不去我们可不好跟领导交差。

刁有福不知怎么办，低声在那儿咆哮，想跑出去大喊让村里人都知道，最好盼有支援。可警察不愧是警察，把他堵在猪场里，他走不出一步。他还是喊："你们拿拘留证来，拿铐子把我铐去！"

双方僵持，警察不能近身。他那时手上拿着割猪草的镰刀，刀口弯曲，寒光闪闪。那几个警察不停地打电话，估计他们的领导这次发誓不退让，一定要把他拿下。

只过了一会，又来了几个当地的警察，穿警服，还带有武器，当然包括铐子。这回是真的了，刁有福跑不了了。

“你们没有传唤证哪个敢过来，过来我砍死你们!”刁有福孤注一掷了，死命抵抗，挥舞着镰刀，不让人靠近。几个训练有素的警察试图冲上去，高喊要他冷静，放下凶器，不要妨碍公务，但在镰刀的劈杀中谁的骨头敢一试？几个人撞在了一起，有的绊倒了，被同伴救起来，拖过去；有的用板凳抵挡，又退下阵来。警察终归是警察，一个警察向他喷出了催泪瓦斯。一阵烟雾，一阵眼睛的深切刺痛。刁有福本能地去擦眼泪，这当儿警察们一拥而上，把他按倒在地。刁有福当然要本能反抗，但身上、头上有袭击，几下子，就倒地什么都不知了。

等他醒来，已在一个黑屋子里。里面有许多人，气味恶臭，人都挤在一个通铺上，相当于北方的土炕，山里的大车店。他一问，是看守所。刁有福只觉得自己已经交给了疼痛，不是自己了，是一团被疼痛搅拌的肉末。自己的夹克不见了，穿的是别人的衣服。屋子里的人，至少有十个以上。有人给他让出一点地方，让他躺下。但人挤人，只有一个身子宽。别人一挨近他，就碰着他的伤了，更疼。没办法，他只好下床，睡在地上。

别人问他是怎么关进来的，他说还不是上访喽。他们说你被打成这个样子，你肯定是不听话。刁有福说我是不听话。我凭什么要听他们的？他们指着别的人说，也有打的。是个小偷，被居民打的，抓住了死打。这看守所关的人三教九流，没什么好人，杀人、强奸、放火的，偷盗、吸毒、嫖娼的。可我一个工人代表却跟他们关在一起。

他只记得有一个月没换短裤，身上又烂了，伤口化脓感染。他要求去医院治疗，可看守他们的人说，你还没起诉，不能出去。一个屋子的犯人都嫌他，因为他身子发臭，又躺在水泥地上，睡一张席子。有人给了他一床被子，盖了身上背脊寒。垫了身下胸前凉。在一楼，又潮湿，这就让风湿上了身。那些人嫌他，他想老子还嫌你们哩，你们这些社会的渣滓。刁有福扳着指头等待他们早日起诉自己。但他不知自己犯了什么罪，就是按他们惯用的，妨碍公务吧，或是非法上访。上访也是罪吗？你无缘无故抓别人，别人一反抗，就是妨碍公务。

因为潮湿，刁有福在被子里打死了几只蜈蚣。有一次蜈蚣把他的脚咬了。后来他恨不过，把这只蜈蚣吃下去了。在看守所什么事情都可能发生。有个杀人犯手铐脚镣，他竟想办法把短裤脱出来了。大家研究他是怎么脱出来的，他自己也说不清。说反正想了整整一个月时间，要绕十几个弯子。后来听人讲，这是艰深的拓扑学，被一个杀人犯自学成才研究出来了。可后来他被枪毙了，这项科研成果只好献给了阎王爷。

在看守所还有人免费教怎么掏人家荷包，怎么诈骗，怎么撬锁，特别是有个撬保险柜的江洋大盗，教大家撬保险柜的绝技，还有怎么在单位财务室的电脑上破解他们的密码，将他们的存折变成自己的取款机。那个人说，现在各单位的保险柜里有大量的消费卡，超市的、商场的、酒店的，全是送当官的，没密码，只管去刷。有的几千，有的几万，十万的都有。这就等于现金，偷保险柜最划算，没有空手的。

刁有福学不了这些，他伤口腐烂，又自动结痂；再腐烂，再不结痂，一直烂到骨。反正不能动弹，腰椎都断了一样，头上的肿不消。

水泥地太难受，只有等白天大伙下床他爬上去躺一会。五个月后的一天，他才被叫号，让他出去。以为是起诉了，其实是换一个看守所。这次，换到了市区的一个看守所，条件较好，有医务室，这才给他治病。

上车后，五个月来第一次看见花花世界的刁有福有点激动。街道上很热闹，太阳很亮，自由很好。五个月没与外界联系，家人没来看他，工友可能也不知他关在哪儿，肯定不知他死活。爷爷还在不在？母猪是不是被他们拖走了？

起诉他了。罪名是：妨碍公务罪。

起诉书上说：

被告人刁有福系进京非正常上访和“告洋状”人员，无业。经政府多次教育仍不思悔改，我行我素。×年×月×日，水牛市信访局和司法局根据上级精神，对被告人刁有福在市委党校进行法制教育，被告人拒不接受教育，还砸破党校橱窗玻璃及小车前灯，毁坏路灯等物品，打伤党校业务校长×××。公安机关认为其行为已违反《中华人民共和国治安处罚条例》第四十九条之规定，于×年×月×日依法对被告人刁有福进行传唤。公安警察在亮明身份并出示了传唤证的情况下，被告人刁有福拒不接受传唤，办案民警遂向市公安局领导汇报请示，领导指令被告人刁有福居住地淤泥派出所现场协助传唤。该所所长李××、副所长张××赶赴现场，劝其被告人刁有福服从传唤，但被告人刁有福仍拒绝，并操起镰刀将李××、张××、刘×砍伤。后现场民警依然与其对话，要求被告人放下手中凶器，被告人刁有福仍一意孤行，不听劝阻，再将胡×、贾

> ××看伤(原文如此)。在这种情况下,民警使用催泪瓦斯将其制伏抓获归案。……本院认为,被告人刁有福以暴力方式阻碍公安民警依法执行公务,并打伤六人,经法院鉴定为轻微伤,情节严重,其行为已触犯《中华人民共和国刑法》第二百七十七条关于妨碍公务罪追究刑事责任。依据《中华人民共和国刑事诉讼法》第一百四十一条之规定,提起公诉,请依法判处……

这次开庭已经被厂里的工人们盯住了,因为刁有福是为大伙上访抓起来的。这几个月许多人都在找他。另外,因为听说请求给他安排个律师,但没有,要他自己去请。刁有福无钱,那个帮他写过几次上访材料的退休的代老师,表示可义务为刁有福辩护。因为盯住了开庭时间,开庭这一天,水牛哞哞酒厂的人加上别的工厂里上访的工友两百人围在了法院门口,要求旁听,要求释放刁有福。

这一次开庭被取消。工人们在法院门口围了一天,没等到。通知改时间。

一审的二次开庭,让更多因企业改制而倒闭的企业职工知道了,要求旁听的达五百人之多。都是来声援刁有福的。刁有福为职工说话,刁有福不拿自己的利益与他们交换,值得尊敬。就为大伙跑了两趟北京就要抓进去判刑,这怎么也说不过去。再者听说水牛哞哞酒厂的事因为上访有了点眉目了,其他厂里也在看着,也想争取解决生活问题呢。这一来,人就多了,法院一看不行,就通知凡是带了身份证的才能进去旁听。谁把身份证天天装在荷包里?又不是出差,没几个人带。就基本上进不去。进不去就关了门。辩护人代老师不是正儿八经的律师，不懂，想照几张法庭的照片，被法庭的人上去没收了相机，说他违背法庭纪律，当即宣布对其拘留七天。

而法庭外很乱，大家要求进去，有一百多名警察维持秩序。推推搡搡的，有人喊警察打人。可最后说是下岗工人冲击法院，于是抓了二十多人，一律拘留，少则七天，多则十五天。

刁有福就是在那天被匆匆宣判的，判了两年半。

法官很愤怒，里外乱哄哄的，法官的脸是铁青的，对刁有福声嘶力竭地说，我问你，你只能说“是”或“不是”。刁有福面对这个乱象有点哭笑不得，他根本没听清什么。你判，这种情况下你还要判，我当然要上诉。

我的上访是违法的吗？我去使馆区，那是因为万般无奈，要扩大影响，只扯了条横幅让警察拍照，又没干别的事，就是写的要工作要吃饭。这犯啥法？又不是无理取闹。你们后来关我到党校无凭无据，限制他人人身自由，你们没事，我砸了点小东西就犯罪了？你们不是说不计较的吗？原来要秋后算账，要抓我去坐牢。你们明明没带传唤证却在起诉书中说带了，带了我签字了吗？我没签字却说是我拒不签字，我根本没看见你们的东西，强行要带人。再者，现场的血迹究竟是谁的？有没有提取检验？血不是你们的，是我的，我在催泪瓦斯熏得睁不开眼睛时如何能把你们砍伤？我的夹克哪儿去了，是我昏死过去后你们脱去的，一定是有血，你们把它丢了。你们滥用职权，隐匿证据，诬陷好人。本人是工人推举出来的代表，依法向有关部门反映单位破产安置问题，绝没有违法！……

可是，终审判决，维持原判。

水牛市中院给了他一纸《驳回申诉通知书》。上写道：

刁有福：

你为妨害公务一案，对本院（××××）水中刑终字第64号刑事裁定不服，以“其系正常上访人员；水牛市信访局对其有非法限制人身自由行为；公安机关超越职权行为，受到其阻止，不构成妨害公务罪”为理由，向本院提出申诉。本院经审查认为，申诉人刁有福为达到制造国际影响，给政府施压的目的，于×年×月×日上午11时许到北京使馆区以打横幅的方式上访，其上访的目的，诉请的方式、场所，与国务院信访条例有关规定相悖，申诉人的该上访行为依条例应认定为违法上访。同时，申诉人的该上访行为还违反了《治安管理处罚法》的相关规定，因此于×年×月×日被北京市××区分局行政拘留七日。故申诉人称其“系正常上访人员”的申诉理由不能成立。×年×月×日晚水牛市信访局根据上级指示，针对申诉人进京违法上访的实际情况，组织相关人员在指定地点对申诉人进行法制教育，有事实和政策依据。同时水牛市信访局在指定地点对违法上访的申诉人进行教育，与非法限制人身自由的行为不能等同，且对申诉人进行教育时也未对其人身自由加以限制。故申诉人称“水牛市信访局对其有非法限制人身自由的行为”的申诉理由不能成立。水牛市公安局根据党校报案，在收集申诉人故意损坏财物的相关证据后，根据《治安管理处罚法》的规定，决定传唤申诉人到公安局治安大队行动中队进行询问调查，公安机关做出传唤决定的事实和依据充分，申诉人对侦查机关的合法传唤行为以暴力和暴力威胁方式加以阻止，其行为特征符合妨害公务罪的犯罪构成要件。故申诉人称“水牛市公安局传唤上诉人进行调查缺乏法律依据，受到上诉人的阻止，不构成妨害公务罪”的申诉理由不能成立。综上所述，申诉人的申诉不符合《中华人民共和国刑事诉讼法》第二百零四条规定的再审条件，原裁定应予维持……

7

刁有福被押解到劳改农场服刑。那个农场叫大河蟹农场，在一片芦苇深处，潮湿荒凉。农场的人给刁有福说，你别申诉了，你是不服。两年半很快就过去了，你要申诉是不会有结果的，有结果也在你出狱之后。刁有福说，我是冤枉的，凭什么要判我两年半？我犯了什么法？我没有砍伤人，全是诬陷，我不服。把我打成这样，我不服。

不服又咋地？到了农场他已经动弹不得，他的风湿更严重，腰椎疼痛难忍。不能动弹，当然也不能干活。但犯人每天要干活，要下地，到湖里去插秧割谷，扯草治虫。刁有福是动不得，干不了活，但也不能把他一个人放在监里，必须一起行动。天不亮刁有福就和那些犯人一起起来了，他们吃东西，他吃不下去。然后几个人就又是抱又是抬的，七手八脚将他弄走，走很远的路，弄到湖里，让他躺到田埂上。下雨一样，不下雨也是泥水。躺在那儿。让虫蛇爬，蚊子咬。特别难受的是一搬动他，骨头就散架一样，折腾得他痛不欲生。农场不能看他的病，有时给他两张伤湿止痛膏。刁有福就说，你们难道不能把我留在监狱里吗？还怕我跑了？农场的人说，这是规定，必须统一行动。就是死，也要跟上大部队。刁有福水喝不到，饭又咽不下，那些劳改犯不喜欢他，因为搬动一个大男人，是要力气的。就暗中胡乱搬他，像搬一个沙包一捆烂絮，随便放，野蛮装卸。刁有福就骂他们。他们更恨他，要吃的时候不给吃，要屙的时候不给屙，都在劳动，假装没听到，你又把我们怎么办？

六个人为一个互监组。互监组就是互相监督，搞“连坐”。一个人犯事，扣其他五人的分。分一扣，今年的减刑就无望了。大家都不愿跟刁有福在一组，互监组的五个人劳动之余还负责把他搬去送回，辛苦万分。更为严重的是，刁有福吃不下饭，胃口不好，就不吃，农场的警察说他是绝食，就把他用铐子铐在窗户上或关禁闭。当然把大家的分都扣掉了。农场规定，凡不吃饭的必须戴手铐。看着他铐在那里，几个人对他恨之入骨，让他大小便自己在裆里解决，号子里臭是臭点，但刁有福更难受。刁有福说，让我去死吧。那些同监就递给他绳子。刁有福又不想死，想出去的一天申冤。想自己家的人特别是儿子来看一下自己，想朱大军他们来看一下自己。

“绝食”是不可的，医生来吊水。吊点进去的东西撑不住一条汉子。刁有福就消瘦得不成名堂了。就把他弄到医院去检查，查出是乙肝。吃药。

狱警也同情他，有个人悄悄给他说看了他的案子，有点冤枉，出去后找个律师，这个案子可以翻一翻。翻过来有国家赔偿的，一天一百块钱。老刁你还能赔一万块钱哩。

差不多一年没有人来看他。刁有福很难受，想我是为了大伙，你们总知道我在哪里服刑，就这么不讲义气？

有一天，是探视的时候，有人就通知他说你家里人来看你了。

刁有福惊喜，就去探视室。是妹妹带他儿子来看他。爷爷不在了。儿子不说话，瞪他的眼，仿佛是仇人的儿子。一问，儿子没参加高考，因为高考前要填一个表，有“父母是否有刑事犯罪记录”这一栏，填表的儿子一见这个，心情就乱了，当即揣上表离开学校，将表撕碎扔进水牛河里。妹妹说，他想学一门技艺，厨师也行，你有没有钱？刁有福说，我等你们给我带点钱来的，我一身的病，这个样子看我能撑几天？妹妹你就先替我垫上，等我出狱了我会还你的。

找一个坐牢的人要钱，这不是找错了地方？那些犯人怎么辛苦，一个月也只能挣一百多块钱。何况刁有福完全丧失劳动能力，一分钱都没有。毛巾、牙膏、肥皂还是同监们和警察送他的。

刁有福见了这一面，心中全是伤心，妻离子散，家破人亡。

两年半，说难熬也难熬，说快也快。

刁有福从劳改农场出来的时候，只有八十斤了。刁有福还患有乙肝、丙肝、胃病、风湿病、头痛、严重腰椎间盘突出、高血压等疾病。刁有福是拄棍子出来的。农场里的犯人说，哥们，可一定要给我们丢两条烟进来。朱大军、杨帮国他们来接的他。说是有人通知他们来的。来后有点不好意思，说过去没来看你，是不知道。全是假话。他们都被拘留了半个月，是在刁有福一审二次开庭时。这些刁有福都不知道。朱大军进去后警察审问他说，刁有福是不是骗了工人们的钱。朱大军说不是骗的，是工人们自愿出的，钱都花完了，有账的。朱大军说，这两年他在外头打工，给个体酒厂当顾问，没赚到钱，也省了许多事，躲警察。杨帮国说抓进去主要是因为他们跟刁有福一起去了北京。刁有福让他们去买了两条红金龙的烟，五十一条的。就站到高墙外的一个拐角地方，里面是站岗的；不是警察，是那些表现好的犯人。先已经约好了的，吼了两声，里面有回应，便将两条烟丢了进去。烟在里面可比黄金了。这种五块一包的在里面要卖至少八十块钱一包。跟他同一天出狱的还有一个，也在外头丢烟。那个人说，老刁，你还能走啵？刁有福说，我明天就走到北京去。

朱大军他们言辞中对他有敷衍有躲避也有埋怨，他就不想跟他们在一起了。刁有福回了村里。

给爷爷上了炷香，磕了个头。路过自己的家，母亲住的地方。是她和她弟弟一家住了。娘家人真比自己儿女亲些？这逻辑怎么也让他想不明白。有说笑声。但那与自己无关了。

刁有福看那个老知青点自己的猪场，没了，里面堆着一些村民的柴火，有一只黄鼠狼从里面蹿出来，拖着红色的尾巴，几只鸡咯咯地叫个不停。恍如隔世。

他去找代老师，那个给他免费辩护却拘留了七天的老人。老人依然支持他，说我关几天没事。你是工人的代表，那么多人声援你，证明他们事没做好，社会有怨气。可惜我帮不了你什么。于是给他写请求书。大致是：请求省高院维护国家法律的统一性，不允许任何国家机关单位和个人有特权超越法律权限，保护每个公民的合法权益和人身安全；请求高院依据本人刑事案件，对此案进行公开、公正审理，依法做出改判；请求高院依法追究违法犯纪者、打人致伤者的犯罪行为。

许多疑问：现场的血迹是警察的还是本人刁有福的？本人的血衣哪儿去了？通过血迹鉴定就可查出谁是凶手，是谁藏匿和销毁了证据？根本没有传唤证和拘留证为何说有？如果有，为什么没本人签字？能否拿出来？本人只是受下岗工人推选为代表，依法逐级向国家有关部门反映国有资产流失和下岗工人疾苦，请求依法落实国家法律法规政策，却被非法关押乃至判刑，本人未谋求任何私利，对党和国家未有任何不敬不恭，未做出任何违反国家法律之事，几次所谓传唤时的反抗纯出自卫，并未造成大的经济损失和伤人，不够判刑。本人被他们动用催泪瓦斯，后打伤休克一天，谁才是打人者是一目了然的。本人之所以遭此厄运，完全在于本人拒绝他们的收买而恼怒他们。难道他们不能够给小民一个说法吗？……

“你真的还要去？”听说他的打算后朱大军不以为然，劝他，“别去了，胳膊拧不过大腿，我是看穿了。你坐牢，咱们二十多个被拘留，这事你斗不过他们。再说现在不少人得到了补贴，你坐了牢，啥好处也没有。现在吃低保的就不少了，大家一想，也就算了，不想搞了。人家就是教训你，杀鸡给猴看的，你一坐牢，谁都不敢动了。我也跑不动了，老婆要我照顾，陪不了你。也不想跑了，没哪个感谢咱们的。”

朱大军说他在自己弄个小酒坊，跟小舅子一起搞的。年纪也大了，穷点就穷点，图个安逸。

刁有福去工人家里，也没有什么人响应。大家看着他拄拐棍，风都吹得倒的样子，口里说你为大伙吃了苦，都有点避他。

家里呢？妹妹没钱给他，大声叱咤说你还想坐牢啊？没把家里人害死啊！你儿子现在在哪里游荡你晓得吗？是死是活你都不晓得，你半截身子入土了，你活着是为哪个你还不晓得？你白活了！你以为你是英雄，谁把你当英雄了？你充那个好汉干什么？给你六万你还不要，当过大老板是吧？瞧不起这钱，当初要是要了那六万，儿子至少可读个大学吧，还不会坐牢，把身体搞成这样，不就跟死了一样么？你管他们，厂里的那些人管你吗？

妹妹哭哭啼啼，还不留他吃饭，因为他有肝病，要他治好了再来。

刁有福站在湖堤上，面对茫茫大湖，只想哭。结果他哭了。不！我要为自己讨个公道。我连累了一些人，这是别人怕我的原因。我只有硬扛到底，牢不能白坐了。虽然我的确不是他们的对手。他们那么庞大，我这么弱小。

刁有福去信访局，要求当初承诺给他的兑现，就是在市郊搞养猪场的，还有那些给他的猪呢？局长换了。刁有福找人找不到，说不是我搞的，你找过去的局长去，哪个答应的找哪个。刁有福去找原来的浮肿局长，浮肿局长浮肿得更加厉害，在住院，尿毒症晚期。把自己的血在机器里倒腾来倒腾去。浮肿局长说，我快死了，过去有对不起你的就带过吧，有什么事你还是找新局长去。

他回头找新局长，总得给我个说法吧？

新局长说，过去的事不知是他们怎么研究的，时过境迁了。你现在是劳改释放人员，只有找街道。

刁有福说，我现在连下岗职工都不是了？

局长说，从一定情况下说，你的确不是了，要我们怎么搞，都是法院定案了的。你要翻，去找法院。你只有通过法律途径解决。

那几天，水牛市在搞水牛文化节，还请了外国人来斗牛。刁有福真想搞一点什么惊天动地的事出来，让自己的气消下去，让事情得到解决。他想背氧焊的电石，一下子在会场上倾倒出去，然后点火。

他找到了自己的儿子。儿子在一个小餐馆切菜。给他点了一个回锅肉，还给他上了一杯啤酒。刁有福喝了酒，给儿子什么也没说。儿子破衣烂衫的，一看就是个没父母的人。刁有福喝昏了，在那个准备开幕式的大台子那儿就这么想。

他想走极端。

你们逼的嘛。

儿子竟然给他送来了一千块钱。

刁有福不想走极端了。他号啕大哭。

8

这一次刁有福把材料递到省高院后，赶快去了北京。

这一次有戏剧性，他碰到了几个老上访，老朋友，是长期驻扎在北京的，见到他这副鬼样子，一问，原来是这样的。大伙为他鸣不平，怂恿他再去使馆区。

又找到了乔警察，乔认了半天没想起来，后来总算记起来了，说噢噢几年不见，吸毒了？因为他瘦得不成形了。刁有福说坐牢了，两年半，刚出来的。乔说，想要我做什么？刁有福说，拍照。乔说你这样是错误的，得不偿失的，你们水牛市的人是不是都像你一样犟死一条牛？刁有福说，不是。你照就行。乔警察说，二进宫，你也不怕？能折腾哪。

这次再抓进去，驻京办把他领走就烦他了，他也不服，跟他们大闹。因为是平房，把他锁在屋里，他不吃饭，砸门，砸锁，保卫人员见这个死鬼样的人还这么凶狂的，冲进屋来就揍他，他经不得几下，高血压犯了，浑身抽筋，不能动弹。那些人怕出人命赶快溜了。好在妹妹给了他一个旧手机，刁有福就打电话要几个老上访来看他。这下来了不少人，上访的人互相帮助的，义愤填膺，说这还了得，驻京办敢打人？就扯了横幅到公安部去给他陈情。一个工人代表只因为了下岗工人们上访,被整成这样了,你们不能救救他吗?当时有一百多人。事情闹大了,公安部得知情况,派人来看了,一看,当场就发了脾气,说这不是草菅人命吗?立马把水牛市驻京办主任吼了一顿,指示:不管人家对错否,赶快把人接回去住院。

这次是有人护送回水牛市的,是抬到火车上的。本来他就动不了了。

这次他住进了医院。他住的是单间,天天有人给他饭吃,都是漂亮年轻的女护士。信访局的对他突然客气了,嘘寒问暖,还买来衣服,天天查血查屎查尿,吊营养水,还有人按摩治疗。刁有福哪享受过这种待遇,怕自己付不起这医药费。可信访局的人说,你只管住,有人买单的,住多久都可以,把病治好为止。

刁有福身体慢慢能动了,脸上也恢复了人相。体重也有增加,胃口也好了。

有个女医生看他很熟,说你是淤泥村的?你记不记得那年水灾,你把我带到洪水里说有病人?刁有福想起来了,想起水灾的那年他坐船到的那个地方,那夜晚的情景。他说我的确看到了一个快死的病人的,瘫在屋里。但女医生说,事后我问了,我们没发现这么个病人,也没个孤岛。怪呀,他想,真他妈怪。

信访局这次不仅让他过足住院的瘾,还给他答应了不少条件,关于翻案,他们说不可能了,有点难。让他举证。他难以举证。但可以解决他的生活问题;可以帮他儿子安排工作;可以贷款给他五万元恢复生产。至于过去答应的六万,是当时的情况,现在不可能了。

刁有福拿贷款的五万元回到村里,想养猪搞酒坊,让儿子跟他一起搞。儿子答应了。这年有点大雨，淹了一些低洼地，他带着儿子回村时想到那年的事，是哪一家呢？是哪块高坡？或是走错了？或是碰上鬼了？让我这几年这么晦气？他就大喊大汪了一阵，把鬼吓跑，把身上的晦气抖落。儿子吃吃地看着他发笑。他说，你笑个么事，我真碰上过鬼的。于是就把发大水那年的事讲给儿子听。后来他说：

“儿子，你能不能把你妈请回来？”

儿子看看他，说：“我去试试吧。”

……前妻来到他的酒坊和猪场时，他已经开始生产了。他把基地安在了靠堤边的高台上，恐怕再来水淹。也是租的村里的仓库。有酒飘香。猪开始四处跑动了。他还在住院，没退床位；挂着，有时去开点药。差不多住了一年。断了六根肋骨的前妻是跟她弟弟一起来的，还有儿子和妹妹，拖来了一车高粱。

生活似乎又开始了。他给自己的舅子摆烟，端来新出的酒。舅子是个酒仙，鼻子红红的，在一个广告印刷公司搞办公室主任，专门陪客人喝酒的。他喝过之后闭了眼，然后看着刁有福，激动地对他说，好酒！46度，兼香型，“水牛哞哞”，好多年没喝了，你又把它给弄出来了?!

是的，刁有福又把它给造出来了。舅子说，“水牛哞哞”死而复生，反正早就没人要了，你去再申请注册，就是你的了。肯定受欢迎，我找人免费帮你设计包装……

哞啊——哞啊——

堤坡上，到处是哞哞欢叫的水牛，好像在替他未来的白酒做广告。

跳桥记

1

公胡子，一个会唱歌的人，喉音很重，音色很好，有一把黄胡子，是个很有板型的中年人，文艺范。可他是一个下岗工人。五十来岁，神色凝重，动作迟缓。虽然有型，但常穿着菜市场买的廉价布底鞋，衣裳宽大无边，皱皱巴巴，泥点油渍，此起彼伏。

事情发生在秋天。

秋天的武汉雾霾严重，约有一半人咳嗽，医院呼吸内科赚饱了钱，那儿熙熙攘攘，有点像这个故事的发生地——武汉野猫滩大桥的交通景象。秋天是跳桥的好季节，雾霾沉沉，如云雾缥缈，这座高耸的悬索大桥像铺在神话和传说里，伸展到天堂。往下看，就像神仙往人间看，有一种居高临下的气氛，对尘世可以不屑一顾。往下跳，也就是下凡人间：女的像七仙女，男的像孙悟空。

话说这一天，厂区门口有电视台的在办有线电视缴费，但许多老爹爹老太婆在那儿吵吵嚷嚷，说还交个屁，这里不是全拆了归开发商吗？我们不是要搬走的吗？拆了，收视费没看完找哪个退去？社区收钱的人就说，自然是要退的，这拆房子的事还八字没一撇。

有人问那究竟是几时呢？拆字写了一年多了。公胡子对这事想起来就着急。住得好好的，要拆，到时还建，拆多少还多少，自己的才三十平米，现在一套房子少说八十一百平米，那就要按商品房补差价，到哪儿筹这笔钱去？再说，拆了等还建房，少说两三年，说是要投亲靠友，没有的就租房住。城里的房子他租不起，到乡下去？那也没钱租。过一天是一天，但一提起这事就要发疯。一个人喊他说公胡子交费了。公胡子无端地火就烧眉毛了，竖起胡子就跟那人吵了一架，说老子还看电视？房子拆了把电视摆到马路上看？别人不理他的火气，说，找开发商去吵。要你看电视是保护你，这天天雾霾埋得住人的，你躲在家里看电视几好，省得上医院吃药吵。

公胡子吃很劣质的烟，这时就咳嗽起来。有老人说这是什么天哪，像是地狱。就是满城挖，像个大工地，尘土飞扬，这里也要大拆大建，那里也要大拆大建，折腾到哪一天？我们这代人落到他们手里算是完了。咳嗽的不少，大家都咳嗽着在灰雾蒙蒙中围一堆交款，白天跟傍晚没有两样。围着的人都在骂一年三百的收视费，骂这满天浮尘，骂开发商和政府。还有人骂农民，说烧秸秆飘来的。有人骂，赏月，赏个鸡巴月！有一个人悄悄问他："你的伢呢？"

快到中秋了。他突然记起来。

人家问不外乎是这个意思，过节家人要团聚。也不排除是明知故问，揭他的伤疤。儿子不关在少管所嘛，抓那个小流氓时全厂的人都看热闹一样地看见了。

来到超市门口，看到有散装月饼买一斤送一斤的广告，就买了一斤，共有两斤，沉甸甸的，坐车去了少管所。自己的儿子自己疼。

离婚后，儿子是由他养的。儿子不读书，整天在外头鬼混，没钱给他，吃没吃不知道。但总是吃得好，手上还有不错的手机，也没问是怎么来的。有时给他点钱，他还看不上。但是，有一天儿子被抓进去了，说是“擂肥”，就是找学生伢要钱，手机也是抢别人的，还把人打伤了。中年得子，娇惯坏了，后来下岗，管不了了。买断工龄才四万多块钱，后来自己闹腾又出了事，钱赔光了。再怎么，你这小杂种不能打人家，都是一个伢，都是金贵的。听说那小孩是厅级干部家的，公务员子弟，这就闯了大祸。人家给市长写信，出动了五十多个警察，网吧里地毯式搜查，一个晚上就把那些小杂种们全逮住了。你个婊子养的，为么事这么凶狠？骨头痒了不晓得朝树上擂几下？

“您郎嘎来得正好，您郎嘎儿子眼睛有问题咧。”所长给他说。

所长一口荆州话，讲得字正腔圆，敦厚幽默，乐呵呵的。

这有个么乐的呢？儿子眼睛快瞎了。

看儿子，眼睛红鼓鼓的。儿子说：“打了架。”公胡子赶快问：“又在里头打的?”“不就是用烟头熏的，么了不起。不要给所长说噻，要关禁闭的。”“可是你快瞎了。”公胡子心里一阵慌。“不要说噻!”儿子号叫起来。

所长带他去办公室，说，您郎嘎儿子表现不错。他塞了三百块钱给所长，所长乐呵呵的不收，说：“您郎嘎要我的命嘞!”所长也看不上这点小钱，给公胡子敬的烟是四十元“黄鹤楼”蓝盒的。谁看得上他公胡子的东西？一个抽四块“红金龙”的人。

“能不能让我看一下关禁闭是么回事?”

所长就让他看监视。禁闭是一个小房，只有一张床，旁边一个蹲便器。大约三四个平方，没有窗户，一个电灯很高。有人送饭，但没人说话。关七天，你就这样坐七天，也可以睡七天。公胡子看到一个少年犯在床前走来走去，快疯了，一头困兽。这么迟早要疯的！怪不得儿子号叫。他关过吗？公胡子不敢问。

月饼是给儿子了。人走了，走了儿子的眼睛有什么事，他也眼不见心不烦了。三百块钱还是交给了所长，说是医疗费。但是，他突然想，这关的是些什么社会渣滓呀，把一个小伢用烟头熏眼睛，这是什么酷刑？希特勒也没用过的。这些狗日的少年犯应该一个个拉出去枪毙，否则等十八岁出去了也是害人。又一想，为什么这些关进来的小流氓还能有烟抽，这不是怪哉？这个地方只怕还有药嗑。

回去喝闷酒。是在徒弟庞中华的小卤菜馆里。有卤菜，也有盒饭，六块钱，任你打。公胡子不好意思，就打了些素菜。但中华给他切了两根鸭脖子、一个鸭骨架。他自己卤的，味道特别好。中华聪明，也是买断工龄后没工作了，自己鼓捣，到处学艺，竟然弄出了这一带最叫好的卤菜。要说他最好的还是卤带皮五花肉。他的作料也很绝，有秘方，往卤菜上一淋，那个香味！再配上酒。酒他不卖好酒，散装粮食酒，在宜昌弄过来的。高粱酒、荞麦酒、苞谷酒，没掺一点水。嗯，两根鸭脖子一杯酒好灌，就灌了一杯酒。酒也是中华送的，荞麦酒，绿莹莹的。喝了酒，心里直翻滚，想屙泡尿回去睡觉，没想到从里面的小包间里钻出两个人来，公胡子一看，躲不了啦，冤家路窄！

王阴鸟和张歪嘴今天么样刚好在这个地方吃饭呢？今天是个什么日子，老子点子么样这么低咧？

“喝酒？”王阴鸟说。他很吃惊。张歪嘴也歪着嘴。“小日子过得蛮扎实伙计！”

两个讨债鬼。

“有没有钱还吵胡子？你么样这毛痞的？”

“是中华送的。”他答。答非所问。

“那中华为么事不送我们吃咧？”

“你们是有钱人。”

“但你不能说不还吵？一辈子不还？也不打个照面？躲是吧？躲一天算一天，等这房子一拆，不晓得你搬哪儿去了，账就没了。你躲得过初一躲得过十五？”

两个喝得桃红李白五光十色的人坐到他面前。

“我不是让城管……”

“个斑马那是去年的事，春节的事吵……”

“我不是没爬起来嘛……”

“那你几时爬起来咧胡子？”

“鸟啊，你把我杀了吧。”他干脆乞求。

王张两个人对视。

这时张歪嘴一句话把他气爆了。张歪嘴嘴巴一扯一扯地说：“你骇老子！杀你？杀无血剐无皮，杀条狗还可吃肉。”

这话太伤人。这话哪是几十年工友说的！

“歪、歪、歪嘴……”他把酒杯推一边去了。他站起来。他想豁出去。他的血潮在头上翻滚。一百度的水，一千度的钢，钢水。

“鸟啊，你们究竟想把我么样？”

“么样？你嘎巴子！杀人的抵命，欠债的还钱。不灵醒伙计！你说老子们把你么样咧？”

公胡子还是没能解脱。“你、你们究竟要么样吵？”

那两个过去的合伙人这时也噎在那里摇头，苦笑，跟眼前这个落魄货说不清楚。

这时电视里有人在唱歌。想来找公胡子要钱是不现实的，王阴鸟就对电视努努嘴，“就跟韩红一样，给我们唱个《天路》。”

喝高了的张歪嘴手指挴在他眼前，也附和说：“可得，可得。个婊子胡子你唱要把高音飙上去呀。”

公胡子快哭起来，“我没得情绪我是么样唱得出来，你们说哈子看。”

但债主今天高兴，已经拿起他的筷子敲起碗来，吡喝着：“开始，开始，C调呀，唱C调！——清晨我站在——青青的牧场，看到神鹰披着那霞——光……唱吵胡子！个斑马日的，唱吵！你唱两句，你就唱两句，像一片祥——云飞过蓝天，为藏家——儿女……唉，么回事？”

“……”公胡子摆着脑壳不张嘴。泪水唰唰地流出来。

“个斑马的老子们又没欺负你，出了鬼吧！”

过去，的确是在一块唱歌的。不唱歌不会一起合伙做生意。过去这三个人都是厂里宣传队的骨干。张歪嘴演反派人物四类分子国民党匪兵；王阴鸟嗓子也不错，但这些年抽烟喝酒，赌博嫖娼，把嗓子搞塌了，说话嘶声哑气，明显中气不足。他还会编词，有一阵子厂里人人会唱的许多词都是他编的，比如：战鼓催，风雷吼，满腔怒火燃心头，走资派，还在走，我们要和他狠狠斗。剥开他的皮，揪住他的黑手，不获全胜不罢休！……

不过公胡子进厂时，只见过他在钳工台子上一挥而就写的这篇词：“万众一条心，军民齐上阵，万炮齐轰邓小平，铁拳砸碎他的复辟梦！”

当年一个小青年进厂，开过火车，开过电瓶车，到现在下岗成为无业游民，眨眼的工夫。三个宣传队员一合伙，把买断工龄的钱买了个旧车。那两个人也开过车。先赚了几个小钱，又添置了一台，就由公胡子承包，当天装了货去浙江海门，车停在厂门口准备第二天一早出发。第二天来看，车与货全不见了，被人偷跑了。货还是王阴鸟垫的钱，而且仗了大意，没办保险。

欠张歪嘴的除这一摊子合伙烂账外，还有几千。是后来张歪嘴去帮一个发小照赌场，也在里面放印子钱。公胡子去过两次，被张歪嘴说动心了，想赚钱还钱。哪能赢回来的？找张歪嘴借印子钱，一千一天还一百。借了三千，到现在已经滚成了大几万，懒得想它了，没钱，你个婊子养的还是工友，就这么黑心的。本钱三千我还。我不会再赌，再赌剁手指！

说去年冬。

公胡子带一把刀去找张歪嘴。他是怀疑张歪嘴伙同他人把车和货偷走了的，因为张歪嘴长期在黑道上混，特别下岗后。再者有前科，曾经偷过厂里的铁和汽车轮胎。但这次又没有把柄。他带刀，去了却说，我不是来杀你的，我借不到钱自己抹脖子。张歪嘴吓得嘴更扯了，说，公胡子你、你、你威胁我？公胡子说就一千。张歪嘴松了一口气，说，钱我借，刀子收起。怜你是个造孽人，加上赌场上借的，你赔我一份的车子钱，加上这一千，一共两万五算鸡巴毬，打个条，几时还？公胡子说，我就在菜场边摆个鞋摊，除了吃饭，赚的钱全部还你们。没有这多，顶多一万。不打条，我的命就是条，说话算数。

公胡子把钱拿上，把刀扔在水塘里了。他这是第一次使用凶器。他发现凶器很管用，这让他很颤抖。他决定把刀子扔了。

他在汉正街进了几箱雪地靴。还真好卖，一天四五十双，低价卖，薄利销，不几天赚了两千多，还了张歪嘴一千，又去进了十几箱。可是城管掀了他的摊子，还把雪地靴全扣了，说他占道经营，罚了五百。但问题是，他要回那些靴子时，冬天已过了，要卖凉鞋了。现在，这些雪地靴堆在他的小屋里，长了霉，成了老鼠的乐园，每一双靴子里都可能生过一窝红皮小鼠。他正想着怎么处理，万一开发商进场说拆就拆，那只好当垃圾扔了。张歪嘴来收钱，他要他把这靴子全搬去。张歪嘴说，这卵子靴子二十块钱一双进的，以为我不晓得，里面全是垫的马粪纸，一下雨全烂了，老子再么样也要穿李宁的吵！

往下说。

两个债主整他，徒弟中华端来了一盘卤肉，是要化解他师傅公胡子和两个讨债鬼对峙的尴尬。可是，跟王阴鸟张歪嘴吃肉，比吃毒药还难受哪。

“胡子，车和货是不是你阴了，存了钱准备拆迁后买大房子的？”王阴鸟这么说。

“你说么事？”他听这话气得直抖。

“你不激动。你好说，好说。”王阴鸟先罩住他。

“我自己？你听哪个说的？你今天说出这个人来！”

“肯定有人说。你早晓得咱们厂要拆迁还建，往荷包里扎几个钱吵。”张歪嘴说。

“还说是你偷跑了的咧。”他怒指张歪嘴。

“我？我？……个婊子的你猪八戒上城墙，倒打一耙是吧？”张歪嘴把烟头直接摁到公胡子的碗里。

公胡子看到烟头落在了碗里，人已经快气晕了，两颗眼珠子嘭嘭往外爆。“人在做，天在看。天地良心，是哪个卖了偷了不得好死。我卖了我出门撞死！诬害我的一样！”

“东西不见了没假吵？你这人嘞！”王阴鸟说。

“你们逼我死啊？”

“没哪个逼你胡子。要死长江又没盖盖子，你不晓得去跳啊个斑马的！”

“我就是想跳。人活着有个么意思呢！”

张歪嘴火来了：“你跳吵，还等哪个！这恶躁！”

厂区里到处写着“拆”字，拆字上还画了个红圈。路断人稀，加上雾霾，路灯昏暗。过去这个厂子可不是这样，热闹非凡，灯火灿烂，人来车往。到了下班的时候，多个大门会涌出来一窝窝的人，就像开闸放水，勺子筷子敲着碗，到食堂就餐。每到早上，这路边的喇叭里就响着雄壮的歌声：“咱们工人有力量，嘿，咱们工人有力量，每天每日工作忙！……”

这歌声现在突然像重金属摇滚敲响在耳畔，轰轰作响。接着从音乐的缝隙出现了火车更大的轰隆隆的驰过声。公胡子好一阵恍惚。定眼看，走到了厂里过去自建的铁路前。轨道厚重，枕木横陈，但钢轨却没了光泽，像一条蜷曲的黑蟒朝更远的黑暗爬去。

他顺着它走。他走在钢轨上。他歪歪欲倒。他流泪。铁道里直打人脸的苦蒿挡住了他的路。这铁轨通向江边。有什么东西站在前面，蹲在草丛里?！他抬头一看，是早已废弃的火车头，像一头巨兽潜伏在荒草中。我可是开过你二十多年的呀老伙计！太熟悉啦，哥们！你么样就趴在这里一动不动，一言不发了呢？过去，他站在车头上，吹着哨子，摇着小旗子，吆喝人们避开。轰隆隆——轰隆隆——，还拉汽笛，呜——，开进厂子，整个大地都震动了，吐着几丈高的蒸汽，气势磅礴。火车一响，黄金万两。运煤，运材料，运产品，全靠它。工资高，有劳保，有澡堂，有电影院，有大食堂。大肉包子，肉丝面。满厂子都是年轻人，都是歌声，烟囱里冒黑烟，汽锤男高音。喇叭呜呜，铃声当当。那时深夜下夜班，还是挤在一堆，在路灯下打牌下棋喝小酒，根本就不想睡，根本没睡意……

2

他走到了江边。走到了野猫滩大桥上。

是怎么来的他完全记不住了，是梦游还是迷路，是鬼引诱还是酒精作祟？反正，在灰霾沉沉的大桥上，在车流和江风中穿梭，被抬到云端的感觉突然让他有点清醒了，至少知道自己身处何方。我是么样到这里来了的？冷风一浸，他问自己。

还是不清醒。……清晨我站在——青青的牧场，看到神鹰披着那霞——光……你把车和货偷了卖了准备买大房子的……杀人的抵命，欠债的还钱……开始——清晨我站在……你不晓得去跳啊个斑马的，你跳吵，还等哪个……

脑子里的声音一钵糨糊。……噢，他说，我是来跳桥的。他终于明白了。口腔里疼痛。一吸气，这江风硬得像往你喉咙里捅筷子。他听见风在碗口粗的悬索上呜呜哭，还打拍子。筷头往喉咙里捅，往两岸的高楼大厦中捅，往江中捅，往桥面上的汽车里捅。全都在梦游似的。车影憧憧，雾霾像大雾，但不滋润，呛得人难受，眼睛刺得生疼。鼻子痒痒的，连耳朵也痒痒的。一冷，浑身皮肤也绷得奇痒，恨不得用刀刮。公胡子，公胡子，桥底下有什么东西在喊。是女人压低的声音，很亲切，很急切，很神秘，仿佛下面有什么稀奇好看，唤他过去玩耍……

一把胡子被风刮得缠在脸上，是一种什么提醒，像人抚他的脸。他没想明白。透过缝隙看栏杆，一下子就可跨过去。这么大的桥为么事把栏杆修得这么矮？国家缺这点小钱？加高一尺也就难翻过了。也没想明白国家的这道理。听到江水浑浊沉闷的声音往上翻过来，想是风大了，风浪高了。他有跳桥的企图，可似乎一个人想死的时候，世界并不在意这事。对一个人是大事，对这世界，像一片树叶落下，无声无息。这样想，死也就很平常了。平常心对待，死就没有那么悲痛和雄壮，就是一件翻过去跳了就完了的事。是一件事的结束和过程，就像你上厕所，一泡尿拉了，轻松了，出来了。你跳了，走了，了结了。

那时候心如止水。人走到这里心里就静了，不想事了。正准备翻越栏杆一跳了之时，偏身时，却看到雾霾里现出个人影来。就在不远。

这是幻觉？这可不是幻觉。仔细分辨，眼睛盯着，分明有一个人缓缓向他这边走来，却又站定了，扶住栏杆。一个女的，失魂落魄……

也是一个跳桥者！

跳桥者知道跳桥者的心理。她那样子，神态，动作，魂已经走了，落江里了。可她也许是因为个子太小，栏杆较粗大，对他虽矮，对一个小女子却是难翻的高山。她有几次将脚往上移，够不到，头探到外面。

又有一个人想离开这世界。他这么想时突然眼泪往外直冒，简直像决堤的洪水，挡不住，流得很畅快。往黄泉路上走，本来没时间了，却碰到一个陪伴。多谢菩萨，派个人来就不寂寞了。她来陪伴我，我去帮帮她。双双赴黄泉。

穿过雾霾，人就像走在梦里，脚步很轻，像猫爪一样，有几分飘荡，踩在云雾深处的感觉，就像大春走向白毛女喜儿……这情景多么美妙。他甚至没与她说话，像过去在舞台上跳舞一样，托住女演员，来一个高飘的造型。事情很简单，他想做一个类似拥抱的姿势，然后轻松地将这女人托举起来，送到栏杆外头。

他还真这样做了。

就是这样，非常优雅，非常文艺，非常抒情。轻轻举起，轻轻放下。外头有一个栈道，是为检修用的吧？女的像一只猫安稳降落到栈道上，身子骨也是猫的柔，还闻到一股浓浓的奶腥味，好像胸部很大……而他呢？他也一个灵巧的翻身就过去了。这斑马太有意思了。没有恐惧，没有慌张。这野猫滩大桥上寻死，是要两道工序的。过来了，就没什么好说的，他看到那女的张大着眼睛弓着身子像怕冷似的等着他，乞求他，或者是畏惧他？那就抱呗，抱着跳呗。情绪很连贯。风非常之大，呜呜地响，没想到过了栏杆脚下全是风，鼓鼓的风，妖风，把人的热气全抽走了。可向下望，向远望，有一种做人的东西回来了。仿佛叫尊严吧。悲壮，也许是大义。死就是不服，死是崇高的，不低头的。心里哽哽着从没有过的东西，牙齿咬着，抱着她了，这女的竟乖乖地偎在他怀里了，更浓的奶腥味……你为何也绝望不想活了呢？遇到了什么事呢？……没去看她的长相，年龄一定不大，身子软绵绵的，发抖，抱紧，开始准备跳了，有我在，你怕什么！死不怕！脚刚跨过去关键的一步，但那女的此时脚却勾在下面钢筋的缝里，一只手抓着栏杆，突然尖声号叫起来：

"救命呀——"

这一声！这是不让人活还是不让人死呀！这一声喊，让公胡子从美妙混沌鬼魂附体的状态下陡地惊醒，吓出一身冷汗。冷汗一出，人就知道自己在干什么了。但她的一挣脱，又让他差一点跌出栈道，晃了几下，那栈道的铁齿是很稀的，站稳要很小心。当时的情况是，女的张牙舞爪的尖叫让一辆车停下来，迅速冲出两个强壮男人，一个抓她，一个抓他，像老鹰拎小鸡一样三把两下就将他们拽回了花花世界。

这两个人是原省武术队的散打队员，刚教了武术后，过桥回家。

命不该死。

“嗯，你们有什么想不开的?”警察用这个世界某些人惯用的口吻，吊儿郎当地问他们。

“殉情啊?”还加了一句。掰扯着手指。

“我们不认识。”公胡子说。

“有双双殉情的，死了的。你们是救活的第一对。感谢人家啊。明天去定制锦旗。我这里有便宜点的店。”警察在桌上翻找着，找出了一张名片，很旧了，估计常给这家店子介绍生意。

两个人没有搭讪。特别那个大喊大叫的怕死鬼女人，现在就低着头，一声不吭，浑身还在瑟瑟发抖，还站在那个悬在半空的栈桥上。吓傻了。

“反悔了，啊？找家人来领回家吵。为么事想死咧？有的人穷得揭不开锅，捡破烂，睡桥洞，还好好活着，你们遇到么不顺心的事吵?”

那女的反正紧咬牙关，一字不吐，公胡子也觉得说了没用，也就不说，听警察训话。

公胡子看那女的，还年轻，还灵醒，但不像是武汉人。因为惊吓过度，所以惊魂未定，缩成一团，成了哑巴。后来终于问出了她家里人的电话。警察开始打电话。女人口音是山里头的。警察看公胡子那个匪劲和一部胡子，就先不问他。先追问女方。警察贼眉鼠眼的一定在研究这两个人是什么关系。但公胡子不看那女子，表情淡定，让警察找不到这男女之间的暧昧成分。加上那女的始终低头，不言不语，警察也很失望，仿佛没有八卦的跳桥不算跳桥，而且这个夜班白值了。

好不容易从公胡子嘴里挖完了事情经过，警察对他说："她不想死，你硬把她掀到江里，那你就有故意杀人之嫌咧。"

"我还杀人？呵呵。"公胡子说。

"差一点。"

警察是要套出公胡子家里人的电话。或者说换出电话。不追究你刑事责任，电话是要告诉我的。

"我是铁了心想死的。"

"所以要你家里人领你回去。你有酒气，回家醒酒了再说这话。"

"这点酒，二三两。我清醒得很，我又不是小伢，我想死想活是我自已的事，不需要别人做主。我死又没造成社会秩序混乱，没有侵犯他人自由。"公胡子犟着说这个。

"但是你会给你家人带来悲痛。"

"我没有家人。"

"你先不封我的口吵。你必须把电话告诉我一个。你的身份证咧？"

"死还要带身份证?"

"你反应很快,证明你还没有准备好死去。看你的这个身板,起码要活一百五十岁。"

"跟'文革'说的毛爷爷活的岁数一样。"

警察过来凑到公胡子耳边,压低声音说:"伙计,这女的有点问题咧。"

但公胡子看不出这女的有问题。

"你长得蛮像那个唱我的太阳的什么……"

"怕瓦落地。"

"叫什么?"警察再问。

"怕、瓦、落、地——'叭',碎了。"

"我知道,你蛮幽默咧伙计。"

"我没他那个福气。"

"那说不定的,大难不死,必有后福。"

警察桌上全是散烟,就给公胡子一根一根递烟,还给他上火。说说笑笑的,什么都讲了,把妹妹的电话也套出来了。公胡子悔死。

只有妹妹的电话了,找遍全城全世界,谁来领他?前妻,不可能;儿子,在高墙里。茫茫人海,你还有什么亲人?那个妹妹同父异母,比阶级敌人还仇恨,鬼晓得她是为什么这样恨公家的人,她也姓公,后来改成工了,说老子不姓这个婊子养的公。悲从心来啊悲从心来。

为什么那多仇恨杀气?因为她是杀猪佬。过去国营菜场卖肉的女豪杰,手拿大砍刀,砍筒骨龙骨胸骨胫骨肋骨腓骨髋骨髌骨,两只放火眼,一片杀人心,阎王殿的女门神。家丑不可外扬,不请她来要谁来呢？

午夜时分，女屠户来了。只见她腰圆膀又壮，像个黑铁塔，满身血腥味，声音似洪钟。一来就啄住了那个女的：

“你呀你呀，要死不找个好男将搭伴，找个又老又丑又穷又脏的老特(头)，瞎了你的狗眼！到了阎王那里不让鬼都笑死是么样咧！”

那女人就像老鼠见了猫一样，进门遭一顿叱喝，更是不敢吭声，看到女屠户手指挴到人家脸上去了，警察就去拉她。

“哎哎，你搞么事咧？先歇哈子行不？这大的征候是个么板眼吵？”

“领人的，么板眼？你还好玩些，不是你请我来的？不然老娘瞌睡都睡醒了。说吵，找我有么事吵？”她跟警察翻呛，就像是警察的老娘。

“我看你心里没得数，你骇我！这恶躁，是你哥哥吵？再么样救起来的是条人命。你就不会安慰他一下？”

“安慰，嘿嘿，我安慰别个？哪个安慰我？你安慰我啵？老娘现在在菜场剐鹌鹑，三天两头工商的来没收我的秤，踩死我的鸟。不给他们进贡不让你做。这屄社会扎你的心，不跟跳桥有么两样！喂，是你救她还是她救你？英雄救美人咧！回去吵！”转过来伸手扯起她哥公胡子。

“我跟你回去？回哪里？”公胡子黑着脸说。

“回你屋里吵。我说，”她转向警察，“不管哪个救他，都是给咱中华人民共和国留个祸害。你们晓不晓得？他把他老婆打不见了，把他儿子打到牢里去了……”

“是少管所！”他纠正。

"那有么两样？不都是坐牢。"

"与我今天有么关系？"

"那就与我有关系啰？我回去了。妈个苕头日脑的，耽误老娘瞌睡，蛮栽咧！"

"你滚！"

"好，你翻，跟老子翻！没事了半夜跟一个乡下女的抱着跳桥，蛮浪漫咧，都这把年纪了，艳福还不浅咧！做鬼也风流呀。有本事到奥运会当跳水冠军去吵……"

女人的老公来，怀里还抱着个婴儿。老远就听见有婴儿哭，没想到婴儿竟然是这女的伢。那男的一进来就像唱歌一样的往高处"啊"了一声惨的，又"啊"了一声不太惨的，见到那女的，就将婴儿递到她怀里。那女的抱起婴儿，就撩开衣裳，把一个乳房往婴儿嘴上贴，那哭得怪碜的婴儿含住乳头就嗯嗯唔唔不哭了，安静了。原来是个哺乳女人，怪不得的！

"你伢好大了？"警察问男的。

"五个月了。怪我怪我，没把她看好，谢谢谢谢谢谢谢谢了，警察同志。"这男的上唇厚得出奇，像是被鳖咬过的。

警察说又不是我救的，是别个救的。又问她为么事不说话？那男的说她是这样的是个闷鸡子。那男的问公胡子，是不是你救的？警察就笑。公胡子语塞。警察就说了，与他没关系。

那个没走的女屠户这时插嘴说："也是个跳桥的，两个抱着跳的，你还没搞清楚！"

这一句，让本来感激不尽的那男将也哑了，石雕在那里。事情复杂了。警察要救火了。警察说："你瞎放个么屁，你走！"

“我走啊？不是你请老娘来的吗？讲了这多没见一杯茶，你们派出所对老百姓蛮冷淡咧，是个么态度？我的的士费哪个出吵？”她随手拿起桌上的一支烟就点燃吸起来。叼着烟，拿出一长条的士费单来送到警察面前。

公胡子烦了，突然喊道：“警察同志快把灯关了，你看她是么东西！”

警察也没明白为什么要他关灯，随手就关了电灯。这时候只见漆黑的屋子里，一道荧光一闪，咋咋呼呼的女屠户嘴里露出了一排闪着荧光的大牙齿。公胡子大叫道：“看见没有，鬼牙！鬼牙！”

他妹妹慌慌张张掩饰不住，拔腿就往外跑。

这时，那男的拉起那女的也要出去，警察拦住他说，先别慌吵，你还没登记，你叫什么？那男的说他叫马踩。警察说这是个假名，写上身份证号。马踩说是真名，我妈生我时被马踩了一脚，踩到了我嘴巴上没看见！

“你老婆为么事想不开要跳桥的，伢还这小，你说说看？”

男人马踩却欲言又止，似有难言之隐。

“是不是你打了的？有家暴？”

“没有，我打她做么事！她半夜出来我哪晓得呀？还跟一个男的一起跳这不是出丑了，我真的不晓得有这种丑事啊……”那个马踩快哭起来。

公胡子赶紧说：“我又不认识你老婆。”

那女的这时泪流满面，摇头晃脑，怀里的婴儿好像要掉下来。她男人想把婴儿抱开，女的却不让，死死抱着孩子。突然很激动地说：“我不想死，我不想死……”

警察说：“你不是救上来了吗？不想死这很好啊，你老公不是领你回去吗?”又对马踩说,“她受惊了,回去一定要好好照看她。究竟有什么事情?”

“好的好的。我们没事没事,真的!”

就这样了。警察想问太多,窥探欲永不满足。他们走了。

剩下他一个人,公胡子。警察没管他了,在电脑上刷刷地打着什么。公胡子抽了警察桌上的几支散烟,起身说:“那我走了。”警察没抬头看他,还是盯着自己的键盘叮叮当当地敲着字说:“好好,回去睡觉,不要想不开。看你酒是醒了。”

公胡子走出去,苟警官又叫回他:“我再问你几句。你们这翻过去的时候,真的不害怕?我没问到人,翻过去基本都没有回来的,你们是第一例呀。”

公胡子说:“想死的时候,哪还想害怕不害怕,胯子一撩过去就完了的事。”

“你就没有思想活动?”

“思想活动?人都死得差不多了还思想。不是那女的一声喊,早消失了。”

“瞎说什么,国家这么好,死个么事吵!”

“还想看共产主义不成……”

这么半夜三更的在外头,公胡子还是头一次。总是喝点酒早点睡了,管他什么不夜城夜生活的。雾霾比白天小点,灯火辉煌,运渣土的大卡车呼呼隆隆在街头奔驰。总有不眠人。凉风如水。半夜这一个人走就是个游魂。就是死了。公胡子好一阵怀疑自己是不是已经跳下去了,是鬼魂回来收脚印的;人死了将要收脚印,凡是走过的地方死人都要把脚印收回来,才好去转世托生。

3

一晚上的梦。在动荡中挣扎。就像在水里面翻滚。人死一次太累,彻底地瘫软了。他浑身无力,连翻身也困难,在床上不知如何是好。阳气被这跳桥的举动全给吸走了。后来听见了鸟叫,还有光线,是白天的,但没有阳光。证明雾霾依然弥漫,没有风,也就只好让雾霾这样罩着了。还有人的脚步声,走廊里有锅碗瓢勺的碰撞声。这是老房子,人们都在走廊里支锅做饭。有人讲话。有雪地靴的霉味。一切回来了。我自己捡了条命。也许是命不该绝,我得还要继续活下去。换个灯泡。吃东西。找个出路……中华卤菜店旁那一家炸的面窝最好吃,油比较好,内软外焦。一碗热干面,加个面窝,再来一碗豆腐脑。热干面还是徒弟中华做的地道,芝麻酱是正宗的,酸豆角也是最好的,还加了点香油和辣椒酱爆炒。如果有一杯酒,加上点花生米,不喝醉。再找点事做,把账还清了,还是可以过日子的。儿子出来,让他学一门手艺,厨师也好,美发也好。已经看过这些学校,三五千,那他就有一技在身。总还是个儿子,总有希望的。昨天的酒还没完全醒,要解酒,必须用酒,以毒攻毒。这法子是哪个发明的?这人在哪里?要问他害了多少人。但多年来自己因为酒而没了其他食欲,酒是唯一的食欲。可以一天不吃饭,但不能一日无酒。想到酒,就想到城管的王队长,要给他提两瓶酒去,“白云边”12 年的就行了,别人不是这么做的吗?可以管你摆三个月摊没人过问。社会如此,你拗个什么呢?……

这样就到了菜场那儿,只要了一瓶啤酒一碗面,加上免费的花生米。正吃着，王阴鸟趿着一双棉拖鞋出现了，手上举着一张报纸，径直朝公胡子走来，喉咙里挣扎出嘶哑的痰音高声说道：

“胡子，你个斑马日的出名了！”

这一叫，吃东西的、买东西的、卖东西、走路的、认识的、不认识的，全都朝他这边看过来。公胡子手上挑着一绺面正欲往嘴里填，却也填不下了。王阴鸟已经在他眼前指着报纸上一条大黑标题念道：“长江野猫滩大桥一男一女抱着跳桥被拉回。野猫滩大桥成自杀者的‘金门大桥’。”

本报讯(记者吴中有，实习生胡操旦)：昨晚约十一点，本市一大胡子中年男人公某欲在野猫滩大桥上跳桥，巧遇另一欲跳桥的外地打工女子，后二人商议一起翻过栏杆跳桥。正双双抱着欲跳时，女子突然反悔，大喊救命，被开车路过的原省武术散打队章先生赵先生将其拽回。据悉，公某是因为欠债等问题，加上饮酒后精神恍惚而产生轻生念头，女子跳桥原因不明。野猫滩大桥因极像美国旧金山金门大桥，金门大桥是世界有名的自杀大桥。近年在野猫滩大桥跳桥者增多。但两个陌生人一起相约跳桥尚属首例。警察就此提醒大家，珍惜生命，远离大桥。(报料：苟先生　奖金80元)

是苟警官，昨晚在墙上看到的。苟警官呀，你就算穷疯了，也不能卖别人的血泪隐私给报纸。守着这桥，你可永远有小钱花了。怪不得当时在想，你为何总像个记者问这问那，在电脑上不停地打字，还以为你敬业呢。

公胡子的脑袋炸开了，里面蹦出一万个炸弹，在这周围跳跳蹦蹦。要炸死婊子养的王阴鸟！你早晨起来就看报纸是个蛮爱学习的人？还看得这么仔细！有六十四版，为么事刚好这个消息就让你瞄到了呢？你是不是我生死冤家前世仇人？这要否认，这可不是小事，这他娘的没死成倒落下个笑柄，还让不让人活的！

“你、你么样证明就是我呢？又没有照片，老子昨晚哪里都没出去，在家里睡大觉。”

他想找个帮腔的人，发现大家都围着他咧着嘴笑眯眯地，等待下文。黄鹤楼上看翻船，都是看热闹的。

“呵呵胡子不想出这个名？个斑马的你这个姓在武汉还有第二个？你这把胡子还有第三个？你欠了债喝醉了还有第四个？你昨天说了要跳长江的，还有第五个？蛮扎实伙计，说到做到。服你！但这好的运气哪就是你占了？又回来了！欢迎欢迎，热烈欢迎！欠我的钱有希望还了。不要想一跳了之吵，有么事不好商量的咧伙计。”

周围的人炸了，在喳喳哇哇议论，在抢报纸。

就像老话讲的，公胡子恨不得找个地缝钻进去，他浑身火烧火燎，快疯掉，五脏六腑快爆炸，他要脱身。

“你说是我就是我？好，就是我，跳了么样咧？又不是你老特。”

“呵呵，你是硬角伙计。你歌唱得那好，这下更成明星了，是不是准备上‘中国好声音’‘星光大道’先造个声势呀？”

有人就插嘴说了，胡子你么样想不开咧，未必没把你社保？还真揭不开锅了？有的说胡子是不是怄气了？好歹有一个说王阴鸟，要他少说几句，胡子心情不好，欠你的钱总是会还的。真逼出人命都下不了台。

“不是我，你们瞎操些心！”他大声否认说。

他想了想，还是否认。这不能承认，他知道这些街坊工友，每一张嘴都是一个粪缸，要臭死你的，要封住他们的嘴。这乱糟糟、臭烘烘的人堆世界，就是想死，也不得让你安宁呀。

好事不出门，恶事传千里。

这一天，厂区报摊的报纸一抢而空，人们奔走相告，唱《咱们工人有力量》的那个男高音跳桥，是跟一个年轻女子一起跳的，没死成，被救回来了，上报了。这人没什么事啊，很正常的，么样一下子想死呢？还有一个女的……

什么样的议论都会有的。公胡子把自己关在屋里不出来了，耳不听眼不见为净。他买了一袋子馒头包子。有人敲门拍窗的，不理它！特别是些不相干的人。

到了傍晚，有一个人在外头大喊："公胡子，给你提酒来了。"这声音一听就是工友老腻子。老腻子过去是宣传队打响器的，锣啊鼓啊三角铁啊镲啊铃鼓啊响板啊木鱼啊沙槌啊。老腻子下岗早，一个女儿在东莞打工，他一个人住。胸前常戴个大毛主席像章。他住十字路口的矮平房里，在自家窗台上装了个小喇叭，每天播放毛主席语录歌曲和红歌，许多人都被他吵烦了。大家说你想回到毛老特时代有么事好？肉都没得吃的，天天挨整。老腻子说挨整的是"走资派"，老子们工人老大哥才受尊敬，那时老子是武汉大学工宣队副队长，专管那些漂亮女学生和资产阶级反动学术权威。毛爹爹时候哪里听说过工人下岗不开工资的事？哪里找这么多贪官？哪来这么多强盗抢犯、拐卖婴儿的？

老腻子送酒来，是把咱当难兄难弟。再者他敲门是乱拍的，不开门会把门给你拍烂的。门打开，老腻子胡子拉碴，跌跌撞撞，失魂落魄的样子，就好像跳桥的不是公胡子而是他。公胡子在他的面前，突然，找到了一点点活下去的理由。他在想，像你这个样子，我才不会活了。老腻子笑着提着酒点他的脸，哈哈说："我怕你在屋里一根绳子挂了。"

酒提着不放下，公胡子不知道是不是送给自己的。当然是老腻子喝的高粱酒，塑料壶装的，两斤。盯着人酒看是不争气。那老腻子就从口袋里摸出一枚毛主席像章来，说："我们毛主席著作读书会一帮老家伙刚去韶山了，你把毛老特的像章戴起辟邪，这是在韶山开了光的像章，我三十元一个买回来的。给你倒一杯酒压压惊。"

他随手拿起个杯子，拧开酒壶，咕噜咕噜地倒了一杯，再把酒壶盖上，还是提在手里，要公胡子先戴上像章再喝酒，公胡子跳桥前的绝望心情又一下子漫过来了。不能给他开门的。你这叫花子一样的人，原来是自己顾不了自己的人，为何来安慰我呢？

"你忘了毛主席是么样教导我们的：我们的同志，在困难的时候，要看到成绩，要看到光明，要提高我们的勇气。你要死，不能自己去找死吵。都是贪官污吏逼的……"

他那什么高粱酒也没心思喝了，虽然酒的香味在勾引他。在想与这位老工友喝上几口，说点贴心贴肝的话，但是他说："老腻子哥，哪个逼我？我听不懂你说的话。我没有想死。你听谁说的？我这两天好好的，哪个放屁吵！"

"算了算了，你还给我们老街坊打马虎眼。又不是没人看到，你妹妹半夜三更把你领回来的。"

这是谁跑到那野猫滩大桥派出所去探听消息了？谁这么无聊？这些下岗的老家伙们，没事可做，就爱打探别人的这些污烂事来消磨时光，活该下岗，活该让你们没吃的，活该让政府抛弃你们！什么人呐！……活得像老腻子这样了，还要无限“关心”他人的事。苟警官又不保护他人隐私……

公胡子好难受，一杯酒吞进去又在眼眶里打转。“你、你还是到你姑娘的东莞享福去吧，吃了咸饭操淡心是为么事咧。”当着这种人哭没啥意思。虽然没有死成，但这一跳，也突然明白了好些事理，好些事情的理突然也就顺了通了。

老腻子僵在那里，不知哪句话说错了。瘪着嘴望着，望着含了他高粱酒的公胡子。“我可是专心给你送毛爹爹像章来的，希望你参加我们的毛主席著作读书会，大伙心里有个依托，不然心是虚的不亮堂七想八想做苕事……”

公胡子终于将含着的那口酒吞进去了。喉咙里一条线地火烧下去。老腻子好可怜，也许他是好心。他是个好人。可是好人为什么这么可怜又这么讨厌呢？

过一会，还没安神，又一个拍门的，死拍，喊“胡子，胡子咧”。这声音是孙太婆的。应该叫师娘的。唉，太婆啊，你何必来看我呢？开门，老太婆没恶意的，她又在哪儿听到的这些鬼话？

“伢咧，你还好咧？”

“蛮好的蛮好的，太婆。您这是……”公胡子发现她手上提着鸡蛋。用一个垃圾堆捡的小篮子装的，给他的，有十多个。过去吃过她老人家的鸡蛋，说不要不要，吃一个八九十岁孤寡老人的鸡蛋，那不遭天雷劈！

“您坐下啦……看这屋里，坐的地方也没有……”

孙太婆伸出手来摸着公胡子的蓬乱的头发，心疼得像看自己的孩子。可孙太婆没孩子，老伴也就是公胡子的师傅是锅炉爆炸死的，孙太婆一辈子就吃老伴的几个抚恤金。在厂区围墙边的狭长空地上刨松了种些蔬菜，还围了一块养几只鸡。“胡子伢咧，你瘦了吵，么样心里不舒服噻？”

“您把鸡蛋拿回去自己吃，好太婆好太婆，我哪能吃您家的鸡蛋！”他不想跟一个八十多岁的老人说那些说不清楚的事。

“你这伢嘞我又没有什么东西，几个鸡蛋我吃不完，帮我吃下不行？”

“真的我不能吃的，太婆。”

“随么事不要往心里去，过一天得一天。我都过得蛮好未必你比我这孤老太婆还不如呀？我这鸡蛋是五六只鸡生的，我还不是提了到菜场卖的。几只鸡不晓得几能还债，每天都有双黄蛋的，给你提的全是双黄蛋。吃我的蛋听我这老不死的一句话，不到万不得已，千万不要走那条路……”

公胡子又不高兴了，“太婆，你不要听人瞎传，我没有什么事，是哪个鬼呱的？您家不要信。”

“我不是听他们在我那厕所里说的吗，我耳朵还灵的。我也不相信，心里惦记你，就说来看看你。你师傅生前你对他几好，他去世也是你操办费心。再怎么我也要看看你的，只要我不死……”

那个厕所是乡村式的两块板子搭在一口破缸上，是孙太婆为了浇菜地蓄肥的，可说是臭不可闻。就是这种地方，也有人在议论我的事……

恨不得把鸡蛋砸了，不是出孙太婆的气，是恨这世界。

不能出去，心里郁闷。我又没做什么坏事，但这就见不得人了？到了晚上，想买个灯泡，灯坏了很久。可几个徒弟来看他。什么也没说，要拉他去中华馆子里喝酒。事情传开了，不然他们这些徒弟平常是见不到人的。肯定是中华跟他们说了。那就去吧。教过他们开电瓶车、火车，还教过他们唱歌。切了一堆卤菜。没说别的，心照不宣。师徒永远是师徒，虽然这位师傅活得蛮栽，心疼地看着他，劝他喝酒。这次是二十多块的"关公坊"。扯些很远的话，网上的，听来的。车堵不堵？地铁挤不挤？哪个江边钓起来一条九十斤的鲶鱼。再就是有人找到了一个话题，要师傅将胡子剃了。说剃了精神些。有人说不要剃，这是师傅的标志，师傅因为歌唱得好，这一部胡子绝对是加分的，根本不像是工人，是音乐学院的老师。如果打扮好点，到街上回头率肯定百分之百。然后有人就劝："师傅，你喝啦。你吃菜。"公胡子对这气氛有点把持不住，问小张怎样？问小李的生意怎样？都不敢多说，怕触到他的伤心事，唯恐多说一句话。唯恐多说一句厂里的话，还唯恐扯到家庭这个话题上去。都扯野棉花。这事总是要说的，在这些徒弟面前还装个什么。他喝着喝着就大哭起来。这一哭，气氛就不对了，大家就劝他，说师傅不这样，不这样吵。你是不是喝多了难受？

中华卤菜店里的秋蚊子也怪，只咬他一个人。估计是A型血或者太脏。中华给他赶夜蚊子，打扇。公胡子越哭越伤心。伏在那油腻桌子上浑身抽搐。中华对大家说，让他哭，哭出来了好受些。说，师傅活得也很累，主要是车丢了货丢了，放牛伢赔不起牯牛，加上师娘跑了，儿子又折磨他，人有时候确是承受不了。

可徒弟们没有办法帮他。都没有办法。就凑钱，凑了几百块钱，看师傅不哭了，情绪平静了，抬起头来，就把钱给他。可公胡子不要，他望着这些人，陌生的一样，一个个望着，很慈祥地望着，像是要把他们一个个记到心里。这望得他们也不好意思了。说，师傅,有好日子的,我们这些人以后总有人会发的,发了养得起你。公胡子摊着两手说:“我又不是个残疾,我不要你们养。”他说,“你们放心吧,我公胡子不会就这么死的。”

“有人嚼舌根子,您家莫要怕。”

公胡子站起来决然地说:“我怕个卵子!”

4

要活下来。他给自己说。他起身走时,他们又怕他有什么事,中华说师傅是不是回去?因为他往另一边走的。公胡子就说我去买灯泡。中华就抢先跑去给他买了支节能灯,9瓦顶60瓦。这灯光温暖。中华选的黄光,节能灯特别亮,还节能。他躺在床上,想先把这晦气的大把胡子剃了,糊在嘴边也不舒服,沾汤带水的一副脏相,别人以为你装文艺,其实是长得太快,人懒了,不想修理了,由它去。如果再脏一点,就不是怕瓦落地(帕瓦罗蒂),是怕长头虱。

走进剃头铺,那个郊县黄陂来的师傅很高兴地给他围上乌黢麻黑的围布,说:“你剃么事咧,你咧好的胡子,就跟本·拉登和过去日本的奥姆真理教教主叫什么麻原……彰晃的一个样,几好看咧。”

“剃了。”他说。

“赌气?剃了不好长咧,冬天一到,这胡子头发长得慢噻。你反正是出钱,我反正是找头剃。拐子(大哥),我下了手就没得了的。你是不是怄气吵?听说前天晚上怄了点气?……”

“怄么气?”

“呃……呃,”面对这人变脸了,剃头师傅语塞了,“我是瞎说的，那全剃啦？”

“不全剃找你做么事？”

“那光头？”

“你快点下手。”

这人因为啰唆，很割破过几个人，有一个人还得了乙肝，找他扯皮，又没有证据，再说他常常吹嘘一个表弟在市公安局。有人说你有这硬的后台子为么事不去开按摩房开麻将室还在这里一个头五块钱刮死人的受罪？这乡下人话多，把自己的脖子勒得快窒息了，这时就听有人喊：

“师傅手下留情！”

公胡子歪过头一看，喊话的是工友毛师傅。

“跟我走！”

公胡子正好趁机脱身，跟着毛师傅出来，仍不明就里。

“有么事？”

“你是闲得蛋疼。跟我搞事去就没那么多歪心事想了。老子整天忙得喘不过气来，哪有心思想死活呀。”

有活干了。没想死的时候没人叫，现在关心的多了，好人处处有。

一夜轻松，没有噩梦。

是的，我要重新生活，我有心也有力，这不算什么。老子活了五十岁，就活腻了？

早晨就被毛师傅喊醒，跟他去了。路上才告诉他，他与人合办了一个小化工厂，村里的人经常来嚼叽扯皮，说污染了他们环境，保安没个厉害的，要他去帮站站。“我要的就是你这部胡子！”

这活儿！

果然有当地农民用车倒土渣在路上。最不习惯的是，一进入那个化工厂就有刺鼻的气味，而且不到半天身上就开始痒起来。和几个农民对峙，毛师傅送来了墨镜，自己看镜子里戴墨镜抱着膀子的人，加上那部茅草胡子，就是个打手坯子。果然，农民都瘦，没有胖子，何况你手上也有锹，还有两个也是一个厂里的。有一个是当过兵的。这化工厂虽然气味难闻，黄水翻腾，黄烟弥漫，但又听到机器运转的声音了。这让公胡子有一个幻觉，仿佛回到了过去的工厂。很想哭，喉咙发硬。机器保养得很滋润，地上会有各种混乱的电线，有各种开关、按钮、配电盘、钢索、吊车、叉车、扳手、钳子、锤子，这真的很好，一切似乎又重新开始了。

可是，有严重过敏的他浑身发痒，起红疹子，抓得皮肤破溃还是不止痒。有保安给他皮炎平搽，搽完了还是痒，再用有人给他的风油精，溇得疼死。这可活受罪，受不了咧，毛师傅生产的什么东西呀，这么大的毒。

结果保安与农民打起来了，有工人参加，齐声吼，冲过去把农民的三轮车掀翻在水田里，农民把厂门口的灯呀玻璃呀全砸了。那天有几十个农民，有妇女有儿童，毛师傅吓得不敢出来。公胡子没有动手，他借口身上痒，提前开溜了。

晚上去找过去的厂医何胖子。何胖子看了，眼睛鼓得像灯泡，嘴唇发出嗒嗒声，说："胡子你这是么搞的吵？"公胡子说："你说咧？我又不是医生。""你到哪里搞的？""毛师傅他们的化工厂，刚做一天，痒得不行。""化工厂啊？是在哪个按摩房里滚了的。""何医生，你这是么话？""开玩笑开玩笑的。"但何医分明怕跟他的皮肤接触，像避瘟疫似的，赶快戴起手套，生怕传染了什么，"你这也怪，过敏啊？哪这严重！我行医几十年还真没见过，看你抓得血淌淌的咧?"他的眼里就是性病,梅毒,艾滋病……

"给我按过敏打,死了我负责,又不要你负责!"公胡子说。带点哀求的意思。

"说是这么说,我不负责?那是痒,这是……"

"就是过敏,你以为我是艾滋病是吧?"干脆说出来,你他娘的鬼鬼祟祟,还会到处瞎讲去的。

"我不是这个意思胡子,我是说,身体是自己的,一定要爱惜啊,现在社会到处都不干净……"

"我两年不晓得女人是么味道!"

"是的,是的,你还是要到大医院查个血。"

"我查么东西呢?你说?"

"查了放心些,家里也安全。"

"我就一个人。"

"病没查清楚我不敢下药胡子,有个么事,你我都担待不起。"

说两年没有那是哄别人。年初有一次,是个同学,也是离婚了的,来跟他学唱歌,一身的赘肉,人家还有意思组一家,你一上床就悔死。是多喝了两杯。下面干崩了,进去恨不得带把水枪。那家伙挣扎进去,里面又空又涩。

只好坐两站车到远处的药店去买药。一说,人家就明白了,就开了些药膏,搽,当即痒就好多了。不就是皮疹吗?弄得如今谁都怀疑我做了不洁事,只因那张报纸。谁知道他们是么样传话的?死不成,还让我活不成了……

但脸上已经折腾得不成样子,红斑和血痕累累。

毛师傅电话要他再去,他说了十个"不","不害死我了。"

"人到丰都走一遭，要脱层皮的。"有人见了他的脸，这样说。

看着他走进来，有人就兴奋起来了，纷纷招呼他。他真的成了明星。

"到这里坐。"有人老远就丢了一根烟给他。还上了火。这过去是没有的。献哪门子殷勤啊！他是想吃个盒饭。

点火的人是有意图的，这就说了："胡子，你当时想真跳还是假跳？你有死的心？老子还真不信。站在那桥栏杆外头时，不吓死？你胆哪这么大啊伙计？"

苍蝇和人都围上来了。

"听说，"一个喝小酒的酒糟鼻子说，"野猫滩大桥有个野猫精，一到晚上就上桥勾引人往下跳。有人用手机拍到那个野猫精抓人跳桥的录像，网上搜得到。这些年，自桥建起，跳下去多少人！听说政府悄悄请了道士来做法事，杀了十几只猫投到水里，还是不行。一到起雾的时候，个婊子野猫精就出来了……"

大家愣愣地感叹。有人就问他："胡子，是不是真的？你看到野猫精没咧？"

他不回答这个，他低头吃饭。

"看你脸哪，不是被野猫抓了的，吓人！"

这一说，食客们都来看他的脸，看西洋镜一样。

"那个一起跳的女的肯定是野猫精，害你的，哪这巧？胡子你要戴个观音菩萨辟邪咧！"

但一个老者说："这是扯卵蛋的话。哪有什么野猫精，还不是日子过不了了，不是逼到绝路上，哪个爬那么高往江里跳？你们去跳哈子看啦。上次报纸上说的那两老伴，老特病了不想连累伢们，两老一商量，就那么跳了桥，拄着拐杖去的，要几大的决心！"

“哎哟，想不开，活着么样不好吵？”一个剥着卤花生的说，“喝点小酒，吃点小炒，打点小牌，睡点小觉，管哪个当官的几套房，几个老婆，再好喝的人参燕窝汤，不如老子的弯骨藕汤好喝。”

大家说对对。“个婊子的千把块的烟，还不是这么长，1916的，还比红金龙短些，七八块钱一根，不到一分钟就烧完了，么意思咧！……”

“话又说转来，抽烟的不买，买烟的不抽……”

他们这么兴奋地说着，看到公胡子鼓着腮帮子嚼着饭扬长走出去，抬起头来泪流满面呢。这胡子?！……

抓破的地方感染灌脓了，只好去打吊针。“这就是我寻死的惩罚吗？活过来真要脱成皮，真像他们议论的去了丰都？”

望着滴得让人发疯的针剂，后悔去给毛师傅当打手，这是报应。他躺在输液床上，细细地理思绪，理活下来的头绪。不能东一榔头西一棒子，要活，就先应该把这些雪地靴处理了，当垃圾清理了也行，看着人就霉。做点什么呢？有人给他提议开个歌唱班，绝对赚钱，能招收得到学生吗？再者自己没理论，天生嗓子好，就这点优势。如果赚不到钱，儿子的眼睛……你如果跳了，什么儿子、眼睛是另一个世界的事了；现在没死，事又回来了，你还得面对。是啊，没有消息，得赶快去看看。哪个不想治呢？再怎么是自己的。就算他是个不争气的伢，那人家的伢瞎了瘸了痴呆脑瘫是不是也要养一辈子？……

想想这些年的生活，已经死了心一样。鞋子没洗过，皮鞋没擦过，地没扫过。床单睡半年翻过来再睡，裤子上到处是油，衬衣领是黑的，这就是他目前的生活状态。一个人家庭生活失败后，会让他精神彻底垮掉。而一个人生活的动力，是来自精神而非肉体。老婆是怎么走的，他从不在意，没有“珍惜”这些概念，一切都随便了。车与货不见后，他一下子蔫了，王阴鸟和张歪嘴三天两头找上门来，他心烦，对老婆也不客气，寻岔子打骂，摔碗，二两闷酒从早喝到黑。老婆不能归家，为了躲他发酒疯和王阴鸟他们的逼债。你回娘家去了老子还安逸些，不拦，让她去。感情有没有？这个年纪就是过日子，不讲感情。穷家小户，哪来那么多感情因素。别人介绍，匆匆见面，大龄青年，不敢挑剔，说个“不”字的权利也没有，只要是个女的，只要不是老菜薹，只要一男一女成个家。你公胡子虽然会唱歌，但人闷鸡子，不灵醒。不然会“剩”这么久？三十五六，人家二十七八。瘸腿的老特，文盲的姆妈，一个姐姐在新疆。就这么，结婚了，旅行结婚，去了趟新疆，吃了几天的羊肉葡萄干，看了伊犁河谷天山马，看了帐篷和戈壁，回来有了儿子。也不能帮丈人家里一把，也不能让她吃香喝辣，听说她过去谈过朋友堕过胎，那是人家的过去，他也没资格追问。

书上说，你想谁谁就在想你。想到这事，前妻上门来了。

她来是干什么的？未必良心发现来看他，向他慰问死里逃生？也许人家是来会过去街坊邻居的，还是办什么事的？根本不知道你是死是活，那关她什么事呢？她未必还每天看六十四版的都市报？这么爱学习？从来不看有字的东西，电视除外。

但事情不那么简单。你看她英姿飒爽，满身格斗状态，眼里没一丝同情，只冒着赶路过后的热汗和绿莹莹的怨怼。

“活着在，啊？”她说。看着他，还不是那个胡子拉碴衣领黢黑的栽麦子霉货。

这话说出来就噎人，让你不好回答。心一下子又冷冻了，嗖地掉进冰窟。

她竟提了几个鸡蛋来？太阳从西边出！当公胡子开门看到前妻出现在这个门口，欲进不进的时候，当一个人脸在幽暗的走廊像一个大瓷盘照亮他的时候，当前妻的表情是那么僵硬和不好打理时，当两人都分外尴尬，当突然愣在那儿，公胡子竟想哭。他想哭。那些鸡蛋。只一瞬，他哽着喉咙不让哭，把哭意压下去。因为，哭是不可能的，他虽然有这种冲动。不可能再在这个人面前哭，虽然，他只会碰到眼前的这个人想哭一下。

“你……”他还来不及想好说什么，因为从鬼门关回来，人是另外一个人了，有些吃惊兴奋而不知道说什么。这怎么可能呢？永远走了的，自己将她打跑了的。她声称是打跑的，但他喝多了酒根本记不得了，打是打了，心里有苦处，只好拿老婆出气，他承认。

她是欲进不进的，但还是进来了，进来就马上撇清，撇得一干二净：

“我是给孙太婆拿衣裳来的，我老娘的旧衣裳要我拿几件过来，你莫要想错了，她给了我鸡蛋。我怕坐车撞破了，你煮了可以给毛子拿去吃。就这。”

很干脆，说了。站着，没想坐。也没看看这位死去活来的前夫现在过的生活，狗窝也好，天堂也好。对这些都没有兴趣，基本是死了心。你就说，往刀口上说，痛恨、嘲笑、愤怒，都行。我能承受。

“他不是吃鸡蛋的事，他眼睛快瞎了。”

“这我不管，儿子交你了。公胡子，我早就听说黄胡子骚，你这一腮巴的黄胡子，我现在才明白，什么狗鸡巴的车不见了，货不见了，全塞屄眼里去了。”

“你说这话？你今天是来吵架的？说话要有根据。”

"根据？你不是跟一个婊子抱着跳长江了么？钱花光了，啧啧，看你的脸！啧啧，烂的！性病烂死的！"

"我在毛师傅的厂里过敏抓的。莫要胡说，老毛病又犯了。你就不能说句好话吗？你就这张臭嘴专程跑来臭我的？"

"噢，你上班了？能开工资了？好呀，我是来拿钱的。"

"钱？你没想给我烧点纸钱？"

"你又没死成。"

他大吼："我这不是跟死掉一样吗？我跟死有两样？"他就想朝她吼。

前妻不怵，"好，你是死人，你一边去，你是鬼魂，我来清理遗物，把房产证拿走的。"

"你没有这个权利！"

"鬼不要说话。"

"老子还不是鬼，问你发哪门子疯？"

"公胡子，如果你跳了，你还要这个房产证卵用呀？死了不就一个两百块钱的刨花板盒子一装完事。我不是来跟你嚼筋的，"她拉开前夫没打开的窗户，眼睛这才对着他，好多年没这样看他了，她的眼睛很哀怨，很沧桑，一个苦女人，也老了，生活到头了。公胡子心里一阵剧痛。

"这房子——我要赶快过户到伢的名下。"

"为么事？"

"不赶快就是别的骚女人的了！再跑出来个伢，野伢，跟毛子抢？拿啊，拿出给我，没听见？！"

她去扯那遮住了光线的旧窗帘。那是她曾经自己做了挂上去的。一起去挑选的，现在已经旧了，很旧了。她什么都能做，还有个缝纫机，她一看就会，说节约一点是一点。挂窗帘时，她没站好，从凳子上摔下来，腰疼了半个月。他突然想到过去。他本来想发火，与这个女人狂吵一顿的，他却进了房间，把房产证土地证找出来，丢在桌子上。他还把门钥匙也从裤腰里取下，他想把上面那个跟了他几十年的挖耳匙取下来，但那个钥匙圈生锈了，无法掰开。他只好作罢，与两证一起放在桌子上。

"我不会带走么事的。"他说。

这很干脆。这让她难办。她听得真真切切。她站在那里，低着头，有点想哭的样子。言下之意不是要再死么？又是断头话。怎么会这样呢，生活？为什么会是这样。她现在环视了一下这个曾经温暖也曾经让她惨叫的小屋，过去是一些年轻的单身工人住的，一间住五六个，没有厕所，没有厨房，但当年结婚时分到这一间，是多么的开心和幸福。这里有幸福，是的，这里有新婚，有伢的出生，有坐月子，有看着伢爬，看着伢长牙，看着伢喊妈妈爸爸，也看着工厂垮台倒闭，工人四散，看着一切变得衰败，自己变老，看着在这个人的拳头下生出仇恨和离意，看着家散了，看着伢坐牢……

"你还是想死？那……王阴鸟他们的钱呢，找我？"她指着那两证。

"这个你不管，我会了断的。"

"你死活与我没关系！威胁我啊?!"女人突然提高嗓音，把难以置信的嗓子喊破一样，似乎要唤醒对方，"你打我你这么凶狠，个婊子的活着为么事不狠咧？就没活路了？人家拿刀子逼你跳了？啊？你说呀，个婊子的没鸡巴卵用！你把打我的力气用上三分活，也不会活得这栽吵！大男将好意思跳！丢不丢人，啊?!"

之后沉默。她也许想，达到目的了。反正她要这么说。

她看着他走了。他只拿了一包烟，一个火机。他双手哆嗦，步履蹒跚。

他走了很远，走到靠近工厂后院堆放破铜烂铁的地方，一棵大梧桐树下，点燃烟，狠狠抽着，大颗大颗的眼泪流下来。没有哭，甚至不伤心，就是流泪，止不住。没有人看见他。他在这静僻的角落，尽情地流了一把眼泪。开闸放水。他自言自语地说。

在外晃荡到了天黑。他知道他无家可归了，但还是摸黑回去看看，门是掩着的，进去拉开电灯，钥匙还在桌子上，只是两证没有了。

5

少管所虽然很森严，但有漏洞可钻。可以带东西进去。

门口那个小卖部的老板跟公胡子混熟了，告诉他一些门道。可以通过个别的年轻警察将香烟带进去。老板说，有些小警察在这郊区无聊，在我这里玩角子机，很熟。通过他们带几包烟是可以的，风险大点还可以带小瓶酒进去。这个处分过，刹不住。里面也有小卖部，但贵得吓人，一瓶老干妈十五块。带进去的烟，讲根出售，一根五块。真的看到一个年轻警察在小卖部玩角子机，公胡子就给他说帮带两包香烟进去，那小警察不置可否，铺子的老板给他丢眼色，示意将烟塞给他。公胡子就买了四包烟，放警察手边说只给我儿子两包。儿子从小在社会上混，十三四岁就学会了抽烟。

心里想着，这一生好歹给儿子留下了三十几平方的房子，也算是一笔遗产。我住狗窝睡桥洞也不要紧，儿子还小，犯点事不怪他，对我没感情也没事，总还是我儿子。我生的，没给他好的教育和好生活是我无能，怪谁呢，怪自己。

荆州籍所长见了他就说好，好，太好了，正准备去找您郎嘎来的您郎嘎就来了，快筹钱把儿子送医院，等不得了，不然眼睛真要瞎的。

公胡子心里紧张，被带去看儿子，哪还是儿子？右眼肿得像包子，人却瘦得不见了形，就像是只非洲大猴子，牙齿饿得惨白，嘴上全是死皮。所长说，眼底出血水肿，角膜坏死了，要换角膜，不换就是瞎子。

“您郎嘎儿子多大？”

“你这不是有登记吗？十六了。”

“唉，还小啊，明年出去十七。还要谈女朋友的。要您郎嘎筹钱，么样这几天消失了呢？”

他不好回答。他问：“要多少钱咧？”

“一两万恐怕够了吧。”

“我哪来的这多钱？”

“您郎嘎是么搞的，这个钱都拿不出来？造孽！那就等啰，等哪天眼科医院公益角膜移植。不过可能等个三年五年十年八年的啰。”所长笑着说。

“我瞎了你养我？”儿子这时在一旁叫起来，声音震天，一肚子愤怒，“管不管我的？”

“老子没管你，打得还少吗？”

所长哈哈笑说：“管不是打，你们家长爱得不得法。靠棍棒底下出孝子，这套老办法不灵了。孩子出事，还是教育的问题，家长负有不可推卸的责任呀。”

公胡子说：“所长大领导，我承认没管好他，你也没管好他们呀。”公胡子心里颤抖着说出了一句他非得要说的话。

“你，嗬，你一个一个地跟着他们？把他们一人关一个房间？中国哪有这多的房子？”

“快把房子卖了它吵！”儿子声嘶力竭地喊。

儿子怒号的唾沫向他喷来。他没有擦。他后来走了。他对所长说：“看来，我是彻底地失败了……”

郊区的公汽那个颠啊，人又多，车又少，挤上去了，没坐的，在人的胳肢窝呼吸狐臭。看窗外，灰色的景致，破烂的房舍，垃圾堆满的沟塘。我怎么救儿子？我刚被别人救起来又要救别人，想解脱解脱不了……车上广播说希望大家保管好自己的贵重物品，依次下车。他坐下来了。看着司机那兢兢业业的背影，忽然想，过去的那种想一死了之的想法是不负责任的一时冲动，我就是死，也要把家里人特别自己的伢安顿好，或创造点财富，留下点什么。太匆忙了，他庆幸又回来了想这人间事。比如，应该把儿子交给中华，让他跟他学卤菜手艺，有个饭碗。万事有个交代，那样匆匆忙忙死得不明不白，儿子不知以后怎么活，死了还遭人议论，让人瞎呱，成为别人狂欢的对象，背个污名，太不值。你死了，街坊邻居同事会兴奋几天，终于给他们贡献了一个谈资，言必说死者，好像活着的人比死人优越。几天就销声匿迹了，谁会怀念你？只有亲人。可我因为没给亲人什么，连亲人也不会怀念，我凭什么要死？现在，我应该做点事，好多事，一是让人改变对我恶劣的看法，二是，老子就是死，至少也要是个英雄。比方，在车上抓个小偷，拿出刀子将我捅死了，见义勇为，这样死，不可以让儿子得一笔抚恤金吗？债就没了，一举两得，儿子的眼睛肯定保住了，还有余钱生活。嗯，就是这样的。

这个想法非常圆满，让他亢奋。立即行动。他忍不住在车上搜索，因为郊区的车听说是很乱的，因为进城的人多，有些是揣着钱去打货的。但是，几圈下来，没找到可疑人。有什么老人晕倒，孕妇生伢的事也好，只要撞到，我会全力去帮人家。求张表扬信，这也不错，周围的舆论就不是现在这个样子。

一路靠站，一路丢下乘客，人也快下完了。病人没有，小偷没有，天下太平。再静下心来想着到哪儿找钱，不是还钱，是怎么让儿子去医院，让他把眼睛保住。干脆告诉所长是别的少年犯打的，应该让那些狗杂种赔。这有什么不对？这是可以的，你把命赌了，谅他们出来真敢报复？报复不就是条命嘛？……

下车就到了东湖边。有许多游人。他现在最热切的是希望有人落水，最好是小孩。或者有难度的施救。把一个人推上岸，自己没了力气沉入水中……

他坐在湖边，往人多的地方坐，盯着紧挨水边的人，玩水的人，小孩。

这样坐了一个下午，完全没有这种机会，什么也没发生，世界太平。他想，这种好事也轮不到我，真是人的命背火呀。

我应该找谁？找亲戚借钱，这是不可能的了。找单位……没有了，没有领导和组织的人在关键时刻好茫然。找找社区？他们能解决问题吗？他们好像只管计划生育，管吸毒人员，管交党费的，也开个证明盖个章什么的，还有可能为你的低保说说话。但我们没有资格吃低保。

没有人可找，这就是他的现实。想到这里，绝望又一次漫上来。现在，绝望的情绪会顺着内心的一条很熟悉的通道涌上来，这个绝望多么顺畅地再次出现。无助。是的，无助。

他还没到厂里，王阴鸟就跟上来了，躲都来不及。他想躲开他，越快越好。他走快，王阴鸟走快；他走慢，王阴鸟走慢。他老远看得到王阴鸟的阴笑。他跨过铁路，想走入横七竖八的菜市场，但是，在上台阶时心急，一个趔趄，王阴鸟抢上来扶住了他。

“胡子，你过点细吵，急个么事，抢火？”他盯着他的脸看，“胡子，你烂成这个样子了？”

“我不会死的！”他这么喊，一点底气也没有。

“那就好，那就好，你死了我可什么也没有了，我不拉你拉哪个吵，我要保护你，我恨不得在你门口给你站岗。”

“鸟啊，你跟着我为么事咧，有钱会给你的。你晓得我儿子眼睛快瞎了？你若同情我不要让我再去跳，你借点我。”

“啊？再跳？你吓我！你儿子不是在少管所么？”

“眼睛坏了。”

“哎，你总找理由，到底还是不还的？你一年还个万把块我也好想些吵。不行，你把房子抵给我跟张歪嘴，我看马上要拆了，你不能就这样拖呀。找个中介把价估估，你说行不行？这么拖，翻脸了不好。要是真像你说的，你再去一跳，我们到阴间找你去？找你伢？你伢毛子又是个不成器的，不晓得关到哪一天。又是眼睛瞎了，你是么样这栽吵胡子？我说的是真话，不是逼你，你这套房子，你是保不住了的，还是老话，欠账的还钱，杀人的偿命。你盘给我们，还可以找点钱你租个房子再搞点生意……”

“你们打我房子的主意啊？”他突然浑身发冷，牙齿也稳不住了，“不该不该……”他喃喃自语，“我公胡子来人世走了一遭，就这点东西留给伢的，你们不能挖我的蔸子，鸟啊！”

“哎，胡子，再怎么说，欠债不能不还毛痞吵。看你是从鬼门关回来的，没说什么。你死有别的隐情，成了公众人物，你是不是没给警察说真话，把钱真塞屄眼了？”

“一个屄眼有多大？”

“哈哈，个斑马！没看见贪官是么样给情妇的？几千万也塞得进……”

“这么大的屄眼只有把你捅。”

“我不捅。你是花完了，伙计，没得了……”

“赌了一万个毒咒！”

“你看看你的脸上身上，毒气发着了……”

“我直接告诉你吧，鸟啊，我现在是两手空空，房子你来晚了，我前妻下手比你早……”

6

他在想找谁借钱。为什么我总是找人错钱？我从阎王殿爬出来就是为了继续找这个世界上的活人借钱？这多少有点滑稽。

当他说儿子眼睛快瞎了时，他知道这是让人讨厌的。但因为喝了一杯，他还是在中华面前说了。没想到中华去他收钱的抽屉里拿出一扎钱来给公胡子，说：“师傅，拿着赶快去给他看。”

这钱是不能要的，这让公胡子硬着脖子推过去老远：“不是找你措钱的中华，一点点钱没得用，我是说说，怪我这张臭嘴。”

为什么我会成为一个负债累累的人，又不赌不嫖，一个好人，老实本分的人，吐口涎水都怕把蚂蚁淹死的，么样走到今天这个地步？他没想明白，已经死过一次还是不明白。越穷的越穷没有路，越富的越富万条路。

其实他已经隐隐在朝那个方面想，就像王阴鸟说的，把房子抵押估价贷款。房子不能抵押给王阴鸟张歪嘴，一抵押全部是他们的了。他知道银行，时间太长，差不多要二十多天个把月，来不及。只有找一家贷款公司，靠得住的。这个想法就能匀出活钱来救儿子。

他是在想换钥匙环时这么想出的点子。也就这个房子了。他过天桥的时候，看到许多挖地脑壳（摆地摊）的，突然想换个钥匙环，人有点新鲜感。这个冲动出现对他来说是山崩地裂，翻天覆地，也顺理成章。一块钱一个，新的，锃亮的。吊在裤子上的那个几十年，成为文物了，锈得像是垃圾堆里的，从没有想换。看看别的（过去哪注意这些呀），钱夹（要不着），身份证夹一块钱三个，鞋垫。难道鞋里的垫子不要换了吗？那个臭！一块。挖耳匙，新的，一块。指甲剪，两块。我的那个剪子剪不动了，锈了，指甲剪得缺头凹脑。针和扣子难道不要买一点？黑线白线，针买大的，裤裆破了，拖鞋也破了，就几针的事，从来没想到缝一下，就这么，敞着裆去见阎王。这么看着，买着，发现小摊上的东西全用得着，一件不能少。唉，我过去的生活！

再继续想。

儿子是最大的事。这么多钱，只有房子。趁拆迁之前抵押，拆了卵都没抵押的。如果我两万加利息还不了呢？那时已经拆迁，你贷款公司要什么？还建房？八字没一撇。你也不敢出售。到时我总会赚到两万块钱的。大不了还是卖雪地靴，低点头给城管队长，送两条“1916”给他。冬天四个月，一月赚三四千吧，也就到手了。这么想清楚了，突然很轻松，头脑也清醒了。怎么原先没这么想呢？还是恨，恨意充盈。不会低头。活了这大年纪，到死了，还没学会这个。人家，天天收保护费的，你犟，只有关门。都不是忍吗？懂啦，个婊子。

那个活扒鹌鹑的血淋淋的市场在政府旁边。他的妹妹与活扒蛇蝎、活扒青蛙、活宰鸡鸭刺猬的一群人在一起。妹妹张着鬼牙，高捋袖子，非常专业地重复着每天杀死三百只鹌鹑的残忍动作。

这个妹妹，是差一点被他扼杀了的一个生命。当然，如果真正扼杀了，数以万计的鹌鹑就不会死得这么惨。

后妈有习惯性便秘，还有严重胃气胀，开了大瓶的酵母片和泄药在家里。酵母片是甜的，趁父母不在家就偷偷给她嚼。三四岁的伢以为是吃糖咧。要喝水，就把泻药碾碎了放进水里。这伢，整天就是拉，那还不日渐消瘦，瘦得像三寸铁钉。后妈是个凶狠角色，常常不给公胡子饭吃，还用手拧他的肉，隔着衣裳拧，不让他父亲看见。但是，公胡子的冒险竟然没让后妈发现。每到夜里，拉得嗷嗷叫的鬼牙妹妹被父母送到医院打吊针，少年公胡子就会格外轻松，呼呼大睡，梦里唱歌。止泻，不打针，就吃药。鬼牙妹妹犟，不吃，父母就用火钳撬开她的嘴。她还是不从，就呼天抢地地哭，哭得眼里全是血，看不清东西，栽跟头，长期发育不良，身体畸形，一口鬼牙越来越亮。后来，公胡子觉得太过意不去，生了些恻隐之心，才停止了这个恶作剧。但恢复后的妹妹非常霸道，经常欺负公胡子，甚至骑在他头上拉屎拉尿。后来终于顶替死去的后妈去菜场杀猪了。再后来，国营菜场关门，她就干起了这伤天害理断子绝孙的扒鹌鹑活儿。

走到这个菜市场连他自己也有点不解。要她去帮前妻说说房子抵押？还是找她来借钱的？鬼使神差！

鬼牙妹妹在几个被鹌鹑血浸泡得发黑的小铁笼子边，手势飞转，一个光溜溜的小肉鸟就从她手上放下了。那小鸟没了皮毛，鲜嫩可人地在地上蹒跚尖叫，走了几步，倒地抽搐，咽下最后一口气。再从笼子里抓出一个，从颈子下手，动作神速，一下子那个小东西连皮带毛扒光了。买鹌鹑的少妇带着个小伢。小伢瞪大眼睛，浑身乱颤，少妇赶忙捂住小伢的眼睛不让看。这时那个倒地挣扎抽搐的鹌鹑又使劲爬起来，小黑眼里是单纯的乞求，还想看一下这个残忍的世界。那个小伢抬起一脚就将它踩死了。也许是不忍心看它痛苦挣扎吧。

一滴血溅到公胡子脸上。

"你跑起来搞么事的?"近似男将的声音。喉咙像一块磨刀石。

"不是找你错钱的，"他这么说。还想说什么？"就找你要个电话。"

他就这样改变了来意，就要个电话。他发现在这儿凶多吉少，市场的血腥味就像杀过人的。有一次，他路过区民政局，一对离婚的，男的把女的捅了。那现场的血腥味浓得让人直作呕，跟这儿没什么两样。不过人的血腥味更腥。他突然想到那一幕。

"告诉我菊红(前妻)的电话。"他说。他什么也不想说了，越快走越好。

"凭么事要告诉你？复婚?"鬼牙举着剐了半截的鹌鹑，用血糊隆咚的手背抹了一把鼻子。

"毛子眼睛快瞎了。"

"瞎了关我鸡巴事。"

这就是她的回答，一个姑妈的回答。

"就一个电话。"

可能是扒累了，鬼牙不看他，停了手中的活呼呼喘气。她应该去洗手，然后拿出手机。他原是想自己反正是要再死的，要活人的手机号码有什么用呢。如果鬼牙态度好点，他会提在家想好的那两个请求。

手机号码她极不情愿地报出来了。证明她们之间多有来往。

"你先前，究竟给菊红说了哪些话?"

"好事咧！说你走桃花运，死的时候找了个野猫精。"

"你说我在外还有伢?"

"有桃花运再有个伢，不是大好事，跟皇帝一样，生二十几个伢，有钱养咧，这有么稀奇咧。"

"你狠，你是狠角，么回事咧，这么损我……"

"你反正掉得大伙计!"鬼牙看着地上几只挣扎的鹌鹑，说。

"我掉哪样？你说下看？我偷了抢了？……"

他还能说什么？这时卖菜买菜的眼睛都到这边来了，他得赶快离开这血雨腥风的地方。

刚迈开步子，"噗!"一个塑料袋丢到他脚下。

"给你几只吃饱了再去跳吵个苕货!"

是刚剐的鹌鹑。他没有要。他吃不进。血淋淋的小鸟跟他一样在哭。

他一路在想，这也许是报应。谁叫你小时候把鬼牙往死里整呢。人在做，天在看，活该活该!

谁在唱呀，巷子里。

"黑皮牙膏，一挤一飙。骑马嘟嘟骑，买糖糖吃。小明像个苕，吃饭不用瓢；小明的头，像皮球，一踢踢到黄鹤楼；小明的妈，真邋遢，洗脚的水，挞粑粑。一哈子哭，一哈子笑，两个眼睛放大炮。好哭佬，卖灯草，丢到河里被狗咬。咕噜咕噜锤，咕噜咕噜叉，咕噜咕噜三娘娘，管金叉……”

没有人，心里的，这是小时候的歌。他与鬼牙妹妹两人唱的歌。他感觉他有严重的幻听。耳边总是有歌声。儿歌，“文革”歌，语录歌，民歌，少数民族歌，都有。

7

当他给前妻说儿子治眼要一两万时，想将房子抵押贷款时，话才开头，前妻就把电话挂断了。她不让你说。

再发短信。说到不是他用钱。

没有回信。半夜有一条回信。但早上起来才看到：“就这点能耐。”

“还有三条路，一是把我杀了剐肉卖钱，二是去抢银行，另一条你懂的。”他回信。

“休想打房子的主意！”她回信。

抵押贷款不见得房子以后就不是你的了，这道理你能给她说通吗？前妻没有文化，不讲道理。你跟她怎么也说不明白，不会拐弯。再者，别人不信他，以为他是要还赌债、吸毒或是给别的女人去的。一次跳桥终生冤枉，说什么也没用，没一个人相信你。加上穷了，没尊严，也没信誉。

公胡子伤心地坐在老铁轨边，雾霾在眼前枯萎的蓬蒿间流窜，铁轨像两截被斩了尾的大蛇，消失在朦胧的沉雾深处，不知去向何方。我是没有能力，但一个人有没有能力与家庭有关，与他的运气有关，与自己的努力也有关。我不努力吗？我这么努力，可老天不帮我。努力有毛用。莫非像我们这种人就只有死路一条？

儿子在你少管所，与人生隙，用香烟熏，你少管所没责任？那些熏眼的小流氓没责任？这说得过去吗？肯定有，现在学生在学校出事，学校要负责任的。儿子怕，不敢说，坐禁闭坐怕了，但你有理，荆州籍所长会乱关人吗？他未必不讲道理？

去找所长！

他想好了。就这么，逼得最后一条路。不能忍，不能退。退也就是一座野猫滩大桥了！伸起头做一回人。老子死过一回的，还怕个什么？这世界一切的一切也不怕了。想开了就这回事，到头来不都是一把灰，所长也是一把灰，局长书记也是一把灰，有的灰都没有。如果我跳了，到哪儿找灰去，浪到江边，野狗啃了，你怕他们，他们也怕你，我早是个鬼了我怕人？死要面子活受罪。

没有烟酒茶现金送。所长平易近人，有乡下人的淳朴，不跟他衣帽取人，不会那么贪的。道理在这里，怕么事！

他突然想到要拿上那张报纸。好歹留下了一张，这有用。

"是这样的，所长，我是死了的人，说白了，一是逃债，二是儿子的事我没法按你说的筹钱，所以走了极端，好在命大。我没给你讲，蛮掉底子的，今天如实说。如果还是要两万块钱，我只好转去再二次跳了……"

开门见山。

所长愣了一下，很认真地去看报纸，翻来覆去，时不时朝公胡子扫一眼。

公胡子再唐突地来了一句："我今天没准备在你少管所跳

楼……”

所长听到这话，尿都快吓出来，扔下报纸，以侦察兵的速度挡着窗户，“公师傅公师傅，您郎嘎冷静，莫干傻事！”

公胡子心里想笑。这些人都怕吓。他就说：“自己的伢本来应该自己负责，但伢是在所里面被人用香烟熏的，所长不相信吧？”

“您郎嘎还说些！”

“我不哄你，我今天来就是向你说这个事的。”

“真的假的？”

“我伢给我说的，他不让我说，他怕坐你的禁闭。眼睛都要瞎了我还不说就没机会说了，但你给我传个话。我说了，今后哪个敢报复我伢，我必杀了他，决不食言！”

一把弹簧刀放到所长桌子上。

“你敢带刀到这里？”所长不称客气礼貌的“您郎嘎”了，一把夺过那刀，掂了两下，说：“这里不能这样来呀！这搞不得的，你说的我们立即调查，是真是假现在很难说。查出是真的，哪个敢报复，不怕二进宫！”但是，所长话锋一转，“您郎嘎不要太信儿子说的，我们这里管理非常严的，应该不会出这种事。”

噢，他死不认账。他肯定维护自己的名声。你如果不承认里面可以抽烟，当然就没有烟熏之说。他很泄气。家丑不可外扬，人人都是这样。他不会为你的一个罪犯小孩把自己的娄子捅出来。

所长又说：“我们调查，我们调查，好不好？”他送客了。他把报纸给了公胡子。

公胡子还能说什么。公胡子拿着那张报纸出来，因为所长已经起身，要送客的表示。所长并且还有点生气地对他说：

“刀子这是搞不得的，带到我们这里，绝对是犯法的，我就不追究你了。您郎嘎不太懂腔板，这搞得的？弹簧刀是管制刀具！”

所长已经将他“送”出了办公室，说特批让他去看看儿子。

儿子出来了。那只眼睛用纱布蒙着。根本不看他。

他不知道给儿子说什么好，心乱如麻。他的办法想尽了。如果所长拒绝或者讨厌他的多管闲事，这在半夜想好的得意一招也将以失败告终。

“我说了房子抵押，你妈不干。”他说。

儿子不吭声，看着脚下。他一只眼睛，很疲劳的样子，不想看他。

他也很疲倦，有一种从头到脚的疲倦。他感到自己真的死了。这个儿子，他把他引到这个世界，他死后还管这摊子烂事吗？他真的死了，儿子知道后会是一种什么表情呢？他会不在乎，有时会想到他。但儿子瞎掉了，会在没有父亲之后，重新做人。学盲人按摩，到归元寺门口算命。他那一辈子就这样过了？我要让他跟中华学卤菜。我要安排好的。我一定要中华答应。他想哭。

他跟儿子什么话都没得说的。儿子好陌生。他甚至害怕这个自称是自己儿子的少年，他有了胡子，光头，穿着监狱衫，脸上已经有轮廓了，满身戾气，眼露凶狠。过去，这少年却是怕他这个凶恶的父亲的。当然更早，他们父子有笑声，儿子骑在他头上，在三十平米的房子里走来走去，让儿子头碰上门框，咯咯发笑。他更记得在儿子七八岁时，一次偷了他五块钱逃学去游戏机室玩游戏，背后书包里的书呀，一个几十块钱的任天堂游戏机呀，包括笔盒都被游戏机室里面的小流氓偷走了。回来那一顿好打，把他绑在窗户上，脱了裤子用衣架抽屁股，准备抽死算了。屁股肿得像南瓜，血藤子横七竖八，几天不能坐。下手这么狠，也不知为什么。想想还是单位破产清算工龄买断，人失了魂，心烦，迁怒于孩子。有过忏悔，夜深人静之时。但儿子不听话，打是应该的，但不该下手这么狠。现在，他“死”而复生，“死”后回来，看到这一切，看到这个孤苦无依被人熏瞎了眼的少年，他已经长大啦，成为武汉小流氓啦。心里一阵阵扯疼，像一把针刺在心尖上。

“我今天来，是想要所里对你的事负责，把你送医院去。你是在里面出事的，不管么样，他们脱不了干系。”

“你把我说的讲了？”儿子抬起头来，一只眼里聚集了两只眼的愤怒与生气。

噢？你这小子的胆只这么大，关进来就怕了，老子想告诉你没有什么可怕的，树怕倒起，人怕铆起。想开就这么回事。

“说了。”他淡然地承认。

儿子气得拉长脸龇着牙好半天说不出话来，“你、你、你！”

“我说了我负责。”

“你是要我死吧！你么样不跳桥死了的，死了还好些！你晓不晓得出去我就没命了？！”

“老子天天拿刀跟着你。”

“你去死！去死！”儿子跳着脚回头跑了。

他坐在那儿。他一动不想动。

儿子愤怒叫嚣的声音还回荡在空空的少管所食堂里：

“你去死——你去死——”

“嗯。”他说。他心里说。

走到街上，很虚。满街都是儿子的喊声：“你去死——你去死——”

没准备坐车，就这样恹恹地信马由缰走路，丢了魂一样，僵尸一样。

难道我这么冒着巨大风险说的话所长一点不听吗？难道另外几个整儿子的小流氓不会受到处罚吗？这世上还有没有天理？让这个狗日的奇怪世界，闹闹嚷嚷的世界去闹腾，到另一个世界可能不这样吧？这世界太扎心。就算有富人有穷人是命定的，但你让人顺点心总应该吧？

天渐渐黑了。这是一个雾霾朦胧的秋夜，但人们并不在乎，因为已经习惯。何况这是大啖小龙虾的季节，叫什么油焖大虾。那个辣，就是让人胃痛嘴烂的。一个个在马路边上摆开架势，啤酒白酒轮番上，一堆堆人们嚼碎吐出的龙虾壳，在大街小巷堆积如山，满街的油腻溜滑，满街催人泪下的辣味，也勾引人们的口水。公胡子在想这些人的胃口么样就这好，总是吃得兴高采烈，食欲狂飙。而灰霾在他们的酒桌上旋转，笼罩。他们咋就这么开心，这么熟视无睹呢？

走过破烂肮脏的巷子。修自行车的、擦皮鞋的、无证诊所、发廊按摩店、卖甘蔗荸荠油炸臭豆腐的。一个城中村，房子密密麻麻横七竖八，到处跟他的工厂一样写着“拆”字，一派混乱。打工的农民、大学毕业的“屌丝”、游手好闲的村民、职业乞讨者、假和尚假尼姑、搞传销的、捡破烂的、偷窃的……

顺着雾霾不知怎么走进了一个小店，店主比中华还热情，也是武汉人，都用武汉话搭腔显得很亲切，老熟人似的。一瓶毛铺老酒，一盘虾球，一碟免费的花生米，够了。外面，漫天的雾霾依旧，灰尘滚滚，管他的。

人喝舒坦了，也喝晕乎了。在雾霾中腾云驾雾，好不畅快，就跟梦游没两样。好几次，差点撞上了汽车、摩托。脚上一溜，踩上了一堆狗屎。如今城里狗屎成堆，到处是“地雷”。

恍恍惚惚地，听到一阵喇叭里传来的毛主席语录歌曲：“我——们共产党人，好比啊种呀子……”以为是耳边的幻听，但再听是真的，到了厂里，歌声是从老腻子的窗台上传来的。他突然想到，年轻时听这个歌，总把“种呀子”听成是“桶呀子”，呵呵。

他想着一件事，脑子虽然迷糊混乱，但死死记着一件事，今天千万不要忘了，常常在屋里记得，走出门就忘九霄云外了。这就是托付中华，等儿子出来，一定收下他跟他学这个卤菜技术。你不中用的师傅就这个儿子放心不下，别的没啦。

刚到中华卤菜店门口，手机响了。手机铃声非常亲切，让他刹住恍兮惚兮的思绪，清醒过来。是前妻？肯定是的！

“喂！喂！”

不是。

一个陌生男子的声音。

“你找哪个？”以为是广告推销的，特别是卖房子的、卖保险的，一天到晚骚扰。

竟然是那个肥嘴马踩。

“你找我么事？我没在厂里。”他答非所问地说。

“我看见你了！”

抬头一看，马踩就出现在他的面前。他是么样找到这里的？又是么样找到我手机号的？是那个苟警官？

公胡子一只脚就迈进了中华的店里，他凭直觉来者不善。因为马踩那张被马踏过的天生肿嘴藏着祸心。

马踩飞快地拦他不让进，他感觉公胡子要避他。但公胡子身板很大，一扇门一样。中华晚上在灶上忙，没有食客。

“拐子，我跟你谈点事，你跑什么？”

“跟我谈么事？我不认得你。”

“看你说的。”这马踩明显精神萎靡，惊头慌脑，好像有满腹的委屈。

中华看到喝多了酒的师傅跟一个人拉拉扯扯，感到事情不对，就撩起围裙揩着手过来，对马踩说：“你是哪个，在这里有么事？”

公胡子赶紧摆手要中华莫管，说：“晓得的？你去忙你的中华……”拉着马踩就一边去了。

他不能让马踩说出他是那个跳桥女人的家属。这事早就了结了，（或者也没了结，还在传……）这事他不愿提起，不要跟任何人扯上跳桥，这事是噩梦，说起来会打牙嗑，不自在。

路上没什么人，一个老太婆在打扫卫生，捡垃圾的流浪汉在翻垃圾箱。

马踩那张肿嘴在幽暗的路灯下像一个籀斗，黑乎乎地对着他，没有铺垫就大声质问他：

“拐子，你是么样认得我老婆的？”

“你是么意思？我哪个认得，你吓老子！”

“那你是不是跟她说了，我们一起往下跳？”

“才好玩！你老婆想死，我不帮她一把！嘿！”

“拐子你说这话就不好听了，我实话告诉你我老婆有产后抑郁症，你晓不晓得？她是趁我没注意跑出来散步的，你差点儿害死了她。她本来跨不过去，你把她掀过去的，你这一多事就完了吵拐子，她真的完了你知不知道？好害人呀，她现在问题严重，一惊吓，本来蛮多奶水的，这下奶水回转去了，一滴没得了，儿子饿得钉头细颈，皮包骨头，又不吃国产奶粉，吃进口奶粉又吃不起。我老婆住到医院里了，一惊吓病越来越重，我哪有钱给她治呢，医院天天催款，我天天急得吐血。我们是打工仔，好可怜，一年混个肚儿圆都不容易，一分钱余钱都没有，你说怎么办拐子？”

马踩把双手摊到他面前，是不让他跑的，双手因激动不停地抖擞，唾沫从厚嘴里喷出来，像虫子乱飞。

“与我有么相干吵？你这人还好玩些！”

马踩不示弱，盯紧他：“不找你找哪个？那你说。医院要赶她出来，回家你管啊？她老在那儿大喊大叫，水、水、水、水……水都不能喝了。看到水就摔杯子，看到吊水的瓶子就要砸，要扯，拔针头……她已经疯啦，她哪是去跳桥，是散步加上雾霾太大走迷路了！你说，拐子，你真害死人啊！你自己要跳你跳，还拉个女的给你陪葬搞么事咧？你又不是皇帝，拐子，我么办咧？警察都说你有故意杀人之嫌，我是叫天天不应叫地地不灵呀，哇嗬嘿呀我的娘呀我都不得活了我陪你去跳桥算了……”

马踩哭哭啼啼哇哇喇喇，扯着公胡子，从口袋里掏出一把纸，是医院的账单，硬要塞到他手里。

公胡子马上明白是什么，他哪敢接，一接就一屁股屎了。马踩一把鼻涕一把泪哭着硬要往公胡子怀里塞，公胡子只好躲闪。

“哎哎哎……你莫赖到我，你神经病找我敲诈，你找错了人……”

公胡子嘴里发苦，心里更苦，心乱如麻。我去寻死哪晓得有你老婆也在那儿，她明明往栏杆外翻的！……但他也猛然想起那个晚上的鬼魅氛围，雾霾蒙蒙的，就像梦里。他内心也感觉有了一丝怀疑，如果她只是扶着栏杆呢？当然，那个桥没有人行道，从江这边可以有一个通道，但他老婆从哪里上桥的？这本身就很疑惑。但是，只要是想自杀跳桥的人，总有办法上桥……这人长得怪，究竟是不是人，他老婆是不是人？是不是传说的野猫精？他就是野猫精的男人，男野猫精，缠上我了，或者他们就是一个野猫精，要来害我的，一忽男，一忽女，甩不掉，挣不脱……

“你个斑马的滚！你搞错没？找我的歪？你究竟是搞么事的?!”

他吼。他要摆脱精怪的纠缠。他恐惧。他伤心。他感到是不是如老人说的，自己身上火气太低招惹了邪秽东西？这个人，越看越像鬼怪，是从江里跑出来的，黏糊糊的，在这雾霾笼罩的晚上，野猫精又现身了……

“我是搞么事的，我是卖酸豆角的。抵赖啊？拐子，派出所都有笔录的，我不害你！”

还“派出所”“拐子”“笔录”，个斑马养的，这些词你学人的话，学武汉腔，你这水里的妖精，脸跟死人一样的……

“你究竟是搞么事的？个斑马欠铲吧？啊！”他狂吼。他要跑，但已经被马踩逼出了很远。他也有意离中华的店远些，以免让闲人听见看热闹。

“你讲狠拐子?”那个人也吼，一点不怕他。

“你想搞么事？个斑马，朝我凶？你吼哪个？啊？你刚才吼哪个?”

“你么不讲道理噻!”对方的声音也越来越大，越来越恐怖。

这么，让街坊工友听到，还不知我又在做什么呢。好在这是晚上，好在这个厂里没有了什么生气。他希望此时不要出现人，最好是不要出现认识的人。把他引到哪儿说呢？中华店里，不行，一下全都知道了,没意思。围墙边?孙太婆种菜的那儿,有个敞开的茅厕的、臭熏熏的那儿,要么样了断就么样了断,是鬼也不怕。

他这么想就开始往那边移动。他压低声音给他说:“我们到那边去说话,不要在这里发飙。”

他心很虚。从来没这么虚过。但也似乎没有退路。硬着头皮就是一条路——那儿黑咕隆咚,靠近长着齐人高荒草的废弃铁路。但这没有办法。

黑暗的夜。黑暗。黑暗的夜啊!这是什么时候啊,为什么没有太阳?为什么没有很多人,为什么没有高音喇叭里的歌声,“咱们工人有力量,嘿,咱们工人有力量,每天每日工作忙!……”

耳畔幻听的声音始终没有出现,嗡嗡作响的是一些耳鸣,是脚下的布鞋摩擦水泥路的粗糙的噪音。

“拐子,你跑么事吵,我们一起跳桥去算了,我也不扯了。我戴了绿帽子你以为我不晓得。我老婆手上是有钱的,她贴金养汉了,跟别个花光了,然后被野老公拉着一起去跳桥……”

“报上说是‘巧遇’是‘陌生人’,你个婊子瞎编。”

“哇嘿嘿,我没编,你没给警察说实话,你们武汉人太精,一口假话。你好歹毒,我儿子哪办?咱们可以私了,住院的钱算你给,以后我不找你了……”

“你要多少钱?”

他问这话的时候想到的是冥钞。眼前是个野猫精,要的是冥钞。冥钞老子给你烧美金,只求你放过我,全烧一万元一张的。哪里找什么住院的女人,在江里咧!全是哄我的……

“我算了下,要八千多块,单子全在这里……”

公胡子不能收,他要推脱,那些纸条谁知是不是阴间的东西,等他回去一看全是冥钞也说不定,沾这个晦气的。他不能。他已经被这个家伙逼到墙角去了,他的后头就是孙太婆蓄粪的厕所,臭气熏天的厕所。他已经靠近了那个小门,有半截破红布的门帘,好像是一条宣传武汉精神的标语。他踏到了那个臭烘烘的缸沿,踩到了污水。他马上要被这个家伙挤倒在粪缸里了。

“滚,你想诈老子!”他喊。他调整身子。

“你蛮凶咧!你把我害惨了你有几狠噻拐子?我们现在一起去跳桥算了,我不想活了!……”

这人黏上他了,他快要站立不稳了。这人的头拱他,是要让他吃屎的,让他一脚下踏空……

“你好恶躁,个婊子养的嘎巴子野猫精!妖精!”他在扶那个摇摇欲坠的茅厕柱子时抓到了那块红布,顺手就把它缠到了这个人的颈子上,缠了一圈——他要站稳,只能死死拉住,甚至两只手都拉住了。他再狠狠拉,像给绳子打结一样。红布薄是薄,但扯不断,非常结实。只有几下,那刚才恶躁喊叫的人就嘤嘤呜呜不出声了。你拼得过我,个婊!他是个工人,他很有劲。他终于站稳了。他哈哈大笑起来,看到这个人在他的面前贴着他慢慢软下去,歪倒在肮脏的茅厕门口。

三天以后,在看守所里的公胡子得到通知,他儿子送进了医院,荆州籍所长派了个政委亲自来看他,说感谢他的检举,那三个少年犯还查出了更多虐待他人的犯罪事实,个别年轻警察也在等待处理。儿子得救了。戴着脚镣手铐的他,终于睡了一个安稳觉。

鲁迅文学奖
获奖者小说丛书

书名：爱情的故事
作者：王安忆

在我看来，市井人物有个性，他们身上有美学价值……写市井人物，这是我个人的兴趣。这些人生活在社会的边缘，反而回避了主流的塑造，回避了一些集体性的、意识形态化的东西，变得非常有性格，这些性格都是独一无二的。

书名：私宴
作者：苏童

小说是一座巨大的迷宫，我和所有同时代的作家一样小心翼翼地摸索，所有的努力似乎就是在黑暗中寻找一根灯绳，企图有灿烂的光明在刹那间照亮你的小说以及整个生命。

书名：哺乳期的女人
作者：毕飞宇

作为一个写作的人，我一直告诉自己，所谓真话，不说出来等于撒谎；所谓真相，不说出来也等于撒谎。

书名：奔马
作者：红柯

我来到一泻千里的砾石滩，我触摸到大地最坚硬的骨头。我用这些骨头做大梁，给生命构筑大地上最宽敞、最清静的家园。

书名：阴暗的春天
作者：吕新

最好的作品，我想象过，但很难用几句话把它描述出来。这中间，有很多东西是不可缺少的，除了写下自己想写的，世间其余诸事，均可淡然处之。

书名：明惠的圣诞
作者：邵丽

文学的神圣在于，它始终使我们的精神挣脱沉重的肉体，以独立和自由的姿态，存活在另一个可以抵达永恒的世界里。

书名：亲人
作者：叶弥

开始写的那一天，我的心就定了下来。明白活着的理由，懂得感恩的重要，洞察付出的结果……人生的弦外之音，大概如此。

书名：化妆
作者：魏微

当时间的洪流把我们一点点地推向深处、更深处，当世间的万物——生命，情感，事件——一切的一切，都在一点点地堕落、衰竭，走向终处，总还有一些东西，它们留在了时间之外。

书名：浮生记
作者：王十月

文学拯救了我，让我变得像个人样。开始追问生存之外的更多问题，诸如尊严、自由、平等，诸如生活的真相等等。这是我的出身，是我的精神胎记，不容回避，也无须刻意展示。

鲁迅文学奖获得者散文丛书

丛书收录了史铁生、乔叶、刘庆邦、李国文、李辉、周涛、斯妤、韩少功、裘山山、潘向黎在内的10位著名作家的散文佳作。它们或裹挟着至纯至善的生活印记，或驰骋在江河峰谷，或写意于饮食男女，斗室天下。这些文字无论点染尘世的落落浮华，还是见证岁月的星辰风沙，不无精致熨帖，无不畅快淋漓，堪称当代中国散文的集大成之作。

史铁生《向死而生》

文坛“精神标杆”史铁生逝世五周年致敬散文集。

乔叶《生活家》

柴米油盐，饮食男女，爱恨情仇，斗室天下。

刘庆邦《月光记》

刘庆邦的散文，像一壶绍兴陈酒，令人回味无穷。

李国文《人生如谷》

将学识、性情和见解融于散文之中，文字自在老辣，气势如虹。

李辉《书生累》

李辉是独一无二的，他的文字见证了一个时代的光芒与沉痛。

周涛《低调》

一个周涛，永远说不完；一卷《低调》，永远读不完。

斯妤《倾听蝉鸣》

她触摸到散文写作的化境：不让自己仅仅是自己。

韩少功《草原长调》

文坛骑士的纵意驰骋，关于人、世界和时间的深度文学之旅。

裘山山《往事细雨中》

一个女人的精神高地，一卷当代女性的心灵治愈书。

潘向黎《茶生涯》

写就浮华落落的另一重境界，写透万籁归寂后的叹息与豁然。